# 瓶中迷境

梅格・沃里茲 Meg Wolitzer 著
謝靜雯 譯

# Belzhar

推薦序
# 被困住的孩子們

文／牙醫師及環保志工李偉文

在臨床上，懷孕婦女的生理狀態與正常健康的成人是截然不同的，同樣的，也有人認為青少年時內分泌與神經系統的活躍程度，也有異於其他階段，換句話說，懷孕與青少年可以視為「非常態的病人」。

《瓶中迷境》小說中五個青少年就讀於專收「情緒脆弱、天資聰穎」學生的特殊學校。這些原本健康開朗的孩子，各自遇到不同的挫折後就被困住了，不肯面對真實世界繼續往前邁進。

對於已順利成長的大人來說，我們往往忘記情緒的障礙沒有大小之分，不會因為你的表面損傷似乎比較小，精神上的痛苦就比較輕，當我們情緒過不去的時候就是過不去，就像我們童年時為了壞掉或不見的玩偶或寵物而難過，和長大以後跟至親愛人的生離死別，痛苦是一樣的。

當大人忘記這種心理上的創傷時，就很難同理處在情緒風暴中的青少年。甚且我們會認為，在這物質富裕的時代中，孩子要什麼有什麼，已經太好命了，哪來這麼多問題。表面上，這個世代雖然有手機，有網路，有更好的教育機會，更多的自由，對孩子而言簡直充滿了各種可能性，可是，同樣的，這個世代也面臨全球化的高度競爭，以及不確定的未來，孩子的人際互動也比過往來的複雜，這種有形無形的壓力非常大，當他們不知道該如何抒解時，就會加重各種精神與情緒上的障礙。

調查統計顯示，青少年罹患重度憂鬱症的人數有百分之八點六六，換句話說，每十二個人就有一個人受到憂鬱症的折磨。最近台灣有個調查，發現三個中學生就有一位有過自殺的念頭，這些困境中的孩子每四位就有一位真的採取行動，曾用不同形式自我傷害或傷害別人。事實上，這些年來，青少年第二大死因就是自殺，遠遠超過許多疾病。

這本帶有懸疑氣氛的精彩小說，可以讓大人更了解青少年幽微的心理，青少年自己看了，更可以給他們信心，更有勇氣走出每個人多多少少都曾經被困住，徬徨過的「瓶中迷境」。

推薦序

# 讀你千遍也依戀

文／丹鳳高中教務主任宋怡慧

梅格．沃里茲首部青少年小說《瓶中迷境》，透過虛實交錯的筆法，安排五位「心曾破碎過，情曾決絕過」的青少年，在因緣際會的機緣中，潔兒、凱西、席耶拉、馬克、葛里芬這五個人在一堂特別的課程中彼此相遇、相知，從一本古老破舊的紅皮日記本啟程，在未知的旅途中，替他們的人生進行某些神奇力量的對話、顛覆、療癒、再出發……我們在文字中貼近青少年幽微的心靈世界，同時彷彿也理解他們在殘酷現實與理想世界之間游移、拉扯的徬徨，堅持到底的孤獨，許多的境遇一一考驗他們是否能揮別過去，重生蝶化的決心與可能。

青少年常會刻意展現其桀驁不馴、叛逆孤傲的氣質，尤會隱藏內心那位敏感、細膩、好奇、羞澀的長不大小孩。青春期的孩子面對身心快速成長的驟變，特別渴望愛人與被愛，也希冀透過自我探尋的途徑，找到自己在世界安身立命的位置。他們願在文字的靈犀中流轉知識；願在人情的溫燦中，交心、給心；願在同儕中相互取暖，望見希望的熠熠曙光，其實他們單純得讓人心疼；可愛得讓人心動。

梅格．沃里茲掌握青少年喜歡愛情、冒險、推理三種元素融合的小說，《瓶中迷境》透過懸疑的情節，虛幻實境交錯的想像，讓人忍不住愈讀愈快，停不下來；文字爬梳內在情緒的細膩，又讓人跌墜到感情的漩渦中，無法自拔。作家營造一個美好的想像世界，讓青少年明白生命的自我對話與探索，是必須學習的歷程。同時，他們絕不能小看自己，要相信自己的天賦，愛上自己的與眾不同，年輕依然擁有改變世界的強大能力與創意。直到書末才揭曉的謎題，讓我明白了：每個人都是獨一無二的，因為優點而美好，因為缺點而自惕，在眾聲喧嘩的世界，我們渴望寧靜的撫慰、情感的傳遞，讓創傷、難堪的記憶，慢慢轉化成正面的力量。

驀然回首，願意守住盟定的初衷，不管是為誰許下的，都能找到相互扶持向前走的力量。這本小說讓我們因為相信夥伴，在闃暗的世界中，尋到罅縫裡透出的微亮，縱身一躍的勇氣，是在小說中讀了千遍也依戀的感動呀！

# 序章

我之所以會被送到這裡，都是因為一個男生的關係。他叫里夫．麥克斯菲德，我愛他，他卻死了。事發至今將近一年，沒人曉得該拿我怎麼辦。大家最後達成的結論是，把我送到木穀倉才是最好的選擇。可是，隨便找個學校員工或老師問問，他們都會堅持說，我被送到這裡是因為「創傷的延續效應」，爸媽在入學申請表上就是這麼寫的。木穀倉的簡介手冊形容這裡是一間給「情緒脆弱、天資聰穎」的青少年寄宿學校。

爸媽總不能在「申請就讀的原因」那一欄，填上「因為一個男生」吧。

可是，那就是真相。

小時候，我很愛爸爸、媽媽跟弟弟李歐；不管我走到哪裡，李歐就跟到哪裡，一邊叫著：「小潔，等等我。」等我大一點，雖然我的數學能力遠遠低於正常標準，但我還是超愛九年級的數學老師曼卡迪先生。當我早上第一堂課遲到，頂著淋浴後濕漉漉的頭髮，冬天有時髮尾還會結冰，變得跟小樹枝一樣硬，而曼卡迪先生會說：「啊，潔兒．葛拉修，歡迎啊，我很開心你決定要跟我們一起上課。」他從來不會用惡毒的語氣說這些話，我真的以為他很開心。

但後來我狠狠愛上了里夫。我活了十五年以來，從來沒有那樣愛過人，認識他之後，我對其他人的愛意突然顯得粗淺又傻氣。這時我才明白，原來愛有不同的層次，就像數學課有不同的層級。在我來到木穀倉之前的那所學校裡，走廊另一邊的進階數學班，有一群聰明傢伙坐在一起，分享關於平行四邊形的最新八卦。同一時間，在曼卡迪先生的呆瓜數學班裡，班上所有人坐在數學迷霧中，嘴巴半開，困惑的盯著智慧型電子白板，話說回來，「智慧型」這個名稱還真諷刺。

我原本並未意識到，自己過去一直籠罩在呆到爆的**愛情迷霧**裡，直到有一天才頓時明白，原來感情裡也有**進階愛情**這種東西。

十年級來了三個交換學生，里夫．麥克斯菲德是其中一位。他決定暫時離開全世界最刺激的城市之一──英國倫敦，在紐澤西州克普頓市的郊區度過一個學期，寄住在開朗但無趣的運動校隊麥特．克斯曼的家。

里夫跟我以往認識的那些男生──艾力克斯、賈許、麥特──截然不同，不只是名字不一樣，外型也天差地別。他的腦袋靈光、肩膀彎垂、身材削瘦，緊身黑牛仔褲低低掛在骨感的臀部上，外型就像我爸熱愛的八〇年代英國龐克樂手。老爸深信那些專輯總有一天會變得很值錢，還用特殊的塑膠封套保護。我到拍賣網站上查過他最寶貝的一張，看到有人出價十六分美金[1]，不知為何讓我有想哭的衝動。

老爸那些專輯的封面上，通常會有一群神情譏諷的男生聚集在街角，講著只有他們自己才懂的笑話。里夫可以馬上融入那樣的團體。一頭深棕色髮絲圍著十分蒼白的臉龐，英國顯然不出產太陽。當他堅持是這樣沒錯，我就會說：「真的假的啊？完全沒陽光？一片黑鴉鴉？」

「差不多，」他會說：「整個國家就像一棟停電又潮濕的大房子，大家都缺維他命D，連女王也是。」他正經八百的說了這些話。他的嗓音有一種刮擦感，那種口音在倫敦很平常。我不知道那邊的人對他有什麼看法，但是就我聽來，有點像是拿著點燃的火柴棒，湊近又乾又脆的紙張邊緣，然後爆出安靜的劈啪聲。他一開口，我就想聽。

我也想目不轉睛的看著他：蒼白臉龐、棕色眼眸、不受管束的頭髮。他就像化學課堂裡的長燒杯，頂端會不停湧出泡泡，因為有趣的過程正在發生。

1 約五塊多台幣。

到現在，我已經用數學跟化學來形容里夫．麥克斯菲德了。可是說到底，整個故事唯一重要的是英文課。不是克普頓高中的英文課，而是我後來到佛蒙特州木穀倉上的英文課，是里夫走了而我差點活不下去以後的事。

那門叫「特殊主題」的英文課只收五名學生，我不明白自己為什麼會被選中。在那門課裡發生的事，我們從來沒跟其他人透露過。雖然我們老是會想起那門課，甚至下半輩子都會念念不忘，但讓我覺得最驚奇也最放不下的是，如果當初我沒失去里夫，如果我沒被送到寄宿學校，如果我不是特殊主題英文課那五位「情緒脆弱、天資聰穎」的青少年之一——我們五人的生活各以五種不同的方式毀於一旦——我永遠也不會知道「瓶境」這種東西。

# 第一章

「天啊，小潔，你最好快點起床。」我的室友笛婕．卡瓦巴塔說。她來自佛羅里達州的珊瑚頂市，是個打扮走情緒搖滾風的女生，根據她模擬兩可的說自己有些「飲食方面的困擾」。她站立在我的床鋪上方，一頭黑長髮往下垂到我的臉上。因為笛婕的關係，我們的寢室就像是玩食物藏寶遊戲的地點：扭扭糖、燕麥棒、一盒盒葡萄乾，甚至是不知名品牌的管狀蕃茄醬，我想叫賀斯[1]吧，彷彿這家公司希望能夠混淆視聽，讓大家不小心買錯似的。她技巧高超的把這些東西藏在各個地方，以便因應所謂的緊急狀況。

我在木穀倉才住一天，還沒親眼目睹我室友的緊急狀況，但是她向我保證它們就要來

1 此處原文為Hint's，跟生產蕃茄相關產品的知名品牌漢斯（Hunt's）拼法雷同。

了。當笛婕第一次說明，跟她同寢室會發生什麼狀況時，她聳聳肩說：「它們總是會來，你會看到你巴不得永遠別看到的狗屎事。可是別擔心，是**比喻上**的狗屎，我腦袋的螺絲沒鬆得那麼嚴重。」

腦袋螺絲鬆得很嚴重的人進不了木穀倉。這裡並不是醫院，校方特別強調他們反對使用精神科藥物的立場。他們堅持學校的目標是要讓大家聚集起來，藉此協助所有人被治癒。

學校裡禁止使用網路，這真殘酷，我甚至無法想像這是真的。他們還沒收你的手機。女生宿舍有一台老舊的投幣式公用電話，男生宿舍也有一台。這裡沒有唾手可得的無線網路，你可以用筆電寫報告，可是沒辦法上網查資料；你可以聽音樂，可是如果想上網下載新歌，門兒都沒有。你跟外在的一切斷了聯繫。這樣做根本沒道理啊，因為這所學校裡的每個人早就跟某種事情斷了連結。

雖然沒人說出口，不過木穀倉就像某種介於醫院跟正規學校的中途之家。這裡就像一大片睡蓮的葉片，是你在不得不跳回日常生活以前流連駐足的地方。

笛婕告訴我，她之前待過一家專門治療飲食障礙的醫院，那裡的病人清一色都是女生，護士三不時五時會過來替她們秤重。醫院裡的護士穿著小兒科的護士服，上頭印有小狗或熊貓的可愛圖案。有時候，只要有女生體重過低，院方就會用管子強迫餵食。

「我有一次也是，」笛婕說，「有個護士壓住我，整個胸部擠到我臉上，我一抬頭，眼前只看見一大片的迷你黃金獵犬。」

我來到木穀倉的時候，笛婕已經在這裡兩年了，今天早上是開學第一天，她在我床鋪上方徘徊不去，頭髮像窗簾一樣垂在我臉上，我只希望她快快走開，可是她就是賴著不走。

「潔兒，你錯過早餐時間了，」她說，說話的語氣彷彿是我爸媽還是什麼的，「該上課了，你第一堂課是什麼？」

「不曉得。」

「你沒看你的表嗎？」

「我的『表』？如果你指的是課表，沒有。」

我昨天才剛到學校，跟爸媽和李歐千里迢迢開了六個小時的車北上。老媽一路都在哭，只是裝成過敏發作，我爸用一種詭異的專注程度聆聽國家公共廣播電台。「今天，」廣播上的女人說，「我們要把整個節目獻給受塔利班打壓的聲音。」

老爸把音量轉大，若有所思的點頭，彷彿這是再迷人也不過的話題；老媽則是閉著眼睛哭泣，不是為了受塔利班壓迫的聲音而哭，而是因為我的關係。

李歐跟平常沒兩樣。他坐在我旁邊，大腿上擱著黏乎乎的電動玩具，忙著按來按去。

「嘿。」他通過遊戲關卡之後，視線對上我的眼睛。

「嘿。」

「你不在家會很不好玩。」

「你最好快點習慣，」我對他說，「我們在一起的童年差不多結束了。」

「你那樣說很機車耶。」他說。

「但那是真的啊，而且反正到最後，」我繼續說，「我們當中會有一個先死掉，另一個就必須去參加葬禮，還要上台致詞。」

「潔兒，別說了。」李歐說。

我馬上就後悔自己講了那些話，我根本不曉得自己幹嘛那樣說。我的心情一直很差。李歐不應該受到這樣的對待，他才十二歲，而且看起來比實際年紀小，跟他同年級的小鬼有些看起來已經準備好生兒育女了，而李歐就像他們養的小孩。有時候有人會在學校走廊上故意把腳伸出來絆倒他，可是沒什麼事情可以真正擾亂他的情緒，因為他會找到方法不去在乎。從李歐十歲以來，就一直很迷一款名為**夢之漫遊者**的電玩，那個另類世界跟魔術方塊、學徒，以及叫「漂流領主」的角色有關。

我還是不曉得「漂流領主」是什麼，當時我連另類世界是什麼都不懂，可是現在我懂了。我懂了我家小弟已經認識好一陣子的東西。有時候，另類世界比真實世界好多了。

「我不是故意要賤，」我跟李歐說，「我平常就會這樣。」

「爸媽跟我說，當你有這種表現的時候，叫我別計較，因為——」

「因為為什麼？」我的語氣有點尖銳。

「因為你經歷過的事。」他不安的說。我幾乎不大跟他談那件事。他還那麼小，不可能懂得我遭遇的事，不可能懂得我的感受。

我們聊不下去了，所以各自望出窗外，最後李歐閉上眼睛，張著嘴巴睡著了，車內瀰漫著他之前在吃的農場口味洋芋片氣味。接下來的日子他會像個獨生子，我為他難過，他不再有個正常的姊姊，他姊姊已經差不多完蛋了，還必須耗費幾個小時的車程，跨州到一所寄宿學校裡就讀。

當我們抵達木穀倉的時候，氣氛非常緊繃。老媽努力想打理我的房間，笛婕懶洋洋的躺在自己的床上，觀望整個場面，一副覺得有趣的樣子。

「你每天一定要用力拍學習死黨幾下，這樣枕心裡的棉花才會保持均勻。」我把東西收進抽屜裡的時候，老媽對我說。

我從行李箱裡拿出那罐緹樹牌小紅草莓果醬，是里夫在我們初吻那晚送我的，我把圓柱形的果醬握在手裡，感到玻璃瓶身的涼爽。我知道我永遠都不會打開這只罐子，這罐果醬幾乎像是里夫的骨灰甕；我永遠不會撕開罐口的貼紙，對我來說，這罐果醬就像是聖物。我把它收進五斗櫃上層的抽屜，用一堆內衣褲跟印著崔弟卡通圖案的長版睡衣仔細蓋住。

「只要伸手拍一拍就可以了，潔兒。」老媽繼續說，「把它當成從巷子裡跳出來突襲你的壞蛋痛打一頓。」

「媽。」我說。笛婕繼續盯著我們，根本懶得掩飾。她搞得我好煩，真不敢相信我竟然要跟她住在一起。

「我的意思是，只要對著底部跟兩邊猛打就是了。」老媽說，一面親手示範該怎麼攻擊這個所謂的學習死黨。學習死黨是一個有靠臂的大型抱枕，我們在克普頓市的「比價王」購物時，老媽堅持要添購一個放在我的宿舍寢室裡。

我們勉強把抱枕抬到結帳輸送帶上的時候，櫃台的女人對我們微笑，然後用唱歌似的語調說：「有人要去讀范斯特學院了嗎？」

范斯特學院是一所校風勢利的寄宿學校，距離我們居住的紐澤西不遠，那裡的女生都有屬於自己的馬匹，身穿天藍色制服，唱著那些押韻押得很差的老掉牙歌曲，像是「噢，范斯特，親愛的范斯特，我們永遠忘不了在這裡度過的學期……」我跟老媽尷尬的搖頭否認。

學習死黨超級巨大，外面的布料是橘色燈芯絨，在店裡我就已經很討厭它了，它往外伸出靠臂、擺在木穀倉的寢室床上時，我內心又湧上了厭惡感。我甚至討厭「學習死黨」這個名稱，大家明明都知道我的狀況還不適合讀書。

不過借用大家常用的說法，現在顯然是「奮力一搏」或「乖乖遵照規矩」的時候。既然我在原本的學校辦不到，只好來木穀倉。佛蒙特州的空氣加上楓樹糖漿，不用精神科藥物，也不碰網路，照理來說，這樣的生活可以把我治好。可是我是治不好的。

「學習死黨」這個名稱之所以變得那麼刺耳，就是因為我再也沒有「死黨」了。在我認識里夫，無時無刻都想跟他在一起以前，我在克普頓市有兩個最好的朋友，她們都留著一頭長髮，是生性善良、作風低調的女生——跟我一樣的女生。我們在學校用功念書，但不算書呆子；雖然抽過一點大麻，可是並沒有上癮。大多時候，大家認為我們可愛甜美，而且有點害羞。

其實，我想沒有人會那麼常想到我們。我指的是年紀小一點的時候會幫對方編辮子，一起練習相同的舞步，周末會跑到其中一人家裡過夜的那種女生。那些夜晚，我們會不避諱的暢談很多話題，其中當然包括「男女關係」，不過我們當中只有漢娜．佩卓斯基真的有長期交往的男友萊恩．布朗。他們兩個是認真的，而且差點就上床了。

「我們只差一點點就做了。」某個周末漢娜透露。雖然我不大知道那是什麼意思，但還是點頭裝懂。自從幼稚園，漢娜跟萊恩一起在德拉杭太太班上的時候，兩人就陷入了愛河，他們在午睡角落的小地毯上第一次接吻。

我失去里夫之後，我朋友起初常常用嚴肅的態度登門拜訪。我從臥室裡可以聽到她們站在門廳那裡跟我爸媽講話。「嗨，葛拉修先生，」其中一人會說，「潔兒好一點了嗎？沒有啊？完全沒有嗎？哇，我真的不知道該說什麼，我替她烤了一些肉桂酥餅……」

可是，當她們來敲我臥房房門的時候，我不想跟她們聊太久。「我只希望你快點看開，」某天漢娜坐在我的床沿時，如此說道，「你們又沒認識很久。是一個月嗎？」

「四十一天。」我糾正。

「唔，我知道你現在覺得很難熬，」她告訴我，「我是說，萊恩是我的生命，所以就某方面來說，我懂得你的感受。可是還是……」她的聲音愈說愈小聲。

「可是還是怎樣，漢娜？」

「我不知道！」她說，然後狼狽的補了一句，「我要走了，潔兒。」

如果里夫在，我就會跟他說：「我真討厭大家說什麼可是還是，然後愈講愈小聲，好像真的有把句子說完似的。這句話根本**沒有**任何意義，對吧？那只是表示你沒辦法解釋自己的感覺。」

「的確很討厭，」里夫會說，「會說『可是還是』的人心中都有撒旦。」

我跟他對這個世界的看法經常所見略同。失去他以後，我成天窩在臥室裡，賴在床上昏昏欲睡，甚至連續五天都穿著崔弟圖案的長版睡衣。我的朋友不再過來了。她們不再登門拜訪，也沒再送肉桂酥餅過來。爸媽勸我回學校去，可是那邊的人會盯著我看，因為他們知道我有多愛里夫。我只是閉著眼睛坐在課堂上，幾乎什麼都聽不進去。

「哈囉，有人在嗎？」曾經有老師這麼說，「潔兒，你在聽嗎？」

有時候，在學校過了半天，當我站在體育館出口指示燈映照出來的紅色區塊裡，或是坐在圖書館角落的軟骨頭裡，會想起這是我跟里夫共處過的地方，頓時陷入一陣恐慌、喘不過氣，最後沿著走廊拔腿狂奔，穿過防火門之後還繼續往前。

起初，有些老師或行政人員會追著我跑，但一段時間之後，他們就懶得再追了。「我太老了，不適合追人！」有一次學校護士從操場對面對我低吼。

「要是潔兒沒辦法好好待在學校，」校長對我爸媽說，「那麼也許你們應該替她另做安排。」

所以爸媽嘗試讓我在家自學，請來了前任歷史老師當我的家教，聽說他以前喝醉酒到學校教書，最後就被炒魷魚了。他人很好，皺巴巴的臉孔總是一副悲傷的模樣，就像沙皮狗。雖然他來當我家教的時候從沒喝醉過，可是我就是沒辦法專心。有一次我的心神又飄走了。「噢，潔兒，」他說，「我們這樣上課是沒效果的。」

爸媽跟李歐在宿舍房間裡跟我道別時似乎很難過，我心裡覺得空虛又遲鈍。後來，我去了學生餐廳，四周陌生的面孔跟聲音讓我難以招架，所以我選擇單獨面對著烤雞、青豆跟藜麥，跟其他人保持距離。那天晚上我幾乎沒怎麼睡，所以開學第一天的早上我蜷著身子、賴在床上。

笛婕早已整裝完畢，頭髮往下垂在我臉上，想拿我的「表」去看。我含糊的指向書桌，有些衣物以外的東西隨便堆在那裡。笛婕翻來翻去，最後拉出了一張折起來的紙。她看著那張紙，臉上表情瞬間變了。

「什麼？」我問。

笛婕用奇怪的眼神瞅著我。她有亞裔和猶太各半的血統，生著一頭亮麗的深色直髮，臉上點點雀斑。「你要上特殊主題英文課？」她說，無法置信的拔高了嗓音。

「我哪知道。」我還沒查過自己要上什麼課。我真的不在乎。

「對啊，你是，」她說，「是你今天的第一堂課。你知道這門課有多不尋常嗎？」

「不知道。」

笛婕往我床上一坐，就在我腳邊。「首先呢，這是傳奇的一門課，負責教這門課的人——奎奈爾太太，只有想教的時候才會開課。像去年她就決定不開，她說學生的『組合』不對，管它是什麼意思。即使開了課，也幾乎沒人進得去，就算你花好多力氣申請，學校也會把你分到別堂課去。

「今年暑假，我甚至寫了封拍馬屁的短信給她，說今年秋天進這個班對我來說有多重要。我說我大學想念英文系，還有如果我運氣夠好，可以上特殊主題課，肯定能夠順利申請到英文系。我真的用了那些諂媚的字眼，可是還是沒用，就跟大多數人一樣被分到普通的課程，真是可笑死了。」

「唔，」我說，「你搞不好是運氣好才沒進去。」

「大家都這樣說。」笛婕氣惱的說，「可是說這種話只會讓我更想進去。對了，這門課是一學期的課，聖誕節以前就結束，而且只讀一個作家。」

「整學期只讀一個作家？」

「對啊，而且每次都選不一樣的作家，奎奈爾太太已經很老了。」笛婕說，「在木穀倉還用『太太』來稱呼的老師沒幾個，她就是其中之一。上課第一天，其他老師都說『叫我海瑟就可以了』或是『叫我以實瑪利就好』，他們的意思是：把我們當你們的好朋友吧，什麼事都可以跟我們聊，但奎奈爾太太不來這一套。還有一件怪事：有些人根本沒申請就被選進她的班上。你顯然就是。這個班通常只收五到六個人，是全校編制最小、最菁英的班級。」

「歡迎取代我的位置。」我說。

「我真希望自己可以。學期一開始，被選進那個班的每個人都擺出一副沒什麼大不了的樣子，可是等課程結束，他們卻說那門課改變了他們的人生。我超想知道那門課是怎樣改變他們的人生，可是也無從打聽，因為上過那門課的人都不在學校了。那個班是混年級的，上過課的人要不是畢業了，要不就是離開了。我發誓那個班級就像是某種祕密會社。」

笛婕上下打量我，佩服的表情中摻雜敵意，「所以，告訴我，你這個人有什麼特別的？」

我思索片刻。「完全沒什麼特別的。」里夫才是我這輩子經歷過最特別的事。現在，我只是個對一切無感的長髮女孩，除了自己的悲痛之外什麼都不在乎。我完全不知道自己為什麼會被選進奎奈爾太太的特殊主題英文課，我甚至不想上必須格外用功才能表現良好的進階課程。我寧願老師讓我在教室後面鬼混一整年，或是打瞌睡，不用管老師為了《頑童流浪記》裡有沒有種族歧視的成分，激動到差點中風。

可惜事與願違，我在課堂上可能必須試著「參與」，偏偏我什麼都不想參與。這個世界沒有我也會運轉下去，只要別煩我，讓我在課堂上閉目養神就好。木穀倉就是不懂我的想法。

笛婕也不懂這點，催促我下床打扮。「起來。」她比著起床的手勢。我注意到她塗了綠中帶灰的指甲油。

「你是我媽嗎？」我問。

「不是，我是你室友。」

「我不知道叫我起床也是你的工作。」我冷冷的說。

「哼，現在你知道了。」笛婕說。儘管笛婕打扮成那樣，並且在我搬進來的時候，露出一副陰險狡猾的樣子，可是室友這個角色似乎讓她扮演得很起勁。她想辦法把我弄下床，甚至堅持我得在上課之前吃點東西。「你必須保持頭腦的敏銳度。」她說。

「沒那回事。」

「相信我，你真的要。來，吃吧。」這種情況當然很諷刺，有飲食障礙的女生竟然催沒飲食問題的室友吃東西，可是笛婕似乎沒注意到這點。她把手伸進自己的床墊底下，拉出一條被壓扁的烤巧克力棉花糖口味燕麥棒。

我接過燕麥棒，囫圇吞下去，吃起來就像中間摻雜了碎礫的泥土塊。我沒有問笛婕：我根本不認識她，何必聽她的話？我只知道她會淪落到木穀倉，肯定整個人澈底搞砸了。不過話說回來，我一定也是。

「這樣做是最好的。」前幾天晚上老爸說。那時我正忙著打包，把東西塞進每年暑假帶去營隊的行李箱。

接著老媽又補了一句：「我們不知道還能拿你怎麼辦，寶貝！」老媽在壓力底下總是會說出真話。

所以現在，我被放逐到木穀倉，吃了一條壓扁無味的燕麥棒，被室友笛婕趕出房間。外頭的陽光把樹葉照得亮晃晃的，整個校園看起來很美，不過我還是不在乎。好吧，半死不活的我現在不住紐澤西克普頓市郊區鵜莓巷十一號的淺藍色平房，卻跑來住在新英格蘭一所明明不正常還假裝正常的寄宿學校，放眼淨是樹木、蜿蜒步道，還有背著背包的小孩。

「看到那棟建築了嗎？」笛婕說，指著一棟紅色木造的大型建築，「那裡以前是穀倉，所以學校才取這個名字。想也知道是這樣。可是現在有很多課都在那邊上，也是所有校舍裡最好的一棟，特殊主題英文課的教室當然也在那裡。」她帶我走進去，穿越長長的走廊，打過蠟的老舊木頭地板在我們腳下嘎吱作響。附近的學生們隨意遊盪，打發上課前的空檔。

「嘿，笛婕，你物理學被分到培里諾的A組嗎？」有個男生對她喊道。

「對啊，」她狐疑的說，「怎樣？」

「我也上那個班。」

「真巧。」她說。

笛婕在這邊好像滿受歡迎的，要是在克普頓市不可能有這種狀況。不過話說回來，我在克普頓市竟然會變成熱門人物，這點也很讓人意外。許久以來，我都是那種面目模糊、留著長髮的乖女孩，可是當我跟里夫在一起之後，平常決定哪個小鬼值得在乎的那群頭頭兒開始注意我。有一次上美術課的時候，里夫跟我坐在一起，我還替他畫了人像素描。從那天開始，大家議論我們兩人之間有點什麼。

這也是為什麼黛娜・薩波——或許是克普頓高中最重要的女生，而且從沒給我好臉色看——竟然從自己的置物櫃抬起頭來，說：「我爸媽跟小鬼寇特妮這個星期六要去我爺爺奶奶家，所以開趴時間到了，你應該過來參加，那個性感的交換學生也會去。」

我假裝她說的話沒什麼大不了的，可是這當然是大事一樁。打從二年級我發現她忘記穿內褲來學校的那一天起，她就一直故意跟我過不去。我之所以會發現這件事，是因為那天她倒掛在攀爬架上，不過她運氣不錯，只有我一個人看到。「黛娜，你忘記穿內褲了啦。」我對她小聲說，並且幫她擋住其他人的視線。

我還以為她會感激我，可是她卻好像認為我突然發現她的醜事，手上永遠握有她的把柄似的。我當然不會這樣，但她就是這麼想。幾年過去了，黛娜的內褲事件或許可以變成往日趣事，在我們之間拿來說笑，可是一直沒有。她要不是對我很殘忍，要不就是把我當空氣，直到現在，她突然邀請我參加她的派對。

我轉動置物櫃的號碼鎖，露出不怎麼有興趣的表情，彷彿不在乎自己是否受邀，不在乎里夫是否會到場，彷彿我星期六晚上除了到漢娜或珍娜家過夜、到購物中心試穿緊身牛仔褲，或者跟爸媽、李歐在家裡玩遊戲之外，還有別的事情可以忙。我以前不怎麼在意那樣度過周末的夜晚，甚至還滿喜歡的，可是突然之間，我無法相信自己竟然用那種方式虛度那麼多時間。

我現在只想跟里夫在一起。我滿腦子都是他。里夫說他的寄宿家庭克斯曼一家很在意他交到「對的」朋友。這點情有可原。去年，克斯曼家住了一個丹麥來的交換學生，那個女生什麼都不做，只是踩著木鞋抽大麻。所以當里夫去住克斯曼家的時候，他們澈底檢查他的行李，看看有沒有任何違禁品。

「或是看行李裡有沒有木鞋。」里夫補了一句。

可是里夫不迷大麻。我也不迷。「如果我想把自己搞得神經兮兮，只要吞下一整包賀喜巧克力[2]跟一整袋好市多洋芋片就夠了，根本不需要靠什麼漢方草藥。」他有一次這樣說，我覺得好好笑。

「賀喜巧克力，」我說，「好市多洋芋片，我好喜歡你那些英國式的講法。」

「在花園裡，」里夫說，繼續用獨特的英國口音逗我開心，「合乎禮儀的公爵跟公爵夫人，一起喝茶哼歌。」

站在木穀倉教室外面的走廊上，關於里夫的思緒在我的腦袋裡漂流——他的聲音、他的臉龐——可是箇婕讓這一切劃上了句點。「集中精神啦，都快上課了，上完記得一五一十告訴我。」她說著便把我推進了教室。

2 原文是Cadbury Dairy Milk Bar（吉百力牛奶巧克力棒）、Crisps（洋芋片）和Herbal（草藥），這裡替換成中文語詞，以突顯英國腔經常將詞首的H發音。

# 第二章

「歡迎大家來上課。」奎奈爾太太在我們圍著桌子坐下之後如此說道。所謂大家也只有四個人而已，看來這門課的人數比笛婕說的還少。讓我意外的是，木穀倉沒有用響亮擾人的鈴聲來提醒大家上課了，我猜想是這裡的人太脆弱，連鈴聲都會讓他們崩潰。奎奈爾太太瞥了瞥戴在修長手腕上錶面極小的金錶，微微皺眉，就像一般人在查看時間那樣。

奎奈爾太太看起來像是某人優雅得體的祖母，滿頭灰白髮絲往後梳，年紀一定都快八十了。她抬起頭環顧我們說：「我本來希望每個人在第一堂課都會準時出席，可是結果不如我所願。我們有很多事情要忙，所以即使有人還沒來，我們還是得開始了。」

我納悶那個沒來的學生是誰。也許他跟我一樣是新學生，可是沒有會把他拉下床鋪、推進教室的室友。於是他現在可能還在呼呼大睡，希望大家都別去煩他，就跟我一樣。

「你們應該很清楚，這門課是特殊主題英文課，」奎奈爾太太說，「現在我想請大家輪流自我介紹，報上自己的名字，說幾件關於自己的事。即使你們已經彼此認識，要記得，我並不認識你們，只看過書面資料。」

在這間明亮的小房間裡，除了我之外的另外三個學生圍坐在橢圓櫟木桌旁，包括一個看起來一板一眼的男生，一頭黑髮剛剛剪過，穿著細紋扣領襯衫；一個漂亮的非裔女生，滿頭髮辮，髮尾繫著小小串珠，看起來就像光導纖維；一個穿著灰色兜帽T恤，用兜帽擋住臉的男生。他不只戴著兜帽，腦袋還靠在交叉的手臂上，把臉轉開不看任何人。

那個兜帽男孩彷彿知道我在看他，突然轉往我的方向，那個動作劇烈得令人詫異，就像動物園裡的巨大海龜決定轉頭。但是跟海龜不一樣的是，兜帽男孩長得很好看，可是渾身散發著敵意。你可以看出他寧可到別的地方去，也不要待在這裡，雖然我也有同感，不過我把自己的感受藏得很好。我走的路線是抽離，不是敵意。

男孩把兜帽用力往下扯開，金色長髮流瀉出來，我可以想像他投入需要膽量的活動時，長髮迎風搖曳的模樣，像是衝浪跟滑雪板。他像是那種衝動魯莽型的人，我向來不喜歡那一型的，里夫也不喜歡。

「猛男來了，」某天在學校餐廳，里夫看見幾個男生大搖大擺結伴走進來時說道，「他們來這裡攝取猛男每日應該吸收的蛋白質。」

「八百萬公克的鯊魚生肉。」我說。

回到教室裡，就在我發現自己盯著兜帽男孩看的時候，他瞟了我一眼，意思好像是：「別再看了。」我連忙把目光移開，望出窗外，多少希望會看到遲到的那個學生趕來上課的身影。

奎奈爾太太向非裔女生打了個手勢，這女生坐在她的左側。這個非裔女生就是那種走在市中心街上，會有模特兒經紀公司的人上前搭訕，順手遞出名片並說「歡迎來電」的女生。她直挺挺坐著，除了海馬之外，我沒看過有生物可以做出這麼棒的姿態。

「我們就從這裡開始吧。」我們老師說。

「好吧，」非裔女生不自在的停頓了一下之後說，「我是席耶拉．史托克。」她沒繼續往下說，彷彿已經給了我們所需要的全部資訊。

奎奈爾太太說，「可以多說一點嗎？」

「我家在華盛頓特區，去年春天轉來木穀倉，在那之前，」席耶拉用稍顯生硬的語氣補充，「我輟學過一陣子，我想說的只有這樣。」

「謝謝你。」奎奈爾太太說，然後對著那個一臉嚴肅的男孩點點頭。他的頭型方正，長相也很陽剛，大概從他母親的產道出來時就是如此了。

「我是馬克．索能菲。」他說。我想他一定是辯論社的，搞不好是社長。「我家在麻州紐頓市，我跟媽媽和姊姊住在一起，本來是學生會會長，也是辯論社社長。」

**猜對了**。

「可是事情變得有點糟糕，我再也搞不清楚自己到底對什麼有興趣。」他頓了一下後說，「我想，我要講的就只有這些。」

「謝謝你，馬克。」奎奈爾太太說完轉向那個戴兜帽的金髮男孩，「好了，下一個就請你自我介紹吧？」金髮男孩一語不發，久到讓人覺得失禮，彷彿沒聽見老師說話。最後他終於開口了，聲音輕柔平緩，連坐在對面的我都聽不見。

奎奈爾太太說：「一個聲音，是我們唯一得到的賜予。」沒人曉得這句話是什麼意思，可是讓我們停留在困惑的狀態裡等待，似乎令她覺得滿意。

「嗯，什麼？」馬克說。

「我們每個人都只有一個聲音，」奎奈爾太太說，「這個世界這麼吵雜，有時候我想，那些選擇安靜的人想通了一點——」她對著無禮的男生點點頭，「就是如果想喚起別人的注意，最好的方法不是大吼大叫，而是輕聲細語，這樣每個人得更專心聽。」

「我沒有那個意思，」那個男生的音量突然放大，「我平常講話就是這樣，之前別人老是要我用**內在**聲音，我都照做了，結果你又要我用**外在**聲音？」

奎奈爾太太露出淺淺的笑容，我不知道其他人看到了沒有。「不，只要用你真正的聲音就好。不管你真正的聲音是什麼，我希望我們都有機會聽到。」

這個老師到底是何方神聖？我無法分辨她是在說笑還是認真的，坐在這裡讓我覺得好尷尬，這個班這麼小，我的尷尬根本藏不住。人數這麼少又圍著桌子坐，任何事物都無所遁形，更別說這種狀況要延續一整個學期，真是太折磨人了。我環顧四周，很確定其他人也有同感。

可是奎奈爾太太表現得好像沒注意到我們的不自在，還是直直望著兜帽男孩，等著他好好自我介紹。等他終於開口時，好像耗盡了全部力氣。「我是葛里芬．佛利。」他說。

然後就閉上嘴巴。**就這樣**？

「歡迎，葛里芬。」奎奈爾太太說，然後等待。

「我家在距離這裡一英哩半的農場上，」他繼續說，「我的英文成績一向很差，只是想先警告你一下。」然後又趴回桌上。

「謝謝你。」奎奈爾太太說，「我收到你的警告了。」

就在那時，教室門砰一聲打開，門把狠狠撞在牆上，我幾乎擔心會留下坑洞。所有人吃了一驚，轉身看到一個坐輪椅的女生想要擠進教室來。「噢，幹。」她說，她的背包卡在門框上。

教室裡的每個人，包括奎奈爾太太，都跳起來想幫忙，不過突然積極的表現出熱心助人的態度，馬上讓大家難為情起來。席耶拉先走到那女生身邊，把擋路的背包從輪椅上移開，然後那個女生快速衝進教室。她是個嬌小纖細的紅髮女孩，可是非常焦慮，此刻浮現在我腦海裡的字眼是「熱力十足」。

「我知道遲到是沒有藉口的，」這女生用接近歇斯底里的語氣說，「我不想打殘障牌——噢，抱歉，我是說**障礙**牌。我不希望你跟我說，我遲到完全沒問題。」

我望向奎斯爾太太，可以看出問題可大了。重點是，這女生還沒搞清楚狀況。她可能聽說木穀倉的老師都很隨和、對學生很溫柔，老師們擔心只要說句重話，就會讓學生崩潰。可是奎奈爾太太說：「我不會跟你說那種話，我只希望不會再發生這種狀況。我們有很多事情等著完成，我一秒鐘都不想浪費。」

這女生一臉震驚。我敢打賭，平時沒人會惹她不高興，就像沒人會惹我不開心一樣。

「對不起，」她說，「我還沒弄清楚狀況。」

「我明白，可是無論如何你都得弄懂。」奎奈爾太太說，語氣有點嚴厲，「如果你用那種方式過生活，會錯過太多東西。」

接著我意識到——也許我們全都意識到，因為這女生跟我一樣都是新來的——她的肢體障礙不是天生的，而是近來才開始使用輪椅。我突然很想知道她有過什麼遭遇。她的雙腿沒打石膏，所以不是骨折，可是也看不出萎縮的樣子，不像《綠野仙蹤》的東方壞女巫消失在房子底下之前那樣。包覆在藍色牛仔褲裡的雙腿看起來很正常，只是顯然失去功能了。

「可是好難噢。」這女生用聽起來很稚嫩的聲音說。

「我知道，」奎奈爾太太說，語氣稍微溫柔了一點，「是很難沒錯，你用對了字眼。我這個人對使用正確的字眼有某種堅定的信念。就我懂事以來，這是我一貫的主張。」

奎奈爾太太閉上雙眼，我猜想她心裡浮現了什麼回憶，從腦海深處拖出許久以前的某個影像。我納悶她是不是老到不適合教書了，她的個性似乎有點難以捉摸，像是在同情跟不耐煩之間來回擺盪。

最後她睜開眼睛，對那個女生說：「從你到這裡以來已經學到了兩件事。第一，遲到。老師不喜歡你遲到。第二，完美的用字。老師喜歡完美的用字。也許現在你可以跟我們講點有關**你**的事了。」

這女生對這個點子不大滿意。「像什麼？」

「我們剛剛繞著桌子進行，同學們已經講過自己的名字跟關於自己的一點事情，現在輪到你了。」

「我是凱西．卡瑞門，」這女生不情願的說，「凱西．克雷頓．卡瑞門。都是C。」她補了一句。

「什麼？」馬克說，「你是說你的成績嗎？」

「不是，凱西、克雷頓、卡瑞門，開頭都是C這個字母。」

「噢，」他說，「對。」

我們尷尬的坐在那裡，為凱西．卡瑞門遺憾得要命。她不能走路，還在第一堂課被老師責備。不過我們多少也在等凱西說：「我之所以坐輪椅，是因為……」可是她根本沒提到這件事。她講完了。

那就表示現在只剩下我還沒開口，我領悟到這點的時候，微微感到噁心想吐。我提醒自己，不用跟他們提起什麼重要的事情。不用跟他們提到里夫，也不用去提我的遭遇，只要跟其他人一樣說點無關痛癢的小事就可以了，只要給他們一點甜頭就好。

奎奈爾太太用澄澈的雙眼，興味盎然的瞅著我說：「好了，現在輪到你了。」她等著。我別無選擇，我不能說自己沒心情講話，我確定奎奈爾太太不會容忍這種說法。我低頭盯著桌面的木頭花紋，彷彿那些紋路突然變得跟坐輪椅的凱西一樣吸引人，最後抬起頭說：「好吧，嗯，我叫潔兒．葛拉修。」然後就停下來，希望這樣就可以滿足奎奈爾太太。

可是當然不能。

「繼續說吧。」她說。

「唔，」我說，再次低下頭，「其實我的全名是潔梅佳，因為我爸媽到牙買加度蜜月，在那裡懷了我。」馬克發出尷尬的笑聲。「我弟小時候都叫我潔兒，叫久就習慣了。噢，我家在紐澤西。」

我說完了，除了奎奈爾太太之外，似乎沒人對我說的話著迷，我們全都笨拙到可悲的地步，包括五個不搭軋的學生和選了我們的老師。

雖然奎奈爾太太可以藉著這個機會告訴我們被選中的原因。她可以說這類的話：「你們可能想不通自己為什麼來到這個班。但在標準測驗裡，你們每個人都在『閱讀理解』這個項目上有優異的表現。」她甚至沒有嘗試解釋，反而微微轉頭，把我們每個人都看進眼裡，彷彿想把我們的長相烙印在腦海裡。

以前很少有人像這樣仔細觀察過我，除了我爸媽、馬格里斯醫師，當然還有里夫。我納悶她覺得什麼這麼有趣。要是我是她，必須坐在那裡端詳我們大家，我會無聊到發瘋。

可是奎奈爾太太看著我，也瞥向班上其他人，彷彿我們有趣極了，最後她說：「謝謝你，潔兒，也謝謝大家。為了公平起見，我也講一點關於我的事。我叫奎奈爾太太，其實全名是維若妮卡．奎奈爾，可是我比較喜歡大家叫我太太。如果你們當中有人喜歡**先生**或**小姐**之類的稱呼，我很樂意配合。」一片鴉雀無聲。不，我們沒人喜歡那種稱呼。「我在你們出生以前就來木穀倉教書了，我對我的學生有一些要求，請你們務必配合。準時當然是必要的，可是不只如此，你們也要用功、誠實跟開放。好了，你們可能在心裡嘀咕：**是**

**是是，奎奈爾太太，我會達成你所有的要求**。可是有時候腦袋就是會停擺，一停擺就沒辦法學習，或完成閱讀作業。發生那種狀況的時候，我們聚在這裡上課就沒意義了。

「可是，如果你們能做到我所要求的事，我想你們會發現很有收穫。我對教授這門課充滿熱忱，我目前只有這門課，因為我不再是春雞，意思就是我已經不再年輕了，怕你們沒注意到。」她頓了頓，再次環顧我們大家，面帶淺淺的笑容說，「噢，看來你們都注意到了。唉，讓大家束手無策的事情裡，年紀就是其中之一。你們當中有些人可能納悶，為什麼被安排來上特殊主題英文課。」

「廢話。」葛里芬．佛利脫口而出，桌邊響起驚愕的笑聲。馬克搖搖頭。「你挑到我，是大錯特錯。」葛里芬說。

「就像所有人一樣，我也會犯錯，」奎奈爾太太說，「我當然不完美。可是我細心審閱過你們的檔案，確定你們都應該上這門課。即使你也是，葛里芬。」她再次環視我們，「這門課會上到十二月下旬為止，從現在起到那個時候，我很想聽你們談談自己。我想，你們目前還不懂我想跟你們說的是什麼。」

我們只是盯著她。不，我們完全不懂。

「可是不要緊，」奎奈爾太太說，「你們到時都會弄懂的，我很確定。」她再次瞧瞧手錶並說，「時間過得飛快，向來如此。我想介紹我們這學期要讀的第一位作家，剛好也是最後一位，因為我們只讀這麼一位。我上這門課的時候習慣把焦點放在一位作家上，而且挑的作家永遠不一樣，因為我希望讓大家的對話一直保有新鮮感。」奎奈爾太太降低音量補了一句，「我想我現在可以告訴你們，你們是我最後一批學生。」

我們滿頭霧水。席耶拉舉手發問：「這是什麼意思？」

「在這門課發言不需要把手舉高，席耶拉，只要提升心靈就好。我的意思是，教完這個學期我就要退休了，」奎奈爾太太說，「我在這裡教了很久的書，這份經驗很棒，可是離開的時候到了。所以我賣了房子，打算搭渡輪環遊世界。就是那種噸位很大的船，上頭載滿像我這樣的老人家，排隊等著拿甜點，然後再決定自己要在哪裡落腳。這學期一結束，我就會打包好，跟木穀倉說再見。」她說話的時候不禁流露情緒，雖然很明顯她並不想要這樣。「學期末，學校要替我辦一場退休派對，而在座的各位當然都是受邀的對象。」

學期末感覺好遙遠，我根本無法想像自己要怎麼從現在走到那個時候，這段時間一定漫長到令人痛苦。她可能覺得日子眨眼就過，可是我認為時間停滯不動。

「我的部分講夠了，」奎奈爾太太說，「對我們的討論來說，我個人並不重要，你們才重要。我們就開始最後一回的特殊主題課吧。」

她把手伸到桌子底下，拿出五本相同的書籍分給大家，是雪維亞．普拉絲的《瓶中美人》。我記得漢娜．佩卓斯基跟我說過，這本書很不可思議，可是讀了會很沮喪。

馬克．索能菲舉起手，想起奎奈爾太太說過的話，又趕緊把手放下。「我知道那本書，內容很灰暗，我想我記得那個作者的事。」他頓了頓，不確定該不該說下去。

「儘管說吧，馬克。」奎奈爾太太說。

「唔，」他不安的說，「我猜她……自殺了，對吧？她打開瓦斯，然後把頭塞進烤箱裡？」

「對，沒錯。」

「請別介意，」馬克說，「我確定你是很好的老師，可是那種書……適合我們嗎？我是說，我們不是都有點……」他說到一半就說不下去，一副難為情的樣子。

「繼續說。」

「**脆弱**。」他說，語氣中帶有諷刺的意味，「就像學校的簡介手冊裡寫的，我們應該非常、非常脆弱，跟瓷器一樣。」

「對，我相信手冊裡寫了那樣的話，」奎奈爾太太說，「馬克，讀一本探討年輕女子情緒問題的書，作者本人最後還因為情緒問題而死，對你來說負擔太大嗎？」

馬克思索了一下。「我想不會，我知道這是一本經典的作品。」

奎奈爾太太環顧其他人。「對於讀《瓶中美人》，有沒有人覺得不舒服？」

我們全都搖頭表示不會，但我好奇爸媽會有什麼反應，也許他們會擔心我讀這麼沮喪的書。我想像自己下課後，用公共電話打給他們，跟他們說我要讀《瓶中美人》，說那本書讓我覺得好難受。「我們替你辦退學。」老爸會暴跳如雷的說。然後我明天就可以離開這裡，回到我的家跟我的床鋪上，不用面對古怪的新環境跟問題纏身的同學。

「好，謝謝大家。」奎奈爾太太說，她的語氣彷彿是之前沒注意到，她在這種學校挑了這本書跟這位作家是有點不尋常的做法。馬克說的對，在木穀倉，自殺一定是個敏感議題，這裡很多學生都可能有憂鬱傾向，可是奎奈爾太太偏偏挑了雪維亞・普拉絲的作品，隨心所欲的直搗痛處，因為她不在乎別人的想法。剎那間，我幾乎湧現佩服的感覺。

「要是你們當中有人的感覺變了，」她說下去，「請來找我談。我很用心在編排課程，就跟我挑選學生一樣。」

也許她真的很用心挑選我們五個人，可是誰曉得她是怎麼選的，班上的成員之間似乎沒什麼共同點。

「對《瓶中美人》不熟的那些同學，」她說，「這本書是優秀的美國作家雪維亞・普拉絲五十多年前寫的。是自傳性質的書，談到一個年輕女子的憂鬱症，還有她陷入瘋狂的過程。有人知道什麼是鐘罩[1]嗎？」我們搖搖頭。「就是用來儲放科學樣本，或是製造中空

1 bell jar，《瓶中美人》的原文書名是 *The Bell Jar*，字面意義就是「鐘罩」。

狀態的鐘形玻璃罐，放在鐘罩底下的東西跟世界隔絕開來。這當然是一種比喻。憂鬱症讓雪維亞．普拉絲覺得自己好像置身在某種鐘罩裡面，跟世界斷絕關係，三十歲就結束了自己的生命。」

沒人開口說話，我們只是默默聆聽。「這是她這輩子唯一一本小說。她是個很優秀也很有成就的詩人，在她所有具有力量的作品中，有一些就是在人生尾聲的時候寫的，就收錄在《精靈》這本詩集裡頭。我們當然也會讀那些詩，不過她在世的時候持續寫了不少日記，這也就是為什麼，」她停頓了一下，「我要給你們**這個**。」

奎奈爾太太再次把手伸到桌子下方，拉出五本相同的紅皮日記本發給大家。我拿到日記本後翻開，紙頁發出細微的嘎吱聲，書脊相當緊繃。我一眼就看出這本日記精緻而老舊，紙頁微微泛黃，彷彿裝箱收在櫃子裡長達數十年。紙張上淡藍色線條的行距比我習慣的更密，我必須寫很多內容才能填滿一整頁。

「哇，這是古董吧。」葛里芬說。

「對，就跟你們的老師一樣。」奎奈爾太太面帶笑容說，然後雙手交疊看著我們，「今天晚上，除了讀《瓶中美人》的第一章之外，也想一想要怎麼寫日記以及寫些什麼，如果可以，今晚就動手，可是至少先想一想。這是你的日記，屬於你自己的東西，代表你跟你的內在生活，喜歡寫什麼就寫什麼。」

可是我滿腦子只想用嘲諷的語氣說：**噢，好刺激喲**！因為我沒有任何想寫的東西。我才不要把我朝思暮想的事情記錄在紙上，我才不要寫我在想的那個人，因為那些事情只屬於我。

「一旦靈感來了，」奎奈爾太太說，「一周寫兩次，學期末要把日記交給我。我不會拿來讀，永遠不會，可是我會蒐集起來，好好保留。寫日記是規定，把日記交回來也是規定。我深深相信，我的學生應該要往前走，而不是沉溺在產能較低的事情上。」她頓了一下然後說，「你們整個學期除了精讀這位作者的作品之外，也要進行我所謂的『精寫』。你們必須參與課堂討論。有些日子可能比別的日子難熬，這點毫無疑問。」

她再次環顧教室，態度嚴肅的說：「這門課還有另一項規定，雖然我不喜歡用這種說法，但有件事要請你們配合，以人類對人類的立場，你們必須彼此照顧。」

我不確定大家明白她是什麼意思，可是我們都同意會達成她的要求。

「謝謝你們。」奎奈爾太太說，「有沒有問題？」

「你確定在這裡面寫東西沒問題嗎？」馬克問，「這種東西看起來應該收藏在博物館裡才對。」

「完全沒問題。」她要他放心。

「可是我們應該寫什麼呢？」他追問。

「馬克，」奎奈爾太太說，「你不是小朋友了吧？」

「不是。」他說。

「我也認為你不是。如果我告訴你要寫什麼，那就是把你當成小朋友。我想你夏天才剛過完生日，對吧？你十六歲了？」馬克點點頭。「這是很好的年紀，就是有些事情可以自己做決定的年紀，其中一件事就是在日記裡寫什麼。你不用老太太來給你提示，我知道你腦袋裡有很多東西。」

可是馬克依然一臉壓力。「奎奈爾太太，我不是故意要找碴，可是乖乖按照老師的指示做，我才可能有最好的表現。抱歉。」他說。

「不需要抱歉。等等，讓我想想，」她停了幾秒鐘之後說，「我會說，你的故事怎麼寫最貼切，你就怎麼寫。我希望這樣說有幫助。」

我看著馬克。沒有。看來一點幫助也沒有。可是奎奈爾太太似乎沒注意到，接著她站起來，這下子我看出她有多高了。她頂著滿頭白髮，身穿優雅的絲質女衫，高高俯視著所有人。

「每個人呢，」她一邊說，一邊環顧大家，「都有話要說。可是不是每個人都敢說。你們的責任就是要找到方法說出來。」

# 第三章

「所以怎樣？」笛婕那天傍晚在自修時段問我。自修時段有兩個小時，我們必須坐在寢室裡或是到宿舍樓下的大廳裡做功課。我決定把醜陋的橘色學習死黨拿來用，身體貼在燈芯絨布料上，人類手臂靠在它無生命的粗壯靠臂上，沒想到還滿舒服的。

「什麼怎樣？」

「特殊主題英文課。你明明知道。」

「我想還不錯。」我回答。老實說，這門課有點怪，在令人不自在跟怪得有趣之間擺盪。

「你們不用學什麼冷僻的語言嗎？」笛婕問，「或者用植物精油進行入會儀式？」

「不用。」

「搞不好前年那班的小鬼在耍大家，」笛婕說，「到了學期末，他們表現得好像這門課有多了不起。」

「根本沒什麼，她只是發《瓶中美人》給大家而已。」

「雪維亞．普拉絲？你們整個學期就是要讀她？」笛婕說，口氣帶點優越感。

「嗯。」

「還真會挑，在這種地方讀這種書。」

「對啊，」我說，「我想她覺得我們可以從裡面學到什麼。」

「我很久以前就讀過《瓶中美人》了。」笛婕用滿意的口吻補充，「也許我沒去修那門課是好事，要再讀一遍會很悶。」

「噢，我們還必須寫日記，」我補充，「想寫什麼都可以，可是最後要交給老師。她發誓不會去讀。」

「**日記！**」笛婕嗤之以鼻，「真老套。」

笛婕自在的坐回床上，顯然很高興這門課感覺沒那麼棒。我在木穀倉的第一天不算很糟，可是比起我之前過了將近一年的日子也沒有比較好。時間毫無意義的滴答走過，唯一的差別就是爸媽不在我的房間門口徘徊，擔心我什麼時候才會「振作起來」。

我倚在學習死黨上，快快讀過《瓶中美人》的第一章，然後讀了第二章，雖然我不應該超前進度。這本書講的是愛瑟．格林伍德這個極具野心又聰明伶俐的大學生贏得了雜誌競賽，跟其他得獎的女生在暑假期間一起受邀到紐約的時裝雜誌社工作。愛瑟住在一家老旅館，男性只能在一樓活動，她開始覺得很不快樂、身心微恙。

這本書的背景設定在一九五〇年代，當時的世界很不一樣，大家還戴禮帽出門赴約。按照奎奈爾太太發給我們的講義看來，雪維亞．普拉絲在大學期間確實贏過一場競賽，也曾在某年夏天替雜誌社工作過。她在那裡的時候，開始有了疏離跟被孤立的感受，就像《瓶中美人》的主角愛瑟。那年夏天結束後，雪維亞回家吞下一堆安眠藥，躲在門廊下的空間等死。

可是雪維亞．普拉絲沒有死成。她陷入昏迷，幾天之後才恢復意識。家人聽見她的呻吟，叫來救護車救了她一命。在那之後，她被送進精神病院，除了很多一般的治療之外，還接受電擊療法——把電極線接在她身上，打開電壓——之後她就復原了。在現實生活中，雪維亞成為一位作家，嫁給了英國詩人泰德．休斯，兩人的婚姻風波不斷，育有兩個孩子，一男一女。

直到她三十歲住在倫敦的時候，再次企圖自殺。雪維亞打開瓦斯，把頭塞進烤箱裡，就像馬克在課堂上說的。這次她成功了。

笛婕用力合上歷史課本，站了起來。「我弄完了，」她說，「我要到樓下去，看看能不能跟海莉．布瑞格曼討點薄荷巧克力餅乾，想一起來嗎？」這是我到木穀倉以來，第一次收到隱約像是社交活動的邀約，可是我提不起勁。況且，我跟笛婕已經有不少相處時間。

「不了，」我告訴她，「我應該寫點日記，不過我也沒什麼話好講就是了。」

「就隨便鬼扯一下。」笛婕說，「只要有人要我寫自己的事，我向來都用胡謅的。」

她離開以後，我從書桌拿起日記，今晚到目前為止，我還沒坐在那張書桌前面，而是在床上完成了所有的作業。我沒花多少心思，成績也不會好看到哪裡去，可是我就是沒辦法「嘗試看看」，爸媽把我送來這裡以前就是這麼說的。

「嘗試看看嘛，潔兒，」老爸說，「先試一個學期好嗎？看看狀況怎樣再說。」

現在我遠離家鄉，坐在寢室的床鋪上，晚風吹動著老舊的玻璃窗，走廊對面隱約傳來女生彈奏貝斯的砰砰響，我往後靠在學習死黨身上，翻開了日記。

只要寫個幾行就好，不要多寫。**就隨便鬼扯一下**。笛婕說。我可以寫點平淡無聊的東西，這樣至少到學期末，奎奈爾太太說：「大家把日記交上來吧。」就會看出我盡力了，雖然她不打算讀我寫的內容。不知道為什麼，但我意識到自己就是不想惹她心煩或是讓她失望。

可是我真的無話可說，我滿腦子就只有里夫。

說來好笑，你可以在不需要某個人的狀態下活很久，然後在你們認識後，卻變得突然老是需要他們。我跟里夫之所以會認識，是因為我們一起上體育課。從幾年前開始，我們學校創辦了一種叫做「共學體育」的另類體育課，內容包含了瑜伽跟羽毛球。上課第一天，在上羽毛球的時候，這個深色眸子的男生出現了。他穿著皺巴巴的長版短褲，搭配曼聯足球隊的紅色T恤，有人低聲說他是新來的其中一個交換學生。

這個英國男生在羽毛球比賽的時候漫不經心，只是任由羽毛球咻咻飛過身邊。小小的塑膠球飛掠過去，距離他的臉只有幾英吋，他頻頻嘀咕「真要命」。然後我也不再專注於比賽，寧可認真觀察這個人。

體育課結束後，同學們各自朝著男女更衣室走去，這時我做了件有違平日作風的事。你必須知道，我是那種安靜害羞的乖女生，不是那種想方設法要讓人留下深刻印象的人。我對這個男生說：「好策略。」光是對他說出這麼無趣的話，就已經鼓起我所有的勇氣。

他瞇眼看著我。「什麼策略？」

「躲避啊。」

他點點頭。「對啊，基本上我這輩子都是靠這招撐過去的。」

我們對彼此露出微笑，結束了第一次對話。整個星期當我在學校看到他，我會找藉口跟他聊聊，他也會找理由跟我說話。

「我的寄宿家庭克斯曼這一家，」有天他在學校餐廳說，「很喜歡玩輪唱，你知道什麼是輪唱嗎？」

「輪唱？」我說，「噢，就像那首划船的兒歌[1]。」

「簡直是折磨。吃完晚飯，我們得圍在餐桌旁邊，連續唱幾個小時的輪唱，也許我感覺起來是好幾個小時。我從沒見過這麼和樂融融的家庭，美國家庭都是這個樣子嗎？」

「不是，」我說，「我們家就不是。」

「幸運的女孩。」里夫說。

他這樣說讓我好興奮，可是我要自己別這樣。我告訴自己，他只是普通朋友，但還是希望他對我可以超越普通朋友的程度。不過說真的，他有那麼多人可以挑，為什麼會對我有興趣？可是我敢發誓，他真的有興趣。我沒跟朋友說這件事，只是把這種感受默默放在心上。

有天下午，美術課讓我們到戶外寫生，我拿著畫本跟炭筆坐在俯瞰停車場的山坡上，遠處樹木林立，這時里夫出現在我身旁。

我們肩並肩坐著，但沒有碰觸到對方。我們的肩膀各自裹在毛衣裡，非常接近，可是連不小心撞上都沒有。那時我才認識這個男生幾星期，對他幾乎一無所知，兩個人的關係包括微笑、傻笑，以及跟對方說好笑的話。

可是，我**希望**我們的肩膀能夠貼近一點，彷彿我們的肩膀具有某種溝通能力。我的肩膀裹在天藍色毛衣裡，是我奶奶蘿絲死前織給我的；他的肩膀包在巧克力色毛衣裡，可能來自倫敦某間商店。我的肩膀可以跟他的肩膀來點對話，如果我們的肩膀可以互碰，我知道我會感覺到前所未有的悸動。這樣一想，我才意識到，我以往不曾有過**悸動**的感覺。

九年級，我跟賽斯．曼德波姆接吻過四次，感覺還可以，但是不適合用**悸動**來形容。我跟賽斯第二次接吻，是在珍娜．霍加斯十四歲生日派對上的布簾後面。她媽媽一直在派對上走來走去，一面嚷著：「這是珍娜甜美的十四歲！」實在很煩人。賽斯把手往上伸進我的T恤，貼在我的胸罩上，用嚴肅的口吻低聲說：「你很有女人味。」我噗哧笑出來。賽斯一臉受傷的說：「什麼這麼好笑？」我不得不說：「沒什麼。」

那段關係沒有真正劃上句點，而是慢慢淡掉，彷彿不曾發生過似的。

可是，我跟里夫的這段關係不同。我跟他在一起的時候，感情澎湃洶湧，我必須刻意壓抑下來。起初我們完全沒碰觸，連眼神接觸都很少。每天早上，大家擠在置物櫃那裡，空氣裡瀰漫著剛睡醒的口臭，這時我會匆匆掃視走廊，目光彷彿聚光燈一般，從幾十個人之中找到里夫。

我在美術課上替里夫畫了一張動人的肖像，大家都看出我跟他之間有些什麼，所以隔

---

1 Row, Row, Row Your Boat為一耳熟能詳的兒歌，整首歌都重複同樣的歌詞和曲調。

天黛娜・薩波才會邀請我去參加她的派對。我不敢相信有這種好事，整個人興奮不已，可是我強迫自己要表現得格外低調。這是我跟里夫第一次在校外見面，天曉得會發生什麼事。

光是坐在這個來自倫敦的男生身邊，或是在派對上跟他共處一室，就讓我覺得自己會暈厥過去、砰一聲摔倒在地。

星期六晚上，爸媽載我到薩波家，李歐也在車上，因為他跟爸媽要到購物中心吃披薩看電影。我們開車路過市中心的時候，我望向車窗外的購物中心，瞥見小時候老爸會帶我去坐的電動紫色小馬，他會把硬幣不停投進投幣孔裡，我拚命的騎啊騎，彷彿那是世上最刺激的事。

可是說真的，我從沒做過什麼刺激的事。除了有一次去迪士尼樂園，還有每年夏天到俄亥俄州探望祖父母之外，我幾乎沒離開過克普頓市。里夫來自一個截然不同的世界，那裡的人用不一樣的方式說話，用不一樣的字眼來稱呼東西。他有過我想像不了、但極想嘗試的經驗。爸媽載我去參加派對的路上時，我心裡想著：這個世界好大啊，大到無法想像且令人悸動，而里夫就屬於它的一部分。

「玩得愉快，寶貝。」媽說。我在黛娜家的大宅前面下車，她家位於有錢人家的城區，那裡的房子之間隔得很開。黛娜家正面有白色柱子，還有巨型觀景窗，可是窗簾拉了起來。

我爸媽不知道這個晚上的意義有多麼重大，不知道這種派對跟我以前參加過的都不一樣。他們以為來黛娜・薩波家的客人們會坐在地毯上玩香蕉拼字遊戲。他們當然不知道里夫的事，因為我不曾在他們面前提起他。

我走進去的時候，薩波家的客廳光線昏暗，空氣中瀰漫著香菸、披薩、啤酒跟大麻的氣味，音樂也放得很大聲，砰砰作響。我沒看到里夫，我對幾個人打招呼但沒停下腳步。我只想跟他聊天。於是我在人群中穿梭，直到聽見熟悉的英國口音，我就像聽到主人聲音的小狗，馬上警醒起來，然後循聲走了過去，最後找到穿著皺巴巴扣領襯衫的里夫・麥克斯菲德。

他有時候會給人一種感覺，彷彿來到美國之後，一直沒整理行李箱的東西。他的袖子往上捲起，一手拿著雜貨紙袋，一手握著啤酒瓶。他原本在跟一群男生講話，一看到我就突然打住。

「把話講完啊，老兄。」艾立克斯・莫弗瑞說，他抓著啤酒瓶，想裝出一副超齡的成熟模樣。六年級的時候，我們到威廉斯堡殖民區進行兩天一夜的校外參觀，艾立克斯在巴士上大吐特吐。

「不了。」里夫說著放下啤酒，朝我走來，「我要說什麼，你得用想像的。」

「渣男。」艾立克斯咕噥。

「渣男？」里夫說，一手抵在耳後，「抱歉，我不太熟悉那個字。我只知道那是女性私密部位的清潔用品[2]。我個人確實很重視清潔，所以我想你指的應該是……**好**東西，我們在英國通常不會這樣罵人。」

艾立克斯對他比了個中指，可是里夫只是笑了笑，然後走到我身邊，說了聲嗨。我的臉發燙，即使在這個溫暖的房間裡我都感覺得到。其他人開始拿我在美術課畫了里夫肖像的事開玩笑，我跟他馬上用笑話回敬他們，接著他對我說：「想去別的地方聊聊嗎？」

「當然好。」我說。我們沿著走廊走去，打開第一間臥房時，看到裡面有兩個人躺在一堆外套上難分難捨。他們興味索然的抬頭看我們。我認出那個女生是莉亞．費德，她去年才跟我一起上過呆瓜數學班。她點點頭和我們打招呼，然後繼續和我從沒見過的男生接吻，搞不好莉亞之前也沒看過他。

我們把門關上，繼續往前走，下一個房間裡，一群人坐在地上，好像剛開始玩脫衣撲克牌，他們全都抬起頭來竊笑。

最後，我跟里夫走到了黛娜妹妹的臥房。五歲的寇特妮．薩波跟爸媽出門過周末，把黛娜留在家裡跟六十個最親近的朋友在一起，加上我。寇特妮的臥房是粉紅色跟白色的組合，床鋪上方有個頂篷。坐在這張床上似乎不大對，感覺很老套，彷彿在說：我們是互有好感的男女，因為這個青少年派對上沒大人，所以到兒童床上親熱的時候到了。

可是我不想那樣。我對里夫的情感那麼濃烈，萬一他只是覺得我甜美乖巧呢？萬一他只是喜歡我的長頭髮，但對我本人不感興趣呢？

我環顧昏暗的房間，地上鋪著質感像海綿的合成地墊，黑暗中，我甚至無法分辨顏色。顏色這件事有點古怪，黑暗似乎會抽光所有的色彩。里夫放下手中的紙袋。

「是雜貨嗎？」我問。

「對，英國雜貨。」他說。我往袋子裡瞧，看到一個小玻璃罐，我把罐子拿出來。

「緹樹牌小紅草莓……」我讀著標示問道，「是果醬嗎？」

里夫點點頭。

然後我明白了：噢，天啊。他因為我的名字帶這罐果醬來[3]，是要送我的禮物。這是只有我們兩人才懂的笑話。我好感動，臉龐又熱燙起來。我等著他告訴我，那是要送我的，可是他害羞了。

「所以可以給我嗎？」我靜靜問。

---

2 原文為 douchebag，是女性清潔私密部位的用品，後來被拿來當成罵人的字眼。

3 潔兒（Jam）跟果醬（jam）英文拼法相同。

「當然，這是好東西。」

我知道我永遠都不會打開那個罐子，它是用來紀念這場派對、紀念這個晚上的物品。我握住這個罐子，讓它安安穩穩落入我的皮包深處。

我們腳邊的地板上有個精緻繁複的大型娃娃屋，貴到一塌糊塗的那種，是薩波夫婦特別找人替女兒設計的。這間娃娃屋的外型就像他們真正的家——在真實尺寸大宅裡的迷你大宅，大宅裡的房間擺設著華麗的家具，可能得透過特別的目錄訂購，還有加框的畫作，如果拉下小鍊子，會有迷你照明把那些畫作照亮。代表母親娃娃的化妝台前擺著成套的銀色梳子跟刷子，上頭的鬃毛跟嬰兒的睫毛一樣細。

娃娃屋裡的家庭成員全都聚集在娛樂室裡。里夫彎下身子，我也在他身旁伏低。「這個是你。」他慎重的把母親娃娃遞給我，這個娃娃一頭金髮，穿著復古的洋裝跟圍裙。然後他拿起父親娃娃，那個娃娃一身西裝搭領帶，剛剛下班回來。「這是我。」他補充。我們一起抓著這對男女娃娃在屋子裡到處閒逛，在花崗岩廚房裡做晚餐，然後坐在娛樂室裡一起看電視。

「《英國達人秀》。」里夫宣布，「他們在看這個節目。」

「才不是，是《美國達人秀》。」我堅持。

「英國。」

「美國。」

「我們第一次吵架。」里夫說。

代表我們的娃娃一起坐在沙發上，肩碰著肩，我一直希望我們真正的肩膀可以相碰。里夫丟下男娃娃，我也跟著拋下女娃娃，兩個娃娃躺在彼此身邊，我們在柔和無色的光線中轉向對方，我感覺自己的心臟狂跳，但儘量不去理會。

我們閉上雙眼，彆扭的把臉湊向對方。我記得以前跟賽斯．曼德波姆就是這樣。我們也碰到了彼此的肩膀，我感覺到他的棉質襯衫窸窣作響。

結果跟賽斯．曼德波姆一起的狀況迥然不同。

里夫柔軟的嘴唇像海綿一般吸住我的唇，離開的時候，發出小小的啪答聲，我內心的感受迅速匯聚起來。他往後退開，發出類似「噢」的聲音，我也是。我們都沒有難為情的感覺，只是覺得滿心悸動。我們在娃娃屋上方無止盡的接吻。

我們在那晚墜入了愛河。我們之前認識十六天，只剩二十五天的時間。

我翻開日記，拿起筆，可是一個字也寫不出來。

# 第四章

剛過午夜，尖叫聲跟哭聲把我吵醒。「笛婕，那是什麼聲音？」我說。

她從房間另一邊發出悶哼聲，磨蹭老半天才下床，踉蹌踏進走廊，可是我早就衝到門外跟一群女生聚在一起，我們都穿著長版睡衣或睡袍，交頭接耳的說：「怎麼了？發生什麼事？」沒人曉得。歷史老師珍安・米勒是我們的舍監，她穿著桃紅色的短浴袍，大步穿越走廊。她登上階梯，朝聲音的來源走去，我們像一群小鴨跟在她後頭。

聲音是從樓上傳來的，四十三號房，門邊上的名牌寫著：珍妮・瓦茲&席耶拉・史托克。舍監用力敲門，然後珍妮出現了，我一直沒跟她講過話。尖叫聲跟哭聲仍持續傳來——現在大部分只剩哭聲，所以出問題的是席耶拉。

舍監轉身面對我們，用嚴厲的語氣說：「回去睡覺，沒什麼好看的。」可是等她走進房裡、把門關上之後，我們依然待在原地。不久，哭聲平息下來，最後只剩一片寂靜。

隔天早上，因為半夜被吵醒，大家都有點宿醉的感覺。早餐的時候，我半閉著眼睛、搖搖晃晃排隊拿燕麥粥，看到席耶拉在前面，跟我之間相隔兩個人，正在跟某個我不認識的女生說話。「嗯，我知道那很逼真，」女生耐著性子告訴她，「你不會相信我今年夏天經歷過的那一次。我有一場重要的考試，像是大學入學考之類的，突然間我意識到自己忘了帶鉛筆——」

「跟那種狀況完全不一樣。」席耶拉打岔。

「噢，我知道啦，感覺就像實際發生過一樣。」女生說。

「算了。」席耶拉說，轉身走開。

在餐桌那邊，笛婕跟我說：「經歷過那種事後，席耶拉・史托克會做惡夢也沒什麼好訝異的。」

「她經歷過什麼事？」

笛婕一臉困惑的望著我。「噢，原來你不曉得啊。也對。」她盤子上有三顆葡萄跟一片幾乎烤成焦黑的吐司——情緒搖滾風的吐司。她咬了一口吐司，嚥下去之後說：「其實我不應該說的，這違反學校的政策。只有當事人想主動跟別人說自己的故事時才應該說。

你認識她嗎？」

「她跟我一起上特殊主題課。」我說。

「她可以進那個班，而我不行？噢，隨便啦。我只能說她去年來的時候，狀況爛透了，現在會做惡夢，搞不好表示她的狀況沒什麼改善。」

「她經歷過的這件『事情』，」我說，「是很慘的狀況嗎？」

「對，」笛婕說，「慘到爆。」

我覺得自己的腸胃揪緊，雖然我不知道「慘到爆」指的是什麼。

我們分頭去上自己的第一堂課。在上特殊主題課的時候，我瞥向坐在櫟木桌對面的席耶拉，她看起來很沮喪、淡漠。凱西又遲到了。我們針對《瓶中美人》的第一人稱敘事討論到一半的時候，她推著輪椅闖進教室。

在一陣冗長的停頓後，我想大家都很緊張，奎奈爾太太終於說：「凱西，這個世界是不等人的。」

這門課是**這個世界**？

「對不起。」凱西嘀咕。

奎奈爾太太轉身面對全班。「我說過，這本書是五十多年前寫的，可是到今天，你們有沒有人覺得有共鳴？」

「當然，」凱西說，「你可以說我就困在自己的小鐘罩裡，加了輪子的那種。」

我想，我也有屬於自己版本的鐘罩。我想到在里夫死後，我是怎麼整天躺在床上，聽家人跟朋友在前廳或是客廳談論我。我開始覺得自己的床鋪是座孤島，逐漸漂流遠離群體，只有腦袋裡關於里夫的思緒陪伴著我。

「那種孤立的感覺好難熬。」我說，但馬上就為自己講的話感到難為情。

奎奈爾太太看著我。「是的，」她說，「你們都還這麼年輕，普拉絲筆下的主角也很年輕。站在自己人生的邊緣，卻有種進不去的感覺。如果可能，應該儘量別讓這種情形發生。」

大家都非常專心的聽她說。我們聊的是小說吧？可是也許不是。也許我們聊的是自己。當你去談一本書的時候，就可能發生這種事。

我記得小時候跟老媽一起讀《夏綠蒂的網》，夏綠蒂死掉的時候，我們坐在娛樂室的棕色沙發上，穀倉那隻小蜘蛛彷彿就像我真正的朋友，甚至可以說她就是我。我突然明白自己總有一天也會死，第一次意識到這件事讓我震驚得哭了出來。

雪維亞·普拉絲筆下的主角愛瑟，她的憂鬱症現在就給我同樣的感覺：**噢，我懂你的感覺**。她的孤立感讓我想起關於里夫的整件事以來，自己一直擁有的感受。

「嗯，」葛里芬邊說邊點頭，「就好像沒辦法跟別人談。別人怎麼會懂得你經歷過的事？他們什麼都不懂。」

「完全不懂。」我表示同感。

「所以其他人什麼都不懂，」奎奈爾太太說，「愛瑟似乎也有那樣的感覺，她獨自陷在自己的絕望裡，沒有任何改變。我想，那種狀態就是生命的相反面。」

「生命的相反面不就是死亡嗎？」席耶拉問。這是她今天頭一次加入談話。

「我認為**沒有改變**有點像是死亡。」葛里芬說。我可以看出投入帶點文藝氣息的討論，讓他不大自在，我打賭他這輩子從沒做過這種事。「可是也許我說的不對，Q太[1]。」他趕緊補充。

Q太！我們之中有人發出緊張的笑聲，可是那個外號很適合奎奈爾太太，就這樣固定下來了，就像李歐叫我潔兒，叫久便成為習慣那樣。

「你知道的事超過你想的，F先生，」奎奈爾太太說，「改變有時候很關鍵，所有事物時時刻刻都在變化。你們的細胞每分鐘都在變化，窗戶看出去的景色跟幾秒鐘之前也會略有不同。」

我不由自主的望向窗外，簡直就像奎奈爾太太事先安排好似的，樹上有片葉子正巧被

1 奎奈爾太太名字的第一個字母是Q。

風吹落，落葉撲上草地，纏住綠草片刻之後旋轉飛離。

「我們不能害怕改變，」她告訴我們，「要不然我們會錯過一切。」

快下課了。奎奈爾太太瞥了手錶一眼，似乎想把自己帶回眼前的時空。我們想著雪維亞·普拉絲，想著她的化身愛瑟·格林伍德，當然還有想到自己的事，思緒飄得好遠好遠。這門課就像是二十四小時營業的便利商店，只是它只賣憂鬱這種東西，如果這門課真的是家商店，應該取名叫「小淒」。

我的確覺得很淒涼。下課後，當我慢吞吞越過校園時，才意識到那場討論把我累壞了。今天上物理課的時候也許該打個瞌睡，反正醒著也沒什麼意義。沒有了里夫，我簡直不像個人。

我繞過轉角，獨自穿過覆滿落葉的小徑，在樹林之間漫步。我知道在佛蒙特州，秋天的色彩應該是件了不起的大事，可是我就是不在乎，這些顏色感覺就像在調侃我，說著：潔兒，我們來了，色譜上所有的色彩一應俱全。你還記得彩虹有哪七種顏色嗎？可是你還是不懂得稍微欣賞我們一下，哈哈哈哈哈。

我把雙手塞進口袋深處，摸到了上面纏著棉絮的十分硬幣，我用指間翻轉著錢幣，發現席耶拉就在前方，朝著樹木拋擲石頭。她一次次舉手抬腳，用力猛砸樹木表皮，一副幹勁十足、聚精會神的模樣，彷彿丟石頭可以紓解她的情緒。

「嘿。」我出聲呼喚，打斷了她的節奏。

席耶拉轉身看著我，突然害臊起來。「嘿。」

「你臂力滿好的。」我走得更近。

「謝謝。」

我們尷尬的站在一起，我說：「你一定很氣那棵樹，它把病傳染給你了嗎？是荷蘭榆樹病？還是根腐病？」她聽到我可悲的笑話，連一絲笑容都沒有。

她反倒說：「我昨天晚上狀況很差，我猜你已經知道了。」

「嗯，抱歉。」

席耶拉仔細端詳我，彷彿想搞清楚能不能跟我聊，接著她說：「你有沒有過什麼經驗，是根本說不通的？」

「我不確定。」

「我指的是那種很超現實的經驗，要是你告訴別人，他們會有『這個人是有什麼毛病？』那種反應。」

我心跳加快。失去里夫之後，我確實有過激烈的反應。有些人因為不習慣在我這種年紀的人身上，看到那種悲痛和激烈的反應，就用奇怪的眼光看我。可是席耶拉指的是別的事，而且我也不打算現在就透露關於里夫的故事。

所以我只是說：「你可以多說一些嗎？」

「算了，」她說，「無所謂。」然後背起背包轉身離開。剛才她想知道我跟她是否氣味相投，顯然我不是。我接受了考驗，但是沒通過。

星期五晚上有一場聚會，那是世上最悲哀的構想：一群心理出狀況、適應不良的人，尷尬的聚集在播放電子音樂的體育館裡。大家假裝這是普通的青少年聚會，卻有幾個老師擔任伴護人員，百無聊賴的站在旁邊。就像在木穀倉裡的一切，這場聚會可能也應該具有「療癒作用」，而校方期待我們能從中獲得什麼，比方說變得合群一點。

「噢，天啊，這種活動最糟了，我應該事先警告你。」笛婕說，她站在我身邊，環顧氣氛陰鬱的會場。

「我們要在這裡待多久？」我問。

「直到下個千禧年。」

「可是有什麼意義？」

「這個問題價值一百萬美金。」

笛婕的頭髮蓋在臉上，現在感覺像是一堵牆而不是一面簾子。她穿著粉紅迷你裙和馬汀大夫鞋，外面套了件軍用夾克，不知為何整體很協調，讓她看起來酷勁十足。她交叉雙臂站著。我穿著平日的牛仔褲、毛衣跟萬斯休閒鞋。

突然間，我想起里夫的棕色毛衣，就是巧克力色的柔軟羊毛，還有他身上那股甜酸夾雜的特殊氣味。雖然我不得不參與這場聚會，但我的腦海裡開始回顧我常做的事，就是鉅細靡遺回味我跟里夫為時四十一天的關係。我將記憶中的四十一天銘刻在心。一遇到壓力或是無聊的時候，我就會在腦海裡循環播放，就跟電影重播一樣。我開始回憶我們一起做過的每件事：

那天早晨上體育課，他第一次出現。

那天下午上美術課，我在山坡上畫畫，他過來坐在我身邊。

那天晚上我們在寇特妮．薩波的娃娃屋上方接吻。

有一次，他播自己最喜歡的英國喜劇團體「蒙地蟒蛇」的死鸚鵡光碟給我看。

我們還一起做了其他事情，可是隨著這些思緒開始湧進我的腦袋，我的喉嚨感覺像被東西哽住。如果我不趕快停下來，繼續去想那四十一天，我就會在這場愚蠢的聚會上當場哭出來。

**別再想他了**。我告訴自己。**合群點**。

可是太難了。待在這裡根本沒意義，學校逼我們這樣做真是太扯了。凱西．卡瑞門又遲到了，她把輪椅停在逃生口的旁邊，沒辦法跳舞也無所謂，反正這裡根本沒人在跳。音樂震耳欲聾，頭頂上甚至有顆水晶球可悲的在旋轉。怎樣？難道是學校派某人去派對用品店買的嗎？可是水晶球灑下的旋飛光影，只是讓我們注意到一個事實：我們全部像是情緒脆弱的傻蛋一樣杵著不動。

「應該有人把這個畫面拍下來，」凱西說，「然後配上『悲劇』的標題。」

葛里芬站得並不遠，在體育館夜間的幽暗光線裡，他沒戴兜帽，臉上表情比平日看起來更加悶悶不樂。我好奇他為什麼會這樣。他一向都這樣嗎？還是因為出了什麼事，就是最後把他帶來這所學校的事。

「看什麼！」

葛里芬的聲音嚇了我一跳。「沒什麼。」我說，可是不自覺的繼續瞅著他。

「有，就是有，」他說，「你剛剛在看我。」

「沒有。」我堅持。我不知道自己為什麼非得否認不可，聽起來就像小朋友在拌嘴。

「你是怎樣，是覺得我想在你的兜帽裡，找到深沉的自我嗎？」

「哼，隨便。」他說。這是全世界最沒意義的回答。他轉身邁開大步走出體育館。

「怎麼回事？」凱西問。我們一起看著他離去。

「不曉得。」

我們周圍有一些人踏進舞池，把我的注意力從跟葛里芬的摩擦轉移開來。我試著把心思放在眼前的場景上，即使這裡的人亂七八糟的，還是有人想要參與基本的人類活動，我就是不懂為什麼。

音樂聲稍微加大，室內愈來愈擁擠，人群們開始舞動，要不是成雙成對，要不就是聚成一群。「所以你要把葛里芬丟在外面嗎？」凱西問。

「誰？」

「葛里芬啊，他到外面去了。」

「噢，他到外面去了。誰管他啊。」

「我只是在想奎奈爾太太說過的話，她說我們要互相照顧，我們那時候答應了。」

除非必要，我其實不想跟葛里芬打交道，因為只要一打交道，我的感受就必須被拆開跟檢視。暑假期間，爸和媽有時候會要我跟李歐到廚房去剝玉米葉，我們必須清除玉米粒之間的穗絲。拔掉一綹綹穗絲，總是會耗上不少時間，跟葛里芬接觸就像這樣，只是拔開的東西是我的感受，而不是玉米穗絲，誰想這麼做呢？

出入口就在凱西背後，體育館的大門朝著夜色敞開，在戶外的磷光燈底下，葛里芬站在寒夜中摟著自己。

凱西說的對，我應該和他說點什麼。

可是我猶豫得太久，等我走到前廊時，葛里芬早就走了。我們應該留到聚會結束後才能離開，可是跟馬克·索能菲不同的是，葛里芬不是循規蹈矩的乖寶寶。要是可以按照自己的意思去做，我也會離開聚會和這所學校，然後頭也不回的跳上夜間巴士，把這些人跟他們悲傷的過去都拋在後頭；我會回到紐澤西的家，爬上自己的床鋪，在上頭度過下半輩子。

在小飛蟲環繞的前廊黃光下，有人從我背後呼喚我的名字，我轉身看見凱西，在戶外的夜色中，坐在輪椅上的她看起來好迷你。

「想溜嗎？」她問。

「這個點子還不賴。」

「對你這樣的人來說，這裡沒那麼恐怖吧。」凱西說。

「我這樣的人？」凱西·卡瑞門根本不認識我。

「還可以走路的人，」她解釋，「你知道我們都怎麼叫你們嗎？TABs。」

「我不知道那是什麼意思。」

「這幾個字母代表『身體暫無障礙』（Temporarily able-bodied），沒人曉得自己什麼時候會出事，對吧？我是說，看看我，我從沒想到自己會變這樣，所以你要趁還能動的時候好好把握，」凱西說，「去跟氣呼呼的年輕葛里芬談場戀愛吧。」

「我才不要跟他談戀愛，」我拘謹的說，「只是要對他好而已。」

「抱歉，」凱西說，「我心裡有點怨氣，因為再也不會有人被我吸引了。」

「才怪。」

「真的，潔兒，我連半吋也動不了，最好會有什麼傢伙看上我。他**愛死**抱著我進廁所，把我放在馬桶上，這種事情會讓人慾火焚身，對吧？」

我正要說什麼，可是明白說出口的話毫無意義，而且不管我講什麼都不會讓她更好過。我從個人經驗知道這件事。我們兩個都迷失、破碎了，於是我和凱西駐足在寒夜之中，微微打著哆嗦，一語不發。

# 第五章

某天深夜，我終於第一次進入瓶境。我並不是一開始就這麼叫它，我們當中沒人這麼叫。等我去過那裡，或者應該說等「它」發生在我身上之後——我當然很怕讓別人知道——整件事感覺太瘋狂，毫無邏輯，荒唐到不能跟任何人訴說。

九年級時，我有一次跟珍娜·霍加斯抽她舅舅的藥用大麻，腦中出現她家娛樂室裡那盞貓型檯燈喵喵叫的影像。我嚇得六神無主，過了大約三十秒鐘之後才平靜下來，把它當成笑話看。直到今天，我還是不喜歡抽大麻或是失控的感覺。

可是，我不可能把瓶境當成笑話，它的重要性大到沒辦法這樣。瓶境憑空出現，改變了特殊主題課裡的每個人。我們第一次到那裡去以前，一無所知的投入了木穀倉的新學期，遵循著作業、宿舍生活和三餐所構成的單調節奏。我想念里夫，不管我多麼努力轉移自己的注意力，那種深入骨髓的痛楚依然揮之不去。

我第一次進入瓶境的那個夜晚，跟其他晚上沒有不同。我、凱西跟笛婕穿著T恤跟運動褲在宿舍一樓的公共大廳做功課。我們三個開始來往，雖然從未討論過任何私事，只是在晚上坐在一起讀書，聊點無關緊要的瑣事。席耶拉從來沒找過我們。

「你們上了一陣子的特殊主題課，那門課到底有什麼了不起？」笛婕問，我跟凱西正聊起我們都得做的普拉絲口頭報告，不管我向笛婕保證過多少次，說這門課非常普通，她就是不肯放棄。

「誰說很了不起的？」凱西問。

「大家都這麼說啊，」笛婕說，「可是潔兒說沒有，搞不好她隱瞞了什麼不讓我知道。」

「笛婕，你很扯耶。」我說。

「潔兒說的沒錯。」凱西說，「沒什麼了不起的。不過，奎奈爾太太滿有趣的就是了，不像那些對我們過分溫柔的老師，而且我很喜歡她指定我們閱讀的內容。」

我也喜歡。可是除了凱西之外，我對班上的其他學生沒什麼好感。

從那晚的聚會之後，我跟葛里芬儘可能避開彼此；席耶拉態度冷淡，不怎麼跟大家說話；馬克則是連續幾天看起來很疲憊，晚餐的時候，我聽到他跟別的男生說他有睡眠障礙。所以，這個班的組合滿差勁的，可是至少讀普拉絲還算值得。

「好了，我得滾了。」時間晚了，凱西終於說，「滾著我的輪椅回去。」她滾著輪椅到門口，我們替她開門，看著她離開大廳，進入位於一樓的雙人房。不久之後，我跟笛婕回到樓上的寢室準備就寢，笛婕沒先問我一聲就把燈熄了，四周陷入澈底的黑暗。

「多謝了，笛婕。」我說。

「別客氣。」

「你難道沒想到，我可能會想多開一下燈嗎？這樣就不用靠點字的方式，把沒用的功課做完？」

「那就回樓下去嘛，潔兒。」笛婕從棉被底下說。

「我不想回樓下，我想待在這裡。」

「那就待在這裡啊，我要睡了。」

我考慮起來把燈打開，可是笛婕一定會再把它按掉，何況我也不怎麼在乎。就某方面來說，黑暗跟我很搭，很適合我今晚跟每晚的心情。如果要在黑漆漆的房間裡過完下半輩子，我也不在乎。

事情就是從這裡開始的。我坐在黑暗中，瞪著沒禮貌的室友，她在房間另一側，就窩在棉被底下。我想到自己被困在這裡，想到一切演變到這種地步有多悲哀。我應該住紐澤西，跟男友里夫．麥克斯菲德在中學後面的操場上手勾手散步。我的生活應該是那樣的，卻被剝奪了。

我坐在床上，背靠著學習死黨。我記得第一次上課結束前，我們正在談日記的事，奎奈爾太太說每個人都有話要說，可是不是每個人都敢說，我們的工作就是找到方法說出來。

在黑暗中，我走到桌邊摸索著日記本，還有老媽堅持要我帶來學校的閱讀迷你燈夾。「你永遠不曉得什麼時候會想在半夜看書。」她說，彷彿閱讀依然是我的頭號要務。

我坐回床上，靠著學習死黨，翻開日記。也許下筆寫里夫的時候到了。這麼做搞不好有幫助，即使只有一點點。我喀答一聲按出筆尖，寫下幾個字：

里夫．麥克斯菲德是我出生以來就一直等著遇見的人，可是我事先當然不曉得。

寫完這幾個字之後，我覺得學習死黨的手臂開始軟化彎折。燈芯絨的布料材質似乎變得不同，上頭的紋路被填滿，宛如羊毛的觸感。靠臂的部分變得像人類的胳膊。

我一定是睡著了，因為我夢見了那個我深愛但死去的男孩。可是我很確定我醒著，而且我的思緒產生了變化。

**轉過去**。我告訴我自己。

我沒勇氣轉身，摟住我的胳膊逐漸散發出自信熟悉的感覺。我最渴望卻最不可能發生的事情似乎正在發生。如果我弄錯了，我會受到極大的衝擊。

**轉過去**。

我轉過去了，而他就在眼前。我望著他的惺忪睡眼、蓬亂棕髮，深深吸了口氣。這不是夢境插曲，也不是所謂的清醒夢。我的男友里夫，我所失去的人，就在眼前，**在這裡**，跟我在一起。

我們不在木穀倉的宿舍寢室裡，而是在戶外某處，天色一片灰濛濛。我們到底在哪裡？我一時搞不清楚。這裡氣溫偏冷，我環顧四周，意識到這裡不見佛蒙特常有的那些枝繁葉茂的高聳樹木，也沒有四周堆滿落葉的大樹。我們站在廣闊的操場上，就在我以前念的那所中學後方。

「你回來了。」我哽咽著說，然後哭了出來。自從我見到里夫的最後一天以來，我不是沒哭過——我根本動不動就哭，雙眼紅腫、臉龐發燙，害家人夜裡輾轉難眠，為我擔心得要命。

可是這種哭法不同。這是如釋重負的眼淚。我上次這樣哭是在我五歲的時候，當時我在賣場裡跟老媽走散，突然看到她推著購物車繞過通道的轉角，而我開始啜泣，彷彿她從戰場上返家。

「噢，潔兒，噓。」里夫說著把我拉向自己，撫摸我的頭髮，任由我哭泣。

「謝謝你，」我只想到這麼說，「謝謝你。」

創傷的延續效應——爸媽在我入學的申請單上這麼寫——發展到了新的境界。我就像在克普頓市那個發瘋的老太太，她有時候會坐在公車站的板凳上，對著路人喋喋不休的說：「安潔拉，你什麼時候要回家？安潔拉，我的小女孩，我會替你把燈開著。」可是跟那位老太太不一樣的是，我很快樂。她的女兒可能永遠都不會回到她身邊，可是里夫不知何故回到了我身旁。因為這樣，這種新狀態也不是那麼糟糕的事。

「潔兒，」他終於開口，「你還好嗎？」他的聲音一如往常：英國腔，刮擦感。

「你還問我。你呢？」我說，「你還好嗎？」

他點點頭。「我很好。」

「我真不敢相信你就在這裡。」我說著又哭了出來。

「要不然我還能去哪裡？」他面帶悲傷的笑容說，「難道要回克斯曼家練輪唱嗎？」

他就這樣回到了我身邊，就像很久以前放錯地方而搞丟的東西，讓我遲遲無法恢復平靜。也許祕訣在於，如果你悲痛得夠用力，像是讓自己哭到生病，你的腦袋就會**爆掉**，產生某種磁性，最後把某人帶回到你身邊。

「這陣子好可怕。」我告訴他。

「我知道，可是請你別再哭了，潔兒，」他說，「因為這樣會把我也弄哭，而且我們的時間不多。你真的想把所有的時間花在掉眼淚嗎？哭得跟美國特別輔導級電影裡的那些少女一樣。」

「我又不像那種女生。你說我們時間不多，是什麼意思？」我抹抹眼睛問道，「你不是回來了嗎？」

「不算是。」里夫帶著歉意搖搖頭，這時候我才看出來，雖然眼前這個人絕對是他沒錯，甜美的臉龐跟漂亮的嘴，還有嘴脣跟鼻子之間長長的地方——我知道叫人中，因為里夫說過：「牛津字典裡有啊，去查查看。」可是，感覺比原本的他稍微脆弱一些，像是用水彩沖洗過。

「我的意思是，我是回來了沒錯，可是只有一下下，」他說，「我想你可能早就知道了。」我猜他說的對，我似乎知道這一點。

「可是這是什麼地方？」我問，「我知道這裡是學校後面的操場，可是遠處一直往外延伸，看起來不大一樣。」

「我想你也早就知道了。」他說。

當他握住我的手，我可以感覺到他修長的手指、皮繭、掌心的乾燥凹處，我們沿著棕色堅硬的操場走著，那裡感覺就像你失去某人之後，急著想要對方回來時會去的地方。如果沒辦法把對方找回來，就會讓你悲傷過度。

失去里夫讓我整個人崩潰了，進入了某種單調沉悶的狀態，痛苦不堪、內心死寂的**鐘罩**狀態。

這個空間廣闊寬敞，天色一片灰濛，草地扁平乾枯，看起來蕭條冷清，可是因為有他在，所以是個很美妙的地方。我忖度在有限的相處時間裡，我們可以做些什麼。接吻？撫摸對方？聊天？逗對方大笑？或者靜靜躺著不動，一人用一邊耳機一起聽「奇蹟孩童」某首歌的開場合弦？那是里夫很喜歡的英國獨立樂團。

「過來，小紅草莓。」他說。我抵著他的肩膀啜泣，淚水滴在他的棕色毛衣上。

「對不起，你等一下會有淋濕小狗的味道。」我一邊哭一邊說。

「我想淋濕小狗這個說法太客氣了，」他回答，「我只希望，嗯，不會有人一直跟在我後面想聞我的屁股。」

「你說屁股時的口音就跟以前一樣。」我說。

可是我們都知道他不一樣了，不完全一樣。他說我們時間不多的時候，他是要警告我別太自在。你**有沒有**機會在愛情中變得很自在過？爸跟媽總是一副很自在的樣子。晚餐過後，他們一起坐在娛樂室那張棕色的老沙發上。白天他們在同一家公司當會計，累了一整天之後，他們會替對方按摩雙腳。他們並不執著總有一天其中一人會死去、另一人會心碎的這個事實上。

即使現在，我跟里夫也沒多少相處時間，也許從來就沒人有多少相處時間。儘管氣溫有點低，我們一起躺在地上接吻，他跟我說起他以前講過的故事，像是他一直想要快點長大，加入「蒙地蟒蛇」這個喜劇團體。我很高興可以將所有的事情重溫一遍。

我想問他，這陣子以來有沒有一直想到我？就像我一直想著他一樣。可是我沒問。如果我們像這樣輕盈又溫柔的躺著，也許永遠都不用起身，這種狀態也永遠不用結束。

可是這種狀態還是戛然而止了。天際突然變得更加昏暗，里夫用緊繃的語氣說：「你該回去了。」他站起來，我打量著這個男人骨感的身體、難以駕馭的棕髮，還有平滑親切、毫無遮掩的臉龐。

他先吻我的手，再來是嘴，我來不及問要怎樣才能再見到他，甚至連自己當初怎麼過來的都不曉得。我只知道我暫時離開了難以忍受的內在生活，對即將再次失去他感到恐慌。

我眨了眨眼睛，就只是那麼短暫的瞬間，等我再次睜開眼睛，我又坐在床上了，就在木穀倉黑漆漆的寢室裡，那本老舊的紅色日記攤在大腿上。雖然我記得自己只寫了一行字，現在卻看到筆跡填滿了好幾頁的空白，訴說著我跟里夫之間的故事，我們怎麼認識，以及我們現在再次找到對方的故事。

上頭有好幾個地方的墨水糊掉暈開，彷彿有人伏在紙頁上哭了又哭。

# 第六章

「笛婕。」我對著黑漆的房間嘶聲說。沒回應。「笛婕。」我急躁的再試一次。

幾秒鐘之後，我聽到她在床上翻身，接著她說：「怎麼了，潔兒？」

我正準備跟她說我的遭遇，可是我突然打住。不知何故，我知道自己什麼都不該說。

「沒事，」我終於說，「我睡不著。」

「你睡不著？你把我吵醒，只是為了跟我說你睡不著？」

「對呀。」我只能這麼說。

「你可以像數羊那樣，數數看有幾個小小的我跳過柵欄賞你一巴掌。」她說完後又嘀咕了一些我聽不大清楚的話，調整在床上的臥姿，幾秒鐘之內，她的呼吸節奏就變了，再次墜入夢鄉。

我動也不動的坐在漆黑的房間裡，心想是否該去跟舍監珍安坦承一切，她可以打電話叫護士來，到時我會半夜打著哆嗦，坐在亮晃晃的房間裡，對那些表示關切的和藹女人解釋所有的事情。

「我看到我男友了。」護士用小燈照著我的眼睛時，我會說。

「嗯哼。」為了配合我，她會說。

「不，我又跟他在一起了。你不懂嗎？我們在一起了。真的發生了，我沒亂講。」

因為這所學校不相信使用藥物這套作法，所以除非進入絕對的緊急狀態，沒人會對我施打鎮定劑。可是他們可能會判定我的身心並不穩定，不能待在這裡，最後，我就會像雪維亞．普拉絲那樣被送進精神病院，讓他們用電極片把陣陣電流傳送到我的腦袋裡。

所以我不打算告訴任何人。

我好不容易睡著了，可是當我隔天早上醒來，馬上想起昨晚發生的事。我把手伸向書桌，抓起紅皮日記，想確定事情真的發生過。我的筆跡填滿整整五頁，其中有一大段都在描述我初次見到里夫，就是我們在體育課碰見的那天；還有另一段文字描述我在以前中學後面那個奇怪的操場裡，再次見到他的情形。

真的發生過。

「你今天好像怪怪的。」笛婕說。我們正在換衣服，她脫掉身上搖滾樂團的寬鬆T恤，套上胸罩跟男生的格紋四角褲。「我的意思是比平常更怪。」她補了一句。

「你還好意思說我。」

「我很清楚自己有多怪。」她說。

整個早上我都在狀況之外，就像席耶拉做了惡夢隔天的樣子。早餐時，我獨自坐在面牆的角落裡，吃著扎實得跟門把一樣的香蕉瑪芬，不想跟任何人講話。大家似乎知道最好別來煩我，這裡的人不時會陷入憂鬱，其他人都很尊重這點。

我默默吃著，慢條斯理的咬下瑪芬，任由自己回顧昨晚經歷的每一分鐘，回憶學習死黨的靠臂是如何幻化成里夫的手臂，以及兩人重逢的情形。整個早餐期間，我原本可能會陷在這種追憶裡面，可是突然傳來撞擊聲。

「靠！」我聽到有人叫了一聲。我看向聲音的來源，原來是凱西把輪椅從桌子推開時撞上了馬克，馬克的托盤摔落在地，裝穀片的碗像個陀螺一樣打轉，最後才停住不動。

「媽的，你也幫幫忙好嗎？馬克，」凱西說，「走路看路！」

馬克卡在輪椅跟隔壁那張桌子之間，回答：「不小心的啦，放鬆。」

「我的腳早就鬆到不能動了。」

「你懂我的意思。」

我想都沒想，就趕過去抓住輪椅，幫忙凱西移開。

「別管我，潔兒。」她說，彷彿在跟不聽話的小狗說話，非常吃力的想辦法脫身。我只能眼睜睜看著她離開。她走了之後，馬克蹲下來開始清理潑濺出來的食物跟散落一地的餐具，我一起幫忙。

「我不知道她為什麼這麼不高興，」他說，「她真的很緊繃。」

「不是只有她這樣。」

他拿了打掃用具過來，我們打掃完之後離開餐廳，一路無語的走去上特殊主題課。我預料今天不會太順利，一到教室就證明我猜得沒錯。凱西的心情壞透了，馬克跟席耶拉也是，我也一樣。葛里芬倒是一如往常的低落，今天並沒有不同。

奎奈爾太太從桌邊的座位看著我們，終於問道：「怎麼回事？」

沒人回答她。

「我懂了。」她說，可是她當然不可能懂。

我幾乎忍不住把昨晚發生的事告訴她。如果我願意向世界上的某個老師傾吐，那個人非Q太莫屬。畢竟，這件事是在寫日記的時候發生的，搞不好她可以理解。可是，連我自己都搞不懂的事，又要怎麼開口跟別人說明。

「上次停在哪裡，就從那裡接下去吧。」奎奈爾太太問，「我相信席耶拉——」

「請別介意，Q太，」席耶拉說，「我就是沒辦法專心上課。」

「我也沒辦法，」馬克說，「抱歉。」

「感覺紙上印的字沒意義。」葛里芬說。

奎奈爾太太環顧我們。她會不會很煩躁的說：「你們能不能專心都無所謂，來這裡就是要學習的。」還是能夠體諒呢？但她接下來說的話讓我們大吃一驚。「你們猜怎樣？我今天要讓你們早點下課。」

「真的嗎？你確定？」馬克說。他一臉驚慌，好像在想：**這不會違反規定嗎？**

「你聽到Q太說的了。」葛里芬說。

「你們都去吸點山林裡的空氣吧，」她說，「Q太堅持。你們美麗的腦袋都在很遙遠的地方，硬要教你們什麼也沒意義。試試看專注在大自然上吧。」

可是山林裡的空氣並沒有幫我想通這件事。我真的想做的，是打電話給爸媽，坦承自己昨晚的經歷。認識里夫之前，我常跟爸媽聊天，小時候，只要在學校發生什麼事——像是我跟黛娜．薩波擦身而過時，她會「不小心」用力撞我，或是把我從午餐排隊的隊伍推出去，我一回到家，就會在晚餐餐桌上向爸媽提起這些事，他們總是很支持我。

宿舍一樓有公共電話，我之前準備了一張電話卡。現在世界上幾乎看不到公共電話了，但這可能是件好事，我聽說過一個研究，據說話筒上佈滿多達幾百萬噁心的細菌。如果你一定要知道的話，是冀菌。可是在木穀倉這裡，就像住在艾美許人[1]社區，跟外在世界聯繫的唯一管道就是公共電話。

今天是上課日的早晨，也是老媽要上班的日子，所以我撥到她辦公室去。她接起電話，用辦公的語氣說：「凱倫．葛拉修。」

單是聽到她的聲音，我的喉嚨就一緊，淚水直流。「噢，媽。」我說。

「潔兒？」她說，「是你嗎？」

「是我。我可以回家嗎？學校這裡有開往紐澤西的巴士，也許你跟爸可以叫學校退學費給你們。」

「好了，寶貝，」她說，「我們已經談過這件事了。記得跟馬格里斯醫師那次的會面嗎？我們都同意你至少要嘗試一個學期。離開家裡、離開床鋪，待在某個擅長跟青少年相處的學校裡——」

「可是，媽，」我說，「你不懂。」

「我想我懂。潔兒，你想家了——」

「你覺得是這樣嗎？」

「是啊，你離開了舒適圈，在繭居那麼久之後，被丟到新的環境裡。」

「聽我說，媽，根本不是那樣。」我吸了口氣之後靜靜說，「我昨天晚上跟里夫在一起了。我們在一起，他就在那裡，我們抱著對方——」

「潔兒，」老媽用嚴峻的語氣打斷我，「你明明知道那不是真的。如果你還記得的話，馬格里斯醫師說過，我們可能會看到某些行為，可是我們不該認可那樣的行為。」

「某些行為？」我對著話筒叫道，但馬上就因為用這麼尖銳的語氣對媽媽說話而後悔，可是我就是受不了。「你根本不知道你在說什麼！你一定要讓我回家。我在這邊快崩潰了——」

「潔兒，」她再次打岔，「你要多給自己一點時間，至少一個學期。」她是認真的，他們真的不讓我回家。

我掛掉電話的時候，整個人不停顫抖。我應該去醫護室休息一下嗎？還是回到樓上寢室，想辦法回到里夫身邊？

我漫無目的踏出宿舍，湊巧遇到正要進來的席耶拉。自從在樹林裡話不投機之後，我們遇到對方就有點彆扭。我那天看到她的時候，她想知道我是否有過跟她類似的經驗，想知道我是否體驗了什麼「超現實」的事。當時我不知道她在講什麼，可是現在我或許明白了。

1 艾美許人（Amish）是基督新教的一個分支，以拒絕汽車、電力等現代化的設施而聞名。

她從前門進來的時候，我擋住她的去路，說：「我有事要問你。」

席耶拉不怎麼感興趣的看著我。她之前給過我機會，但我搞砸了。她好像無法想像我現在要問她的事情會很有趣。她以為自己孤立無依，但也許我可以讓她脫離被隔離的狀態，就算不成功，頂多也只是讓自己看起來神智不清。

「你那天在丟石頭的時候，想要問我的事，」我說，「是跟你看到的東西有關嗎？不過，那個東西是你實際上不可能看到的。」

席耶拉盯著我問道：「你是什麼意思？」

我環顧四周，確定附近沒人。「昨天晚上我**看到**東西了，」我知道自己透露太多，「是我沒辦法解釋的現象。感覺並不像被下藥，不是那樣。」

席耶拉急忙把我推進前廳，靠向牆壁凹處。「是這樣的，」她低聲說，「如果這種事情也發生在你身上，那麼也許……我不知道。可是，嗯，我在樹林那邊想問你的就是這件事，我沒有別人可以談。」

「你可以跟我談。」

「你本來要去哪裡？」她問。

「只是要去散步，我剛跟我媽在電話上講得很不愉快。」

「我可以跟你一起去。」席耶拉說。

所以我們走著，對於彼此身上發生的事沒再多談。我們似乎知道直接問：「你到底**看到**了什麼？」會太打攪對方。我當然急著想知道席耶拉的幻覺，也許跟笛婕說「慘到爆」的事有關。搞不好席耶拉也急著想知道我看到什麼、我是什麼樣的人，還有我來木穀倉的原因。

有那麼多話要說，結果我們幾乎什麼也沒說，只是淡淡告訴對方，知道其他人也經歷了令人震驚的類似經驗，讓人鬆了口氣。我跟席耶拉繼續漫步，大多時候悶不吭聲，雖然我滿腦子都是這件事，但同時也感覺如釋重負。我們最後來到圖書館前面的階梯，她必須到裡頭借本書。我跟著她走進書區時，看見坐在閱覽區裡的人垂著腦袋，有人聚精會神，有人在做白日夢或是打盹。

有個男生獨自坐在自修桌前，雙手抱頭。是馬克。即使從房間的另一端，我也看得出事有蹊蹺。他抬頭一瞥，看見我跟席耶拉。我們用眼神交流，是種無聲的溝通。

不只是我跟席耶拉，馬克身上也出了狀況。

也許特殊主題課的學生都發生了事情。

馬克站起來，把文件塞進背包——當然是整齊的擺放，然後朝我們走來。「嘿。」他低聲向我們打招呼。

「到外頭再說。」席耶拉說。

在圖書館外的寬廣石階上，我們儘量用模糊但直接的方式跟他對質。「你看起來累斃了。」席耶拉說。

「因為沒睡。」馬克說。

「作業太多嗎？」

「不是，這邊的功課分量算輕的了。」

「看到東西了嗎？」我問。

馬克先看看我，再看看席耶拉，想要搞清楚狀況。

「沒關係，」席耶拉說，「你可以說出來，馬克，我們剛剛都跟對方承認了。」

「萬一是有人偷偷對我們下藥呢？」他緊繃的說，「你們有沒有想過這個可能？」

「跟藥無關，你明明知道，」席耶拉說，「是別的，你覺得最可能是什麼？」

他無助的望著她，說：「我就是不知道啊，通常不管是什麼事，我都有答案的。」接著又問：「所以是什麼時候發生的？你們當時在幹嘛？我就坐在書桌前寫日記。」

我跟他說我當時也在寫日記，席耶拉點點頭。所以答案是：日記。

「其他人也這樣嗎？凱西早餐的時候很不高興，」我說，「葛里芬的情緒比較不容易看出來。」

「我們可以把大家找過來問問看。」席耶拉說。

「萬一另外兩個人不曉得我們在說什麼呢？」馬克說，「他們可能會把我們說的事情跟校方報告。」

「噢，少來了，他們才不會呢。總之，我願意冒這個險，」席耶拉說，「而且我不知道還能怎麼做。」

所以我們同意在當天晚上十點到教室召開一場緊急會議，就是介於自習跟宿舍熄燈之間那段短短的時間。

「校舍都沒上鎖，」席耶拉說，「應該不會有問題。」

我們聽從席耶拉的建議，選擇教室當作聚會地點，因為保全在夜間巡邏的時候，窗外的樹木會保護我們不被發現。

我們決定由馬克負責帶葛里芬過去，我跟席耶拉則負責找凱西過來。我們擬完計劃後只能等待。

那天剩下的上學時間，我坐在教室裡遠眺樹木、山脈跟天空，回想昨晚跟里夫共處的感受。我想到，下次再寫日記的時候，搞不好又能跟他相聚。

當天晚上十點，大家都出現了。被馬克帶來的葛里芬似乎相當煩躁，但是安靜又克制，一如往常戴著兜帽。要是半夜把葛里芬叫醒，告訴他贏了樂透，他搞不好還是這副模樣。凱西則是表現出如釋重負的樣子。我們不能開燈，因為光線可能會穿過樹木的縫隙而被人看到。席耶拉把自己帶來的榛果香味蠟燭點燃；馬克展開一條很有他的風格、幾何圖樣的被子，把被子鋪在教室的木頭地板上。我們所有人坐在上頭，燭光在我們四周灑下昏暗的光線。

榛果的氣味濃烈又人工，可是我喜歡。我記得十三歲的時候，跟漢娜、珍娜一起參觀洋基蠟燭公司，我們在店裡閒晃，每根蠟燭都拿起來嗅一嗅。「聞這一個！」我們對彼此說，「再聞這個！」

教室裡滿冷的。我按下老舊電熱器搖搖欲墜的按鈕，並且提議大家也許可以從教師休息室拿點吃的過來，所以席耶拉出去，回來時把所有她能找到的東西都帶回來：有半盒小麥薄餅，幾乎沒喝過的一公升裝低卡沙士，這兩樣東西就算不見了，也沒人會特別去找。熱氣開始滲入室內，教室裡愈來愈暖和，我們坐在被子上傳遞那瓶沙士，不顧衛生的輪流猛灌。除了凱西之外，我們都坐在地上，她從輪椅往下俯視我們。

「所以現在是怎樣？」凱西終於開口，「我們幹嘛來這裡？」

「你難道沒概念嗎？」馬克問。

「也許有，」她說，「可是我希望別人先說，不是我。」

「對啊，到底是要幹嘛？」葛里芬問，「最好是好事。」

「只要注意聽，可以嗎？」席耶拉說，接著她問葛里芬，「你們有沒有看過什麼異象？因為我們有。」

葛里芬用手臂環抱著自己，坐在原地動也不動，但凱西點頭了。「好吧，當然有，」她說，「我有過一次經驗，我想那就算是『異象』吧。我擔心它還會再發生，也擔心被人發現，說我有嚴重的毛病，這樣我就必須離開木穀倉。我不想離開，如果他們把我送回家，我會受不了。」

我還求老媽讓我離開呢，可是我懂凱西的意思。

「所以你們是要說，你們有過同樣的經驗？」她問。我們點點頭。「可是不可能跟我經歷過的一樣吧！那樣說不通啊，因為我看到的內容……跟我的人生有關。我想你們看到的，應該跟你們自己的有關才對。」她環視我們，眼眸在閃動的燭光之中發亮，然後說：「好了，誰先說說看自己的經歷吧。把你看到的說出來。我不能當第一個，那種事情我不拿手，得有人先開始。」

我們全都僵硬的坐著，沒人想開口。我注意到葛里芬跟其他人一樣聚精會神的聆聽，沉默延續下去。

「好吧，」席耶拉終於說，「我先開始。」

# 第七章

「我需要先交代一點背景，」她開始說，「首先你們必須知道，安德烈失蹤的時候十一歲。」

我不知道安德烈是誰，但猜得出來，我有點驚慌。

「我那時候十四歲，」她繼續說，「那是三年前的事，所以他現在應該是青少年了，可是當時還是個小孩。」

我刻意盯著席耶拉左邊的某一個點，這個故事不可能有正面的發展。

席耶拉說，她跟弟弟的感情非常好，他們的關係顯然跟我和李歐的關係很不一樣。我愛李歐，但我們從來就沒什麼共同點，可是席耶拉跟安德烈都在華盛頓舞蹈學院學舞，他們在那裡上課很久了。

席耶拉對芭蕾有天分，安德烈則是對爵士跟嘻哈比較拿手，他們每周有三天放學後會一起搭市區公車去上舞蹈課，結束後再搭公車回家。

我們坐在漆黑的教室裡，但將近三年前，席耶拉跟安德烈．史托克剛上完舞蹈課，正在坐公車回家的路上。「那是晚秋的某一天，時間是在晚餐之前。」席耶拉解釋，「那時候外頭灰撲撲、冷颼颼的，讓人很沮喪，我有一大堆功課要忙，想要趕快開始動手。

「在公車上，安德烈問我晚上要不要一起做巧克力碎片餅乾，我跟他說家裡已經沒有餅乾麵糰了，而且沒辦法去店裡買，因為我必須趕回家寫歷史報告。他開始鬼叫，於是我說歡迎他自己去買一條餅乾麵糰。我們社區有間便利商店叫『洛尼的店』，距離我們住的公寓四條街。過去幾個星期以來，我爸媽允許安德烈單獨去過那間商店。

「所以他就在商店附近的站牌下車，我繼續搭完最後兩站。我到家的時候，我媽已經在家了，但我爸還在上班，我把餐具擺好以後開始坐在書桌前寫報告。不久後我聽到鑰匙插進門鎖的聲音，以為是安德烈回來了，但進來的人是我爸。他說：『你弟呢？』我說：『去洛尼的店了。』

「隨著時間過去，晚餐準備好了，外頭一片漆黑，可是安德烈還沒回家。最後我跟我爸穿上外套到外頭去。我們快步走到洛尼的店，沿路看著每家商店的櫥窗，因為這是安德烈會走的路線，其中有些路段不是很好，不過他當然知道不要隨便跟陌生人講話。我們來到洛尼的店，櫃檯後面那個傢伙認識安德烈，說安德烈之前來過，還有，對，他買了一條餅乾麵糰。所以我跟我爸趕回公寓，以為我弟可能已經回家了，可是並沒有。

「我們不得不把找不到弟弟的消息跟我媽說，她變得歇斯底里。我們打電話給安德烈所有的朋友，可是沒人看到他。我爸打電話報警，有兩個警察來到我家，接著他們派出一輛巡邏車。不久之後，電鈴響起，我媽去應門的時候，另一個警察說了類似這樣的話：『我們在便利商店附近的人行道上找到這個』，然後拿出一個透明塑膠袋，裡面有一條巧克力碎片餅乾麵糰。

「我媽倒抽一口氣，伸手要拿，可是警察說：『不行，抱歉，我們要拿回警局取指紋，這是證物』。我媽倒了下來，腦袋撞出一個大傷口，流了好多血。血液、淚水跟一條餅乾麵糰。關於那天晚上，我只記得這些。」

聽著這些事情，我滿腦子都在想，我現在就需要知道結局，我需要聽到安德烈沒事，也許事情沒有像我擔心的那麼嚴重，搞不好他只是被幾個年紀大一點的混混修理了，幾小時後大家就找到他了。雖然那段經歷和我們目前尚未聽到的部分，牽動著席耶拉的情緒，但是她弟弟也許沒事，搞不好已經回到華盛頓繼續跳舞了。

可是，席耶拉一開始就說過：「他現在應該是青少年了。」她的意思是，如果當初找到他的話，或者說如果他還活著的話。

「他出了什麼事？」凱西鼓起勇氣追問，「你們查出來了嗎？」

「沒有，」席耶拉說，「他成了失蹤孩童之一。警方組成特勤小組，一個名叫賽倫提諾的警探說只要我們想到什麼，歡迎隨時打電話給他，即使半夜也可以。所以我努力回想那天下課後看到了什麼，任何我可以想起來的事，或我們那個社區裡的人。我打電話給警探，跟他描述某個樣貌可疑的單車快遞員，或者是臉上有紫色胎記的老人。安德烈有一次跟朋友亂丟垃圾被那個老人吼過。不管我什麼時間打，警探都會接電話，有一次我凌晨兩點把他吵醒，他也沒有不高興。

「可是過了一陣子之後，他叫我別那麼常打電話給他。他認為我是愛唬人的那種女孩，可是我並不是。我現在也不是。後來他回我電話的時間愈拖愈久，他說他有別的案子要偵辦，而且他說我還滿煩人的，要我別介意他直說。

「但我只是照他說過的話去做，只要有必要，我還是會繼續做下去。有時候我甚至會用木穀倉的公共電話打給他，在他的語音信箱裡留下一大段訊息，問警方有沒有調查這條或那條線索。我很絕望，我爸媽也是。安德烈不在身邊，不知道他出了什麼事，我們都很難以忍受。

「噢，席耶拉，我好遺憾。」我哭著說。四周傳來類似的聲響，席耶拉把手舉到眼前，彷彿想要遮住自己的視線。馬克用一邊手臂摟住她，凱西往下伸手拍拍她的肩膀，葛里芬只是陰沉的坐著，但也一副驚愕的模樣。我們原本不怎麼認識對方，卻因為這場有點臨時起意的祕密集會，突然變得親密起來。

「你要怎麼撐過去？」我問席耶拉。我必須知道她每天怎麼醒來、下床、沖澡、吃威化餅、去上課，並且表現得像個人類。她真的在乎自己眼前做的事情嗎？淋浴時重重打在她腦袋上的水柱，會讓她覺得舒服嗎？她還吃得出威化餅的滋味或口感嗎？現在她對這個世界還提得起興趣嗎？

席耶拉說：「我差點就撐不過去，我爸媽也一樣。可是我猜我內在有一部分還是繼續在運作。我來木穀倉的唯一原因，是因為拿到一份獎學金可以支付所有費用。這份獎學金把其他人都送到講究課業成績的寄宿學校，只有我被送到把自己人生搞砸的人上的寄宿學校。」接著又補了一句，「要是學校知道我看到了什麼東西，搞不好會取消我的獎學金，把我送回家去。」

「所以你看到什麼了？」凱西問，可是我們都知道答案。

「你看到安德烈了。」我說。

她點點頭。「對。我看到『異象』之後，宿舍裡的每個人都咬定那是一場夢。珍安替我泡了點睡前茶，然後跟我說起她以前做過很寫實的夢，關於失去牙齒的夢。可是我真的看到我弟弟了，即使我沒辦法解釋。」

「你記得自己當時在幹嘛嗎？」凱西問，「我的意思是，從什麼時候開始的？」

「從寫日記開始的。」

凱西的臉色微微一變，我知道她也是靠日記進入那種狀態的。我們全部都是。我敢說，連葛里芬也是。

「我半夜坐在書桌前，只點了小檯燈，」席耶拉告訴我們，「我躺在床上好幾個小時睡不著，所以乾脆起床。我室友珍妮還在睡，我打開日記寫了一行字，然後感覺整張桌子突然開始顫動，接著我就不在書桌前了，而是回到了華盛頓特區的公車上。公車在動，我上完舞蹈課正要回家。我知道是這樣沒錯，因為我身上掛著裝了舞蹈用品的袋子，袋子頻頻撞擊我的腿，而且我在冷天裡流汗，練舞過後經常會這樣。那時接近傍晚，公車上很擁擠，我弟弟就在我身邊。他還是十一歲，就是我最後一次看到他的那個年紀。

「起初我只是直直盯著他看，心臟跳得好厲害。他半睡半醒，把頭靠在我身上，我光是盯著他看，就可以感覺到血液在動脈裡流動，我甚至以為自己會激動到動脈瘤破裂。最後我瘋狂的把他搖醒，然後說：『安德烈！』

「他睜開眼睛，用煩躁的聲音說：『怎樣，席耶拉？我只是小睡一下。』」

「我說：『你在這裡啊。』

「他說：『廢話。』

「我說：『可是這樣很不可思議耶，你知道吧？』他嘀咕著說還有其他事情更不可思議，像是日本武士拿的長矛，還有黑洞。

「我意識到不需要跟他爭論。他在這裡，而且知道自己身在何處，可是他還是安德烈，只是普通的十一歲男生，所以他不會變得多愁善感。然後我用隨性的語氣問他：『我陪你一起在這裡，或是你陪我一起在這裡，不管用哪種角度來看，你想這種狀態可以維持多久？』

「他說：『不知道，可能不會太久吧。』他張嘴打哈欠的時候，我看到那兩顆他補過的牙齒。

「我說：『你能不能告訴我，你發生什麼事了？』

「他抬頭看著我，說了我永遠也沒辦法釋懷的話。他說：『我真的不想談那件事，請不要逼我。』

「『你確定嗎，安德烈？有時候談一談會比較好。』相信我，好一陣子以來一直有人對我說這樣的話。

「我只是想查出在現實的生活裡——不是在那個離奇的異世界裡——他是不是在某個地方**活著**，還是說，他已經……」她哽咽起來，「死了。我必須知道。可是他不想談，對他來說太難受了。

「他說：『剩下的路程我們就好好坐公車，可以嗎？』

「我跟他說可以。所以我跟安德烈就這樣背著書包、提著舞蹈用品袋默默坐著。我們以前常常幻想長大以後要成為知名的舞蹈團隊，叫做史托克＆史托克。我們會到巨型場地表演，觀眾要花大錢才能買到搖滾區的票券，這些觀眾在表演過後，可以跟舞者一起參加香檳酒會。我們的YouTube影片會有好幾百萬的點閱。那種幻想真的好白痴。

「我現在想做的，比我們幻想的事情簡單多了。我想留在我弟身邊，搭那班公車，陪他坐在另一種現實裡。我在那裡很放鬆，他失蹤以來所有淒慘的感覺都消失了。」

在昏暗的教室裡，席耶拉調整坐姿、放鬆肩膀，就像舞者有時不自覺做的那樣。她說：「我們一起搭了好久的公車，只是感覺公車的晃動。不久之後，我望出窗外，我看到的不再是華盛頓特區的街道，而是木穀倉的宿舍窗戶。我回到桌邊，安德烈不見了，我就在那時開始放聲尖叫。找到他之後又**失去**他，實在太荒謬了！然後整棟宿舍的人被我吵醒了，全都跑來看發生了什麼事。我跟幾個女生說，我看到我弟弟了，我真的**看到**他了，還跟他相處了一段時間。可是她們說那只是夢，跟我講起關於牙齒、考試、光著身子上台的夢。她們一直說著那些蠢夢，就是不肯閉嘴。」

馬克在她旁邊，點了點頭。「我也有類似的狀況。結束後我告訴室友，他堅持說我是在做夢。」

「我這邊的狀況是，」我說，「我試著跟我媽講，可是她不肯聽。」

「我們會聽。」凱西說。

「好，」我說，「謝謝。」

可是我不想談里夫的事。在腦海裡重溫這個故事，而不是大聲說出口，對我來說比較輕鬆。我不想跟席耶拉一樣鉅細靡遺的敘述自己的故事，可是我至少必須透露一點點，才能讓他們大略瞭解我經歷過的事。

「我本來有個男朋友，」我用安靜謹慎的語氣說，「他叫里夫．麥克斯菲德，是來自倫敦的交換學生，我們愛上對方。」我幾乎沒辦法多說什麼，不過大家都仔細傾聽並等著我繼續說下去。

「他怎麼了？」席耶拉問。她才跟大家講完安德烈的事，竟然會在乎我跟我的故事，真是不可思議。可是她在等，大家都在等，陰暗的房間裡有一圈閃亮亮的眼睛。

我沒回答席耶拉的問題。

「噢，我的天啊，他死了是嗎？」凱西接著說，「潔兒，好遺憾。」

我說不出話來，嘴角往下垂，感覺眼淚在眼眶裡打轉。

「你告訴我的，是失去的故事。」馬格里斯醫師在診間裡跟我說過。那是我爸媽第一次逼我去見他，他後方的窗櫺上有一株死掉的仙人掌，我本來不知道仙人掌會死，我以為那是一種不用靠什麼就可以存活的植物。要是一個精神科醫師連仙人掌都養不活，又要怎麼幫助自己的病人？

不過，他這人還不壞。他試著要幫忙，只是幫不上忙。在第一次就診，我跟他說了「失去的故事」之後，我就不再努力跟他解釋什麼了。我每周兩次坐在那裡，話很少，可是腦中不停吱吱喳喳，全都是關於里夫的思緒。即使過了那麼久，此時此地，在夜晚中的教室，我滿腦子依然都是里夫。

「先愛上某人，又像那樣失去他，」馬克說，「你一定大受打擊吧，潔兒。」

「是啊。」我說。**大受打擊**。我喜歡這種說法，總比**創傷**好吧。因為當時發生的事情令我**大受打擊**，所以我到現在還走不出來。

「很突然嗎？」凱西說，然後趕緊補了一句，「如果你不介意我問的話。」

「對，很突然。」我說。

我們坐在那裡，思考各自經歷過的事，以及今晚大家說過的話。馬克看看手錶——那種具有分量的精工銀錶，不只能查時間，可能還會顯示你距離某處有多少海里[1]。他說：「舍監很快就要查房了，接著就要熄燈。我們得回去了……只剩下四分半鐘。」

「記得，什麼都別說，」席耶拉焦慮的提醒，「連你們的室友也不行。大家要保證。」

大家都保證了。然後馬克說：「大家也都要保證，等我們把事情仔細想過以前，先不要再寫日記，可以嗎？」

「為什麼？」葛里芬說，「會怎樣？」

「不知道，」馬克說，「所以才叫大家先別寫，因為我們知道的還不夠多。」

我看得出來大家都很怕「那個」地方，卻也想回去。可是誰曉得下一次會不會發生同樣的事？下一次再寫日記的時候，搞不好會發生完全不同的情況。

或者什麼都不會發生。

我們每星期被規定要寫兩次日記，這點大家都清楚。可是儘管奎奈爾太太這樣要求，我們都同意遵循馬克的提議，直到「進一步通知」之前都不要再寫日記，然後約好明天晚上同一時間再來這裡會合。

葛里芬往前傾身，猛然把蠟燭吹熄，把大家留在黑暗中。

1 節（knots）表示每小時航行一海里的速度單位，在此簡譯為「海里」。

# 第八章

在我們的夜間聚會之後，我回到寢室，笛婕問我：「你去哪裡了？」

我告訴她：「就出去啊。」

「誰跟你出去？」她問。

「是你跟誰出去才對。」我糾正她。這樣做真蠢。

「**噢**，特殊主題課小姐，」她用諷刺的語調說，「你在課堂上就在學這種東西嗎？」

「之類的。」

珍安探頭進來。「嘿，女孩們，功課什麼的都做完了吧？準備睡了吧？」

「我們沒事。」我說。不過，不，我還沒準備要睡。

笛婕把燈關了，我們就這樣躺在黑暗中，兩人陷入不自在的沉默好久之後，她說：

「潔兒？」

「嗯。」

「我可以跟你說一件事嗎？」

噢，天啊，現在她要跟我對質了。她會說：「你發生了超級誇張的事，我想知道是怎麼回事。」

「當然。」我說完後安靜等待。

又一陣長長的沉默，很有壓力的那種。我們只是躺在床上，最後笛婕終於開口：「那次聚會的時候，你有沒有注意到我哪裡不大尋常？」

「什麼？」我詫異的問。那次聚會？我努力回想。「唔，你在跳舞，我想我本來沒想到你會下去跳。」

「噢，難道你覺得我不會跳舞，只會生悶氣嗎？」笛婕發出輕輕的悶哼，然後繼續說，「才不是。我的意思是我在**跟**誰跳舞，你注意到了嗎？」

她根本沒問我的事，讓我大大鬆了口氣。我隱約記得那天晚上她跟一個女生共舞，女生經常這樣，要不是為了好玩，要不就是為了炫耀。

「一個金髮女生對嗎？」我說，「她叫蕾貝卡？」

「對，蕾貝卡．費爾柴德。我覺得她很吸引人，我的意思是性感。」

「噢！」我說。我之前從沒想過笛婕可能喜歡女生，也沒想到她跟蕾貝卡．費爾柴德跳舞代表什麼意思。「沒問題啊，當然了。」我趕緊向她保證。

「**沒問題嗎？**天啊，潔兒，多謝你的贊同！」她說，「現在我不需要覺得自己是馬戲團的怪胎，也不用擔心你會躲我了。」

「噢，拜託，笛婕。我知道自己的語氣很驚訝，所以才那樣回答。好啦，我是很驚訝沒錯。」

「我自己也很驚訝啊，」笛婕承認，「說別的女生性感。我這輩子從來沒講過那樣的話。我還是不相信自己剛剛竟然說出口了。」這是笛婕第一次在我面前露出脆弱的模樣，通常她把所有的事情隱藏得很好。貨真價實的笛婕．卡瓦巴塔一直被隱藏起來，就像笛婕藏在房間各個角落的垃圾食物。

我們默默躺了一會兒，可是現在氣氛沒那麼緊繃了。「你以前喜歡過女生嗎？」我問。

「噢，當然。」她說。

「也喜歡過男生嗎？」

「不是那種喜歡。」

「你一直都知道嗎？」

笛婕動來動去幾秒鐘之後說：「我記得的第一件事，是我愛上了三年級的導師師克萊維小姐。真的，她就叫那個名字，跟童書《瑪德琳》裡的修女老師一樣。不過她不是修女，算是殘餘的嬉皮世代，會在髮梢插野花的那種。學年結束的時候，她辭掉工作，跟男朋友搬到加州去了，我知道這件事的時候哭得好慘。」

我躺在床上，想像還是個雀斑小女孩的笛婕，渴望著漂亮年輕的老師。其實不難想像。「真悲傷。」我說。

「然後你知道嗎？我的飲食問題就是那年春天開始的。」

「真的假的？」

「才怪！老天，我是開玩笑的啦。」

「噢！」

我們一起笑了一會兒。然後她說：「那你呢？」

「什麼？」

「你的初戀對象是誰？」

我突然感到不大自在。「噢，」我儘可能講得模糊一點，「滿複雜的啦，可是，我們在談你，不是我。」

「老實說，」笛婕承認，「蕾貝卡可能是我遇到的第一個，我喜歡她，而她也可能喜歡我的人。」

「唔，那是大事情耶。」

「可是，說實在的，我不曉得她的感覺是不是跟我一樣。那天晚上的聚會，我覺得我們之間有點什麼，我們動不動就對上眼，後來她又一直對我露出某種**表情**，彷彿我們之間有什麼祕密笑話。可是如果我誤會了她的意思，我們又困在這所封閉緊密的學校裡，搞到最後人盡皆知，到時候我要怎麼面對？」

我的眼睛現在已經適應了黑暗，可以看到笛婕躺在床上面對我，身子儘量朝我的方向伸展，對她來說和我談心是很重要的事。

「我想你應該說點什麼。」我說。

「即使可能把所有的事情搞砸嗎？」

「相信我，生命很短暫。不時有人從你身邊離開，到時你再也沒有機會跟他們說。」

「哇，」笛婕說，「有道理，我要想想看。在還沒弄清楚狀況之前，我下次見到她的時候會先打招呼，像是：『嘿，蕾貝卡，最近怎樣？』總之，就是要表現得很正常。」

「照你標準的正常。」我輕聲笑著說。

「嗯，照我標準的正常。」

我們輪流打了哈欠，彷彿它是一種具有感染力的東西。不久，我們各自轉身背對彼此，然後，就像一起從岩石上縱身跳水似的，我和笛婕無助的墜入夢鄉，但我不確定是誰先抵達。

到了早上，很難相信那間陽光普照的教室，跟昨天晚上是同一個地方，當時特殊主題課的五位成員圍繞著燭光，交換創傷跟幻覺的故事。奎奈爾太太問候我們，彷彿這是一個尋常的早晨，她似乎沒注意到灑濺在地板上的小小蠟淚。

「經過充分的休息，我希望大家今天都充滿活力，誰想先帶頭開始做口頭報告？」她環顧教室後說，「潔兒，就由你開始吧？」

我做不到。

大家都看著我，葛里芬也露出興味盎然的樣子，不過可能是我看錯了。我得儘量別讓他干擾到我。過去幾天，我去圖書館細讀普拉絲的人生，也讀了幾首她的詩。也不是說我花了很多時間在這項功課上，因為我沒那麼在乎，可是我還是抓到了主要的概念。但我現在很緊張，要是我等一下說錯話呢？

他們耐心的看著我，我翻過幾頁的筆記，不想跟大家有眼神上的接觸。「雪維亞・普拉絲的爸爸愛好養蜂，」我開始說，「他在她的生命中占了很大的分量，他過世的時候，她才八歲。這件事真的讓普拉絲很難熬，只能跟媽媽、弟弟相依為命，我想讓她覺得很悲傷吧。

「那首叫〈爹地〉的詩裡，她詛咒自己的爸爸，還有爸爸對她的掌控，即使他已經過世很久了。我的意思是，她在這首詩裡面很生氣。我不知道作者氣的是她父親，還是她自己。我想，這首詩不只是這樣，詩裡面用了納粹的意象，對歷史跟二次世界大戰提出了一些觀點。這首詩很憤怒、很複雜，裡面不僅充滿了怨氣，同時也有心碎的感覺。」

我翻過拿在手上的報告，找到了那首詩。「爹地，我不得不殺了你／我還來不及，你就死了。」我高聲朗讀，然後又讀了這首詩後面的一行，「二十歲的時候，我企圖殺死我自己／為了回到、回到、回到你身旁。」

我把報告放下來。「回到他身邊，我想那就是她想要的。」

奎奈爾太太問：「你覺得普拉絲之所以憂鬱，是因為沒有擺脫喪父之痛嗎？」

「唔，」我語帶緊張的說，「我不是英文老師，也不是精神科醫師。」

「可是你懂得思考，潔兒。」奎奈爾太太說，「除此之外，你有過經歷，有資格對這類事情提出意見。你們都有資格。不要害怕，只要能端出來分享的想法都儘管說出來吧。在我們的狀況裡，**的確**是端來桌上。」她一邊補充，一邊敲著我們圍坐的那張櫟木桌面。

「我覺得她內心的傷痛占了很大的分量，」我劈頭就說，「可是大家會期待你表現出相反的樣子。比方說，如果你失去某人，怎麼可能繼續在乎每天的日常蠢事？像是小考會不會很難、髮尾有沒有分岔，或是跟朋友爭論什麼。《瓶中美人》中的愛瑟．格林伍德的父親也死了，不管是雪維亞．普拉絲或者是愛瑟，她們在這世界上要怎麼自處？」我問。

我真正想知道的是：這間教室裡的每個人被難以承受的思緒跟感受拉扯的時候，我們又要怎樣在乎任何事情？

「這些問題滿好的，」奎奈爾太太說，「有人想回答嗎？」

起初沒人想答，接著葛里芬說：「我要講的不是答案。但也許有時候你想念的不是某個人？只要是對你有意義的東西都算。」

我好奇他發生了什麼事，什麼事情傷害到他，讓他的人生停擺。

下課的時候，葛里芬踩著那種壞男孩的笨重機車靴走在其他人前面，我們其他人忙著幫忙凱西，但他卻連假裝想幫忙的樣子都沒有。我們離開校舍的時候，他已經獨自走在前面的小徑上，套上兜帽，雙手塞在外套口袋裡。

晚上十點的時候，我們又在昏暗的教室裡會面。葛里芬竟然來了，我有點意外。我以為他要跟我們斷絕關係。可是他就在那裡，坐在馬克的棉被上。我們安頓下來，席耶拉點亮了蠟燭，那種人工榛果的香氣讓這個地方聞起來像是消費高昂、故作風雅的咖啡館。凱西說：「要是有人願意幫我脫離這個束縛，搞不好我可以跟你們一起坐在地上。」

我們一臉愚蠢的盯著她，彷彿從沒想過她脫離那張輪椅還會存在。馬克走到輪椅前方，把凱西往上抱起來，一面說：「這樣可以嗎？會不會太用力？」

「我不會**破掉**的，馬克，」她說，「我早就破掉了，對吧？」

「只是想確定一下，我從來沒做過這種事。」

席耶拉清出一塊小空間，讓凱西在有支撐的情況下坐定，最後凱西跟我們其他人圍坐在一起，不過她的腿往前伸，細緻的小腳上穿著時髦的踝靴，各自倒向一側。

那根蠟燭朝我們散發營火般的光線，這次我們事先準備了吃的，是晚餐時從餐廳裡夾帶出來的，這樣就不用偷老師的東西。

「誰先來？」馬克說。

凱西靠在牆上舉起手，彷彿現在是早上的課堂時間。

「在這裡發言不需要把手舉高，」馬克模仿奎奈爾太太的口吻，大家發出輕輕的笑聲，「只要提升心靈就好。」

「我先說好了，」凱西說，「有人想聽聽我是怎麼變成這樣的嗎？」

# 第九章

「我在紐約市長大，我們家滿有錢的，」凱西告訴我們，「我不是想惹人厭，可是我家公寓上過《建築文摘》，嗯，反正就是那類刊物，位於公園大道跟七十一街口的雙層樓公寓。我們有個管家，負責讓家裡的一切順利運作，還會煮超級好吃的菜。要是我們半夜餓了，只要按下標示『黛芬妮』的對講機按鈕，她就會用圓麵包替我們做炸雞三明治。雖然她隔天會抱怨，可是還是會照做。每天早上我們坐高級轎車上學——」

「高級轎車，你還真高貴。」葛里芬嘀咕。

「安靜，葛里芬。」席耶拉輕聲說。

「我當時不覺得有什麼了不起，」凱西繼續說，「因為市區的私立學校很多女生都是那樣上學的。爸爸們把小孩載去學校後開車上班。他們是宇宙的主人，負責操控華爾街。我爸喜歡當**贏家**，對他來說，那就表示併購企業、融資收購，那種事情最能逗他開心，其他事情都比不上。他一直很愛自己賺來的錢，也很愛把錢花在我們身上。

「大多時候，我們很快樂，」凱西說，「那就是大家很難理解的地方。我去做復健的那家名叫賽吉菲德的醫院，那裡的人沒辦法瞭解。我試著向他們解釋，可是他們就是不懂。即使我媽的小問題也沒有讓我們不快樂。」

凱西停下來，我們屏息等待。「我媽酗酒，」她說，「不是早上，早上從來不會，而是白天的其他時候。我注意到了，我們全都注意到了。那會讓我警覺起來，心情有點緊繃，像是『好吧，又來了，媽又受到酒精的影響了』。她跟朋友出門吃午餐，回到家裡的時候基本上都是醉醺醺的，發生這種情況的時候，我跟妹妹們會很不安，我們之間有個暗號，我們會說『媽去倒垃圾了』，我們甚至在她的**面前**說。她會說，『你們是什麼意思？我又沒碰垃圾，是黛芬妮去倒的。』

「她不是那種會發酒瘋的酒鬼，」凱西繼續說，「她是個體貼善良的人，事實上，喝酒讓她變得更體貼善良。可是她會變得有點怪，很難形容。重點是，她很迷人，她跟我一樣是紅頭髮，臉上有雀斑，我爸剛認識她的時候，都叫她矮精靈[1]。可是，即使她大多時候很有魅力，而且還算平靜鎮定，但是她喝太多的時候，就會做出有點讓人……困窘的事情。

「有時這種情況的確發生了。比方說，有一次瑪麗莎．薛爾來我們家，不管我們聊什麼，我媽都笑得很用力。瑪麗莎注意到之後說：『你媽怪怪的，她笑太多了。』所以我跟瑪麗莎說了世上最蠢的話，我說：『噢，我媽今天在牙醫那裡吸了笑氣。』這句話根本沒道理。

「可是，我媽真的很少會讓我們覺得難為情。每當有朋友來我們家，或是她來看我在學校的戲劇表演，我就會在心裡想：**請讓這次安全過關**。事情通常很順利，她的言行舉止都算中規中矩。我告訴自己，我可以放鬆，不用一直繃緊神經。會讓我跟妹妹們開始擔心的，大部分都是夏天的時候，因為夏天我們會到南安普敦的房子去住。你們知道吧，安普敦聚落[2]。」

「噢，拜託。」葛里芬說。

「我們家的房子就在海上，」凱西不理他，逕自說下去，「它甚至有個名字，叫做寶藏海潮。每年夏天，我們會去那裡游泳游一整天，晚上就在沙灘上升起篝火。我爸必須工作，只能在周末過來，但他並不在意。我知道他寧可待在辦公室裡，打電話對著香港那邊

---

1 Leprechaun，愛爾蘭民間傳說中的精靈，通常描述為矮小的蓄鬍男子，穿外套戴帽子，經常惡作劇。

2 The Hamptons，長島東端的一群村落，構成了熱門的海濱度假勝地，是美國價格最高的高級住宅區之一。

的人尖叫，而不是躺在沙灘上的遮陽傘底下。所以在夏天時，就只有我、老媽跟妹妹們——艾瑪跟蕾秋，事情就是在那裡變得麻煩起來。」

凱西好像已經把故事講完，不打算再跟我們多說什麼。

「解釋一下吧。」葛里芬說。

「車都是老媽負責開的。」

現在我知道故事會怎麼發展了。

「前年夏天，我們晚上到沙灘去，」她說，「八月的晚上很悶熱，唯一可以忍受的地方就是水邊。我們找布列尼根一家一起玩，我們兩家的房子才距離半英哩。我們升起篝火烤維也納香腸，小朋友跑來跑去一次次說著香腸，好像這個字有多好笑。後來，大人們回到布列尼根家的前廊，剩下我們這群青少年留在沙灘上。

「打從小時候開始，布列尼根家的老大雅各就一直在跟我打情罵俏，我也總是跟他眉來眼去，可是我們從來就不確定兩人之間的關係。有一次，好像再早個一年吧，我們在一場派對上卿卿我我，他的吻功一流，那一刻真的很美好。那天晚上在沙灘上，他沿著海岸追著我跑來跑去。」

我很難想像凱西．卡瑞門跑步的樣子，可是在這個故事裡，輪椅當然還不存在。在這個故事裡，她還沒出任何差錯。她告訴我們的那個八月晚上，是她人生劇烈翻轉的前一刻，點點雀斑的雙腿帶著她越過沙灘，閃避雅各．布列尼根的追逐。凱西繼續描述她怎樣不停奔跑，然後回頭一看，發現雅各已經放棄，不再追她。她的速度快到他追不上。她站在海水旁邊，雙手搭在臀部上，讓心跳漸漸放慢。

「我記得我當時在想，我認識這男生一輩子了，竟然可以跑得比他快。」凱西說，「我喜歡他，可是不希望他追上我。我覺得自己就像奧林匹克的賽跑選手。然後我的妹妹們大叫說該離開了，所以我頂著不可思議的星辰，慢跑回到布列尼根家。我們跟大家道晚安，包括雅各。他給了我意味深長的一瞥。

「然後我和老媽、妹妹們上了車。這段車程只有半英哩，根本不算什麼。我可以感覺我的腳上沾了沙子，牛仔褲的坐處那裡濕了。老媽說：『你們今天晚上玩得還愉快嗎？我玩得很愉快呢。』

「喜歡找麻煩的艾瑪說：『媽，我想你不應該開車，你喝了很多酒，我聽你的聲音就知道了。你應該請布列尼根先生用休旅車載我們回家，我們明天再來開車。』

「我媽說：『拜託，艾瑪，我**沒事**。』我妹妹只是一直叨唸這樣不好，我也覺得她太誇張了。最後我媽說：『好啦，我們來投票。』

「蕾秋說，她覺得讓媽開車沒什麼大不了的，所以票數打平了，現在就看我怎麼決定。『由你來決勝負，凱西。』我媽說。

「因為我的雙腳都是沙，身體又很冷，於是我說：『讓媽開車吧。』

「我媽說：『謝了，凱西小妞。』她常常那樣叫我。我坐在副駕駛座，心裡很緊張，因為我媽就是那樣，一切都有點過頭。她啟動引擎、打開收音機，裡面傳來披頭四的歌曲。她馬上說：『噢，我好愛這首歌！聽聽中間那段法國號獨奏，好美啊。』

「我知道那首歌讓她變得太興奮，可是我也知道她有多愛披頭四，既然廣播在播這首歌，為什麼她不應該趁機享受？我媽最愛那些歌了，那會讓她想起自己的青春。她總是跟我們說，她有多愛年輕的時候，可以在外頭待到很晚，狂放不羈。在她年紀大了、結婚安頓下來之後，依然很想念以前的生活。

「我媽跟著收音機唱歌，她很開心，我們都是，我想只有艾瑪不是。然後傳來突然傳來巨大的一聲砰，接著是飛翔的感覺，不過是很糟糕的那種。然後我感覺腦袋受到重擊，也聽到玻璃碎裂的聲音，以及有人放聲尖叫，結果發現尖叫的人正是我自己，然後我就昏過去了。」

凱西停下來。我們沒人講話或呼吸。

「好了，大家放鬆，」她說，「就是這樣，這就是我怎麼變成殘廢的故事。」

我、席耶拉、馬克、葛里芬默默無語，什麼話都說不出來。我的朋友從沒遇過同樣的問題，他們遇過最嚴重的事，頂多像是漢娜跟萊恩對於該不該隨時準備保險套在身上而大吵一架，萊恩對漢娜說：「等你改變主意的時候就可以用了啊！」漢娜覺得受到侮辱，我跟珍娜整晚陪著漢娜，她一面哭一面每隔十秒鐘就發一次簡訊給萊恩，可是那種事情我還應付得來。

現在我完全不知所措。

「原來我媽載著我們去撞石牆，」凱西繼續說，「車上的其他人都沒事，可是我沒繫安全帶——我是說，只是短短五分鐘的車程——結果我整個人撞上擋風玻璃，脊髓斷了，腦袋受到創傷。」

**創傷**又出現了，這個字眼在木穀倉裡簡直無所不在。

「車上的安全氣囊有問題，沒有充氣膨脹，」凱西說，「救護直昇機把我載到市區，我整整昏迷了三天，醒來的時候，爸媽在我的病床旁邊看著我，他們都在哭。

「我聽到有個護士說：『唔，至少不是過失殺人，』可是我那時不曉得她在說什麼。

「我在養病期間學到兩件事。第一，我再也不能走路了。第二，我媽血液裡的酒精濃度超過合法標準，她開車載我們回家的時候，不是微醺，而是爛醉。

「接著我想起自己是那個做決定的人。法院規定我媽要去藥物酒精勒戒中心待幾個月，我則是去了一間復健中心，醫護人員並不認為我可以再走路，他們只是想教我怎樣把上半身的力量找回來，好操作輪椅。

「那間復健中心是地球上最陰森的地方了。在我住的那間病房裡，幾乎每個人都出過某種意外或是生過某種病。那裡有個女士接受胃部的吸脂手術，這樣到百慕達穿比基尼才好看，結果一醒來就癱瘓了。我們都很可悲，整天披著浴袍，要不是坐著，要不就是躺著，喝著小罐的溫熱蘋果汁，用撲克牌搭房子，看電視影集《法網遊龍》。離開復健中心之後，我沒有跟那些人保持聯絡，因為太讓人沮喪了。他們常常寄群組信給對方，可是我從來不曾參與。

「在家裡，我媽一直問我：『凱西小妞，你會原諒我嗎？』她現在完全擺脫酒癮，對自己做過的事情害怕極了。勒戒中心逼她面對了一切，很殘酷。重點是，我馬上就原諒她了。她以前動不動就喝酒，也習慣大家把她當成甜美微醺的矮精靈。我就是沒辦法生她的氣。

「我回到學校去，可是很難集中精神。某天晚上有場派對，有些男校的人也來參加，那是我在意外之後第一次見到雅各．布列尼根。他就在那裡，跟朋友站在一塊。他看到我坐著輪椅，一臉不自在。他有個朋友和他竊竊私語，然後把他推向我，超尷尬的。

「他走過來說，『嘿。』可是幾乎不看我。

「我說，『嘿，雅各，最近怎樣？』

「他說，『沒什麼，很高興你出院了。呃，我最好走了。』

「就這樣，那是雅各最後一次找我說話。我從小就是那個和他打情罵俏的俏麗女生，現在卻變成了他無法面對的殘障女生。

「大家都替我難過，沒人用對待正常人的方式對我。我朋友在放學的時候，必須等我搭乘輪椅專用的升降機，升降機的鑰匙在櫃檯的一個女士那裡，有時要找半天才能找到她。我開始做魯莽的事情，像是有一次推著輪椅到八十九街的山坡頂端，那裡在上學日不准車輛進出，然後我放手讓輪椅衝下去。

「我爸媽就是在那個時候決定把我送來木穀倉，我想到目前為止還算有用。可是幾天前的晚上，我看到席耶拉形容過的那種異象，只是我看到的東西並不一樣。」

「跟我們說吧。」席耶拉說。

「好，」凱西說，「事情是這樣的。我當時在書桌前寫日記，我一面寫一面覺得自己可能會吐出來。補充一件好玩的事實，只要我想在車上閱讀或寫字，就會有那種感覺。然後，我一抬頭，發現自己不在書桌前，而是**在車上**。」

她停頓了一下繼續往下說：「那是一個晚上，我坐在車子的副駕駛座，意識到自己的腦袋出了狀況，接著我明白，我經歷過眼前這個場景，而且是同一個時刻。我知道是什麼時候。我交叉冰涼的雙腿，雙腳沾滿沙子，牛仔褲的坐處是濕的。我的腿沒事，就和出事前一樣正常。我和我媽、妹妹們一起跟著廣播哼唱著披頭四的歌，心裡想著自己是多麼幸運啊！我的家庭很棒，我跟雅各互相喜歡，那個美好的時刻一直延續下去。這段半英哩的車程一直到最後，醉醺醺的老媽都沒有開車撞上石壁。

「我摸摸自己的腿，可以感覺到它們，所有感覺都還在。它們沒癱瘓，壞事沒有發生，我們只是沿路開下去。我對我媽說，『不會有事，對吧？它們會跟以前一樣嗎？』

「她轉向我，臉上沒有那種傻氣微醺的表情，而是平靜又嚴肅。她說，『我們不要擔憂未來，凱西小妞，只要享受這一刻就好。』

「所以我沒再多說。我們只是繼續開車，風吹著我的頭髮，那條路似乎無止無盡，那首披頭四的歌也是。有一段時間，我媽把車停下來，我下車沿著路邊奔跑，然後她再度啟動引擎，我跟著車子的步調行進。我跑得好快，雙腿強健有力，最後我回到車上，感覺到雙腿生氣勃勃，我想可以這樣說。

「就這樣，這份經驗完美又純粹，但轉眼間我回到自己的書桌前，回到輪椅上。我往下一看，看到日記的紙張已經往前翻，桌上的紙張散得到處都是，彷彿房裡吹過一陣風，雖然窗戶完全緊閉著。我的室友妮娜走進來說，『這裡發生什麼事了？』

「『我想我做功課做到有點太投入了。』我回答。」

「『肯定是。』她說，然後笑了。妮娜什麼都見識過了，她六年級就開始偷吃她爸的奧施康定[3]。不過，我在整理紙張的時候，注意到日記前面的紙頁上佈滿字跡，**我的字跡**。

我根本不記得自己寫了什麼，可是竟然有足足五頁。我一定是在『神遊』的時候寫的，不管我們應該怎麼稱呼這種狀態。」

所以，我們的日記不只是進入那個世界的方式，到那個世界去的時候，每個人顯然都會自動寫滿五頁。這樣的細節變得愈來愈清楚，可是我們還是搞不清楚原因何在。

「有沒有人想過，我們為什麼會發生這種事？」我問。

「噢，我猜是因為我們超級特別。」凱西說。

「也許。」席耶拉說，「但就是沒辦法解釋。」

「那只是因為我們手上的資訊還不完全，」馬克說，「可是，循著邏輯思考一下，最合理的問題是：Q太知道這件事嗎？這是她事先**策劃**好的嗎？」

「有可能。」席耶拉說，「也許這就是我們被選進這門課的原因，因為她認為我們每個人都需要這個——紅皮日記治療法。」

「我沒被治好啊。」凱西說。「我的人生還是爛透了。我想我在**那邊**的那一小段時間裡還不差。我想回去。我知道你說先不要寫日記，馬克，可是我現在就想回去。」

「欸，先不要啦。」馬克說，「我想關於Q太的事，有三種可能。第一種：她根本不曉

3 Oxycontin，是類鴉片止痛劑，有上癮風險。

得這些日記的功能。如果我們告訴她，她會報告學校，日記會被拿走，我們就永遠沒辦法再有『異象』了，搞不好還必須離開學校。第二種：她的確知道日記的功能，也許就是她促成的。她故意選擇我們，因為她認為在木穀倉的學生中，我們可以從中得到最多收穫。」

「嗯，好，」席耶拉說，「可是即使那是真的，我們如果直接問她，她還是有可能否認。」

「還有第三種可能，」馬克說，「那就是她**確實**知道，只是等著我們主動跟她說。但我認為這個可能性很低。我的建議是，我們就表現得好像沒事一樣，畢竟向她坦承神遊狀態的風險太大了。」

「我不覺得那是神遊，」我說，「那更像是一個**地方**。我覺得我去了某個地方。當現實太讓人沮喪、沒辦法接受的時候，就會去的那種地方。」

「可以對《瓶中美人》產生共鳴的人。」席耶拉說。

「我們應該替它取個暗號。」馬克說，「就像凱西的媽媽喝醉酒的時候，她跟妹妹們做的那樣。**媽去倒垃圾了**。免得我們必須提到這件事的時候，附近有其他人在。」

「即使只有我們在場，也可以找個名稱來稱呼這種狀況。」凱西說。

「我們可以說『我去過 Bell Jar（鐘罩）了』。」席耶拉提議。

「好遜噢。」葛里芬說。

「也許可以做點變化，」我打岔，「比較有異國情調的叫法，讓它聽起來像是……外國的國名。它多少也算是別的國度。」

我們想了半分鐘。「神遊地？」馬克說。

「聽起來像是很爛的遊樂園。」葛里芬說。

我覺得我們好像一群小學生，想替自己的推理社團或是空瓶回收社團命名。不過，替這個狀態命名會讓它稍微容易掌握一點，也真實一些。

「乾脆叫Belzhar好了。」我說。

「我之前就是這樣說的啊。」凱西說。

「不是，我說的是Belzhar，」我重複，「中間的那個音唸起來像法文名字的開頭，拼法是B-e-l-z-h-a-r。」

「Belzhar，」席耶拉唸了出來，「『我去過Belzhar[4]了。』聽起來的確滿有異國情調的。」

葛里芬說：「我想我可以接受。」他難得的「恭維」讓我很高興。

「好了，我們有名稱了，」凱西說，「可是關於回去那個地方的事呢？放任自己沉浸在

4 小說內文之後就以「瓶境」作為Belzhar的中文對應。

幻覺之中沒關係嗎？因為我真的、真的很想回去。」

我也好想回去。瓶境是讓我們每個人心想事成的方式。要找回我們失去的人事物，這是唯一的方法。

「一定要有規則才行。」馬克有點焦慮的說。

「為什麼你可以發號施令？」葛里芬說。

「好啊，給你負責，來吧。」葛里芬沒回答，馬克接著說，「我也認為你不會有興趣。欸，總要有人負責掌控方向，那就是我試著要做的事。我以前帶領過學生會。我現在只是想確定，瓶境不會接管我們的人生，或是讓別人起疑。記住，他們可能會把日記從我們手上收走，我們可能會永遠**失去**這個東西。」

席耶拉拿出一支筆跟幾張活頁紙，準備一同擬出我們應該遵守的規定。

# 第十章

我們所有人決定要遵守一套簡單的準則：每周去瓶境兩次，為了要保持前後一致，只能在我們各自選定的那兩天裡去，然後每個星期天晚上十點在沒點燈的教室集合，圍著燭光討論那個星期裡發生的事，最後，也是最重要的一點，就是完全不能跟課堂成員以外的人透露。

我選定星期二跟星期五，這星期五就是我第二次要寫日記的日子，我等不及了，雖然我一想到這件事就焦慮到胃痛。

我把日記放在書桌抽屜裡，就像一顆跟身體分家的心臟，在抽屜裡跳動。當我們在校園裡遇到特殊主題課的同學，會刻意表現低調，好像沒什麼大不了似的。「嘿。」我們會跟對方說，可是實際上心裡忐忑不安，不耐煩的等待。

聰明的笛婕似乎察覺事有蹊蹺。有時候我們兩個都在寢室裡，她就會用奇怪的眼神看我。有天下午她坐在那裡，一雙眼睛睜得老大。我說：「幹嘛？」

「你好像藏了什麼祕密。」笛婕說。

「你才是那個有祕密的人吧。」

「也對。」笛婕同意。她跟蕾貝卡．費爾柴德很快開始交往，全世界知道這件事的只有我跟蕾貝卡的室友。學校並不鼓勵學生之間建立「親密」關係，也絕對禁止公開做出親暱動作。按照規定男生跟女生只能在宿舍的公共大廳活動，不可以到彼此的寢室，但是女生可以跟女生到任何地方去。笛婕跟蕾貝卡運氣不錯。

所以她們交往後沒多久，就已經到過對方的寢室，一起趴在床上，替對方的腳趾塗指甲油，或在對方手背上用極細的指甲花紋身筆，畫出印度彩繪圖騰。附近沒人的時候，搞不好還接吻或是更進一步。

要是我跟里夫擁有的時間不只四十一天，我會很想跟里夫更進一步。不管有什麼感覺，我都想感受看看，然後依循自己的感覺行動。可是我從來就沒那個機會。

星期五晚上八點，體育館要播電影，百分之百的白痴喜劇，關於一對同卵雙胞胎搶劫銀行的故事。我決定不去看。我等著宿舍清空，然後跟上次一樣——拜託一定要一樣——

我就可以再跟里夫相聚。**離開吧**。大家拖拖拉拉走出宿舍看電影時，我在心裡默默說著。**離開吧，離開就對了**。

珍安似乎很在意我選擇留在寢室裡。「你不喜歡看電影嗎，潔兒？」她問我。

「喜歡啊，只是沒心情。」

「要是改變主意就過來。」她說。「今天晚上我們要發烤黃豆給大家。」她補了一句，彷彿這是多麼了不得的細節，絕對會讓我改變主意似的。

「太好了。」我說。

「等一下我會派人來看看你的狀況。」她說，然後猶豫一下就離開了。

宿舍終於安靜下來。只剩笛婕跟蕾貝卡一起在蕾貝卡位於樓上的寢室裡，還有一個叫喬瑟琳·史川吉[1]的女生，這點不意外，因為她的確是怪胎一個。凱西跟席耶拉都去看電影了，她們打算晚點等宿舍熄燈之後再回瓶境。

空蕩的寢室一片寂靜，我走到書桌前把日記本從抽屜裡拿出來。我把手裡的日記翻來覆去，撫摸涼爽的封面皮革，然後拿起筆，坐在床上，往學習死黨一靠。打開日記的時候，紙頁發出讓人心安的熟悉劈啪聲。

1 史川吉為Strange的音譯，這個字也有「奇怪」的意思。

可是，要是上次進入瓶境只是意外呢？要是這次什麼事都沒發生呢？我會失望透頂，證明我們的規定毫無意義，所有的期待都是白費功夫。里夫不會再出現，而這可能會對我帶來另一次創傷。

我焦慮心急的把日記翻到空白的一頁，然後開始書寫：

等我離開黛娜‧薩波的派對時，我很清楚我愛這個男生，我開始覺得他也愛我。

我才等了一下，眨眼間，他的手臂就像上回那樣摟著我。事情來得很快，一切都是那麼自然，我又再次受到震撼，但是沒有太過震撼。里夫從前面抱著我，而不是從背後。我對著他的脖子說：「我來了。」

「我知道，我一直在等你，」他說，「好久噢。」

我往後退開看著他。他穿著同一件棕色毛衣，望著我的模樣，彷彿我會出現在這裡是一個奇蹟。我們默默看著彼此，我把頭靠上他的胸膛，心中再次湧起滿溢的幸福跟如釋重負的感覺。

「最近都好嗎？」我終於抬起頭問。

「現在比較好了，也許我應該查清楚你下次過來的時間。我討厭什麼都不知道，讓我變得很焦躁。」

「每星期二跟星期五，每周固定這兩天。」我說，「可能都在晚上，不過要是當時有別的事要忙，時間上就會有變動。」

里夫對我眨了眨帶著睡意的棕色眼睛。「一周只有兩次？為什麼這樣安排？」他把安排發成按排。

「噢，」我說，「我們就是這樣決定的。」

他不解的看著我，我解釋全班都參了一腳，跟他說我們把這裡命名為「瓶境」。我也描述了其他人的狀況，可是我看得出他不是很專注在聽。他似乎只對葛里芬表示興趣。

「那個很傲慢的傢伙長得比我帥嗎？」他問，然後把頭轉開，讓我欣賞他的側面輪廓。他在開玩笑，可是又不完全是。里夫和葛里芬簡直天差地別，葛里芬滿頭金髮、粗魯又憤怒；里夫一頭棕髮，身材瘦高、機智又善良。

「葛里芬？你在開玩笑吧。」我說。

我們坐在草地上彼此依靠，好似站在枝椏上的兩隻愛情鳥。里夫突然說：「噢！我有個東西要給你看，應該在這裡才對。我們去瞧瞧吧。」

他牽著我的手，帶領我走下斜坡，往遠方一個大型物件走去，我看不出是什麼。那樣東西方方正正的，但籠罩在樹蔭裡，等我們走近了，我才看出是寇特妮・薩波那間不可思議的娃娃屋，就佇立在草地上。

「噢，好怪，是那間娃娃屋耶。」我困惑的說，但有點高興。「娃娃屋怎麼會在這裡啊？」我們跪下來拿起各自的娃娃，幾秒鐘之內，我們就像小孩子握著娃娃在屋子裡走來走去，最後把娃娃並肩放在床鋪上。

里夫把他的娃娃轉過來與我的面對面，然後移動娃娃讓它們兩個看起來像在接吻。「噢，媽媽咪呀，」他沉著聲音說，「你的身材性感到冒煙了。」

起初我們哈哈笑著，但沒多久就把娃娃扔在小床上開始接吻。我們收斂起笑聲親熱，可是因為在戶外，我擔心會被人看到。接著我才想起，這裡根本沒人會看到我們。

我想起在黛娜．薩波家開派對的那晚，我們兩人吻得愈來愈火熱，里夫的手探進我的T恤下方，動作緩慢，彷彿想先確定我可以接受。接著，他的手滑進我的小可愛背心底下，我聽到自己的呼吸一嗆，也把手伸進他的T恤裡面，摸到他溫暖堅實的胸膛，他的胸膛打著哆嗦，不停顫動。

我們在派對上，除了親吻跟觸摸之外，並沒有更進一步，可是那是一種啟示。現在我們又有機會獨處，不過地點是瓶境的戶外。我和里夫親吻碰觸對方，我坐在他的懷裡，兩人嘴唇相貼，不久後我們把手伸進對方的T恤底下，我滿腦子想著，不管對誰來說，不會有比這個更細膩的感受了。

可是我想從他那裡得到更多。我想讓他看看我褪去上衣的模樣，即使不能相提並論，我也想看看他裸著上身的樣子。我們難分難捨的坐在瓶境裡，我希望我們可以看看對方的模樣。

但當我試著往下伸手把T恤脫掉的時候，我的手卻癱在原地，無法動彈。我低頭看著自己的手，握起又張開。看起來很正常啊。我彈彈手指，也沒問題。可是當我再次嘗試脫掉T恤時，手還是動不了。

然後我懂了。我跟里夫在瓶境可以做的，基本上就是我們在現實生活裡做過的事，我們沒辦法有什麼突破。當我試著跟他聊起生活中的新事物時——尤其是特殊主題課的事，還有班上的同學們，他都沒興趣，最後不了了之。

瓶境讓你可以跟你失去的人在一起，或者在凱西的狀況裡，是讓她重新得到自己失去的事物，可是也會讓你停留在你失去人事物以前的狀態。所以，如果你急著找回自己曾經擁有的東西，可以在紅皮日記裡書寫，然後進入瓶境找到它，但你顯然不會在裡面有任何新的發現。在瓶境裡，時間是停止的，懸在暫停的狀態裡。

我跟里夫可以玩娃娃屋，可以做我們在那短短四十一天裡一起做過的某些事，但是除此之外都不可行。怪的是，他似乎不在意這種限制。我正在想自己的手為什麼沒辦法脫掉T恤時，他問：「怎麼了？」

「你有沒有想過跟我做更多的事？」我問他。

「像什麼？」

「呃，」我難為情的說，「就看看對方，嗯，沒穿上衣的樣子啊？」

里夫把頭一偏，露出困惑的表情。「我們現在做的事情就已經棒得不得了，這樣我就很喜歡了。」

「嗯，那就好，」我說，「只是想確定一下。」

我可以跟里夫一起經歷的不是新事物，只是舊經驗，只是重溫曾經發生過的事。可是我當然能夠接受。能跟他相處多久，我就想相處多久。我跟他並肩躺在棕色草地上，在彼此耳邊輕聲呢喃，聊的話題既不新穎也不深刻，可是都是我們所需要的。

天空再次開始變色，就像看戲的中場休息，當劇院燈光閃動起來時，你就必須趕回自己的座位。

「噢，糟糕，」我說，「光線變了。」

「**靠**，太快了，潔兒。」里夫說。

「我只想留在這裡。」我說。我知道我今晚必須準備數學考試，雖然我根本不在乎數學、課業或現實世界裡的任何事情。

**這個**世界，有里夫相伴的異世界，完全是由過去的片段所構成的，對我來說已經足夠。但萬一我們永遠都沒辦法一起做新的事呢？如果給我選擇的機會，我會永遠陪他留在這裡，不回木穀倉。事實上，木穀倉少了我也是好事，我就自己滾蛋吧。

可是光線漸漸暗下，不久後我就會被迫離開他身邊。

「快點回來找我，」里夫說，「拜託，潔兒，拜託。」

他講到一半的時候語氣變了，聽起來有點像女生。我猛然抬頭，席耶拉站在我的寢室床邊，低頭看著我說：「拜託潔兒，醒醒啊。拜託，快啊。」

我眨了幾次眼睛。「你跑來這裡幹嘛？」我問。

「珍安派我來看看你的狀況。我敲過門了，可是你沒回應。我進來的時候，你正在寫日記，不過你一直發出聲音，整個很怪。潔兒，你要更謹慎一點，萬一被珍安或是宿舍的其他人發現怎麼辦？」

我往下望去，迅速翻過日記，看到自己再次填滿了五頁的分量。不知為何，不管我們在瓶境裡做了什麼事，我都同步記錄下來了，可是我卻不記得自己寫超過一行。

席耶拉在我身旁坐下，我們兩個默默無語，然後她說：「你還好嗎？不管你在那邊發生什麼事，感覺都很重要。」

「我根本沒辦法形容。」

「你不用勉強自己說。」

她並不想從我身上打聽什麼，只是純粹關心我。我跟席耶拉相處的這一刻強烈又私密，是我跟漢娜之間不曾有過的。差遠了。我跟席耶拉就要變成死黨了。

「看看這個，」她邊說邊翻過我的日記，刻意不去細讀裡面的內容，「要是以每周兩次的速度寫下去，很快就會寫滿了。」

我們默不作聲，我想我們都在納悶同一件事。我真呆，之前竟然沒想到——當我們把整本日記寫完的時候，瓶境會發生什麼事？

# 第十一章

親愛的潔兒，

我跟你爸時時刻刻惦記著你，希望你在那裡已經逐漸安頓下來。當你讀到這封信的時候，肯定已經完全投入課業或新的朋友圈之中，或者兩者都是。前幾天晚上我打電話過去的時候，你的狀況似乎好多了，聽到這樣我很高興。你已經把上次的恐慌發作拋在腦後——那次你打電話給我，說想回家來。太好了，寶貝。

潔兒，有件事我想跟你在信裡談談。你在電話上已經聽我說過，因為學校裡一個叫康諾·邦奇的男生，李歐近來變得比較喜歡社交。起初，我跟你爸很興奮，你也知道你弟沒多少朋友，還老是被人戲弄。可是，康諾有點愛耍小聰明，李歐也沾染到這種習氣。問題在哪裡我也說不上來，可是我並不開心。真希望你這裡，潔兒，希望你可以告訴我跟你爸：「噢，你們開心一點啦。十二歲男生本來就是超級混蛋，別擔心。」

所以我想也許你可以寫信給李歐，提醒他，說他永遠可以跟你聊聊心事。即使你遠在佛蒙特州，但你永遠是他的後盾。我想如果你暫時把心思從你個人的問題，轉移一點在李歐身上，對你來說也很不錯。

我要說的只有這樣，信先寫到這裡，我們都很愛你。

又親又抱

媽

我把信折好放回信封裡，家人感覺離我好遠，我幾乎連我們家房子的樣子都想不出來了。娛樂室裡的地毯是什麼顏色？我試著在腦海裡召喚那個影像，可是就是辦不到。我希望李歐沒事，我今天晚上絕對會寫信給他。

我全心投入在自己的生活裡，可是不是我媽想的那樣。雖然至今我只去過瓶境兩次，但是寫完整本日記所帶來的恐懼在我心中揮之不去。我試著提醒自己，日記還有不少空白頁面，我還可以去瓶境很多次，不用急著思考最後一行填滿時會發生什麼事。

我已經計算過了，去一趟瓶境會耗掉五頁，這本日記可以撐過整個學期，在學期結束前正好寫完。

然後怎麼樣？接下來我要怎麼跟里夫在一起？

我告訴自己，不要執著在這件事上面。只要記得，你已經暫時把里夫找回來了，好好享受就對了。

星期二或星期五去瓶境的時候，我都很享受跟他相處的滋味，可是過沒多久光線便昏暗下來，將我拋回現實的世界——寄宿學校、功課跟逐漸降溫的天氣裡。而從這個星期開始，我就要被拋進阿卡貝拉合唱團的世界了。學校不顧我的意願，硬是逼我加入女生的阿卡貝拉合唱團——「穀倉調」。

「每個學生都需要社團，」珍安某天傍晚跟我說，「這個社團還有名額，你就去參加吧。」

「手冊裡沒有這項規定。」我抱怨。

「下一次改版我們一定會加進去。」

我必須說，我並不是阿卡貝拉的粉絲，有些人超愛聽沒有樂器伴奏的人聲演唱，可是我不是那一掛的，里夫也不是。我們都不喜歡阿卡貝拉老是演唱同一套沒創意的歌曲。「又唱〈月之舞〉了？」在克普頓市那所高中的一場演唱會之後，他驚呼，「說什麼『共鳴[1]

---

1 Vibration另外有顫動、抖動的意思。

得很好』？他們是領年金的老人嗎？」

「嗯，感覺就像在車上聽老歌電台，而且唱阿卡貝拉的人也笑得太過頭了吧。」

儘管我對阿卡貝拉有這種感覺，卻還是別無選擇。縠倉調第一次練習在星期一下午，地點是音樂大樓。我的歌喉差強人意，也很討厭被逼著加入這個團體，所以走進練習室的時候，態度不友善的程度比平日更嚴重。縠倉調的團長是個叫艾德蕾的女生，她吹奏一根小小的定音笛，將大家集合起來，開始排練第一首歌。

出乎我的意料，這首歌不是什麼曾經風靡一時的俗氣老歌，而是十世紀的葛利果聖歌。「我們要加快拍子唱。」艾德蕾說。

這點對我來說還滿奇特的。當我們開始練習曲調跟拉丁文歌詞時，聽起來實在很糟。我真希望可以偷溜出去，我確定即使自己離開也不會有人注意到。

我不屬於縠倉調。在學校，只有特殊主題課才讓我有歸屬感，不過那是一種奇怪的歸屬感，因為我其實並不明白我為什麼會在這個班上，不明白奎奈爾太太在我身上看到了什麼。在這麼多學生中，為什麼挑中我？

對於我們為何被選中，班上的每個人各有一套說法，可是說真的我們根本不知道實情，也不知道奎奈爾太太對日記的事情是否知情。我們老是找機會暗示她，說出類似這樣的話：「這門課就快變成最激烈的課了，Q太。」我們甚至還說：「我們寫日記的時候，有了很重大的體驗。」

我們丟出這些暗示時，奎奈爾太太問，會不會「大到」我們無法承受的地步。「有人覺得寫日記的經驗難以承受嗎？」她想知道，「麻煩現在就告訴我。」她仔細端詳我們的表情。

這個問題可以用兩種層次來解讀。她談到日記的方式，跟我們討論日記的方式是同一回事嗎？還是說，她認為日記之所以影響我們，是因為我們寫的內容很激烈？

我們還是不知道答案，但隨著我們愈來愈習慣進入瓶境，這個問題也漸漸變得無足輕重。

失去里夫之後，我整個人亂成一團，而現在，每星期有兩次，我可以跟他團聚。

我甚至沒那麼討厭在餐廳裡用餐了，也沒那麼討厭不能發簡訊或是上網。至少一開始，這個規定對我跟其他人來說都很難以接受。我甚至不討厭不能跟爸媽、李歐住在一起。

**李歐！**噢，糟糕，我意識到自己一直還沒照媽希望的寫信給他。我再次發誓，今晚絕對會寫信給他。

我甚至不討厭跟穀倉調一起練唱，這是在排練快結束時我突然意識到的。排練到最後，我們唱出來的聲音終於比較順耳了。我聽到自己的聲音具有穿透力，響亮鮮明，動聽得令人訝異。

到了星期日晚上十點鐘，特殊主題班的所有人又在教室裡見面。大家都很準時。凱西帶了一盒花生醬口味的巧克力，每個人都吃了，不久地上就丟滿了棕色的包裝紙。然後葛里芬從外套底下抽出一大罐橘色的水果酒。一開始大家什麼都沒說。

「你從哪裡弄來的啊？」馬克終於問。

「我去了市區一趟，用我表哥的身分證買的。」

在木穀倉喝酒的懲處是退學。這裡有些學生有濫用藥物的問題，學校對這點採取零容忍的政策，即使他們發現你喝的是噁心甜膩、含有酒精的能量飲料也一樣。

「這樣不好，」馬克說，「而且那個東西很噁心，大家喝那種東西會暈過去。」

「噢，你鎮定一點，」葛里芬說，「有點醉又不會拉低你的成績。」

「那不是重點。」馬克說。

「不然是什麼？」

馬克不自在的輕聲說：「凱西。」

「**靠**。抱歉，凱西。」葛里芬說。

「別擔心啦，」凱西爽朗的說，「又不是說我永遠都不會接近那些故意灌醉自己的人，但現在時候還沒到。」

於葛里芬把水果酒收起來，我確定酒精再也不會出現在我們的深夜聚會上。凱西望向馬克點點頭，馬克也點頭示意。他們在這一刻變得親暱起來，會發生這種狀況真是不可思議。我跟席耶拉也有同樣的經驗，兩人共享的時刻。

「好了，」席耶拉說，「時間有限，我不是故意找碴，可是我真的想換個話題了。」大家把注意力轉到她身上。「我一直在想一件事，我跟潔兒有一天在閒聊，我們都很想知道把日記寫完的時候會怎樣。我們有點擔心，因為那表示不能再去瓶境了。」

「我也在擔心那件事，」凱西說，「因為寫多少不是我們所能控制的，一次就是五頁。」

「那就是為什麼，」我說，「我們應該嚴格遵守每周寫兩次日記的規定。日記的頁數可以讓我們撐過整個學期，就這樣。」

「我知道，」馬克說，「我也算過了。」

「想也知道你會先算。」葛里芬說。

日記的空白頁面和這學期剩下的時間，彼此依然搭配無間，找不到可以解釋的理由，人生中有些事情就是這樣。

我突然想起費氏數列。在呆瓜數學班裡上過的東西，我只記得寥寥幾樣，費氏數列就是其中一個。數列就像這樣：0、1、1、2、3、5、8、13、21、34、55、89、144。為了得出一個數字，就要把前兩個數字加起來。所以0加1等於1、1加1等於2、1加2等於3，以此類推。

老師告訴我們，大自然裡到處都可以發現費氏數列，找不到可以解釋的原因。費氏數列出現在莖桿上的葉片、朝鮮薊的花，還有松果的排列方式。松果耶！這有多隨機？放眼都能找到費氏數列的證據，根本沒道理，可是真的就是這樣。

這件事讓我覺得，有一堆神奇的日記本可以把寫日記的人帶回他們需要去的地方沒有那麼扯了。有些事情就是永遠解釋不來，要是你想得太用力，腦袋就可能會炸開。

我現在住在遙遠的佛蒙特州，可能再也不會見到那個可愛的呆瓜數學班老師。謝謝你，曼卡迪老師。我心想。呆瓜數學班感覺像是幾百年前的事了。里夫也是過去的人了，可是多虧瓶境，我可以繼續和他在一起。

馬克說：「我不知道你們怎樣，可是一想到學期結束的時候，沒辦法再回瓶境，就讓我無法忍受。」

凱西問：「你那邊的狀況怎樣，馬克？你還沒說過。當然沒有要給你壓力的意思。」

「你們真的想知道？現在？」

「當然，如果你想說的話。」

「好吧，」他說，「我得先給你們幾項背景資訊，要不然事情就說不通了。」

馬克開始敘述，但彷彿是對著凱西一個人說的，我們其他人基本上就像在偷聽。

「小學寫作文的時候，只要遇到『誰是你的英雄』這個題目，我的答案永遠都是『強納生·索能菲』。」馬克說，「我爸好聰明，什麼都知道。他是律師，每天坐在書房的電腦前工作到很晚。」

馬克長長的吸了一大口氣，彷彿是剛冒出水面換氣的泳者。接著他說：「那是去年四月的事，一個上學日的晚上，我跟爸媽說了晚安，後來我媽上樓了，我爸則繼續在樓下的書房加班。我本來已經上床了，可是就是睡不著。我有一堆關於下一次學生會會議的計劃，想詢問我爸的意見，他以前也當過學生會會長。

「所以我下樓來到他的書房，書房的門半開著，我爸不在裡面，我可以聽到他在廚房裡替自己弄點心，可是他的電腦是開的，朝著我的方向。我沒辦法面對的就是這部分。」

馬克停了下來，繃緊嘴巴，一會兒後終於說：「電腦上播放著色情影片，是性愛影片，有個女人在幫男人服務。我的反應是，哇，沒想到老爸也會看A片。接著我又想，好吧，又沒什麼大不了，我自己也看過不少。我跟朋友會在他家裡找網路上的來看，我們的老媽以為我們在做學習閃卡，所以我爸看色情片又怎樣？不干我的事。

「可是接著我才意識到……我真不敢相信我必須大聲說出口……影片裡的男人，接受服務的那個男的，**就是**我爸，而那個女的肯定不是我媽。」

大家默默無語。「靠。」葛里芬說。

「我爸端著一盤脆餅、起司跟一罐啤酒回到了書房，看到我盯著螢幕，立刻撲上前來關掉。那一刻最慘了。然後他說了電視節目裡大家最愛說的那句爛話。誰想猜是哪一句？」

他環視我們的臉。我不想猜，可是凱西說：「我可以解釋？」

馬克對她露出非常微妙的笑容，點點頭。「沒錯。我告訴他：『我真的懷疑，爸。』

「然後我爸——我的**英雄**——竟然說：『唔，我跟你媽一直有些問題。』

「我說：『所以，等等，為了解決這些問題——我敢打賭媽根本不知道有這些問題——你決定去找某個可能是**妓女**的女人上床，還順便把自己拍下來？』

「他說：『整件事就當成我們之間的祕密就好，拜託，求求你。』

「『媽的，別**求**我，爸，』我告訴他，『你只是個中年魯蛇，你不是我的英雄，再也不是了，我永遠不會把你當英雄。』我開始大喊，然後抓起我爸的啤酒罐，朝他的電腦砸去，螢幕應聲裂開，我媽披著睡袍衝下樓來。

「她說，『發生什麼事了？』我跟我爸這輩子從沒吵過架。

「我吼道：『爸跟某個女的拍了性愛影片！』

「她說：『不會吧。』

「我說：『**問他！**』

「我媽看著他，用細小的聲音說：『強納生？』

「那晚剩下的時間我都不記得了，就是吼叫跟哭泣吧，也把我老姊捲了進來。最後我媽把我爸踢出家門，他住進了萬豪飯店，從那之後我就沒見過他。他打電話來求我跟他碰面，可是我說不要。既然問題出在我爸身上，為什麼我會來到木穀倉？因為我開始失眠，而且再也無法專注在課業或任何事情上面。我媽老是在哭，我爸不停打電話給我，而他們叫我去看的精神科醫師則是建議我脫離『有害的家庭環境』。醫生推薦了這個地方，她覺得這裡滿『溫和的』，更不要說離我家很遠了。」

「我很高興她這麼做了。」凱西說。

「才一個晚上我就害我的家庭瓦解，」馬克說，「要是我沒下樓，我爸媽的婚姻還會維持下去，我會和我的家人在一起，我爸依然是我的英雄。」

我們不發一語的吸收這一切。

「跟我們講講瓶境的事，」我說，「你在那裡遇到什麼情況？」

「我正在跟我爸媽說晚安，」馬克說，「還不知道整個家再過半小時就會毀掉，而且始作俑者是我。

「我第一次到瓶境的時候，就留在階梯上，只是在那裡閒晃。我媽已經上床了，對我喊著晚安，而我爸在樓下喊晚安。我知道這種幻想還滿弱的，對吧？就像是……色情片的對立面。站在階梯上聽爸媽對你說晚安。可是，沒發生什麼壞事，沒有什麼壞事**即將**發生，永遠不會……光是這點就很了不起了。

「我第二次到瓶境去的時候，意識到自己可以到處走動，」馬克繼續說，「我跟爸媽和我姊聊天，還打電話給幾個朋友，連電動都打了。整棟房子隨我四處遊走，而我無憂無慮。在現實生活中，我再也不可能無憂無慮了。

「因為在現實生活中，我媽陷入憂鬱，我爸也是。她準備賣掉我們家的房子，不想繼續住在那裡，那些回憶太痛苦了。她甚至在院子裡舉辦跳蚤市場，人們買走原本屬於我們的東西。有個家庭買下我們的乒乓桌，就這樣把它抬走了。我們以前會玩雙人對打，我跟爸一組，我媽跟我姊一組，這種情形以後永遠不會再有了。

「最慘的部分是，即使我爸沒明說，但我知道他很氣我。因為他求我不要跟我媽說，我卻拒絕了，然後整個家庭就毀了。我姊把所有情緒從家庭抽離，離開家去讀普林斯頓讓她鬆了口氣。我一直以為我會跟隨她的腳步，只是家裡發生這件事以後，我在學校的成績一路掉到C，所以上不了普林斯頓了。我耶，竟然得C！我是你們所見過最用功的人了。總之，全都結束了，所以我才來到木穀倉。就跟這裡的其他人一樣，我就像是毀損物品，只有到瓶境的時候，我才會好過一點。」

馬克說完疲憊不堪的靠在牆上。凱西在他旁邊，碰了碰他的手，又馬上把手抽開，恍如一閃而逝的小鳥。我們全都說了些表示同情的話，我們告訴他，我們很高興他說出這件事，還有很佩服他的坦誠。

「我不覺得你是毀損物品。」凱西說。

「謝了。」

「我是說真的，你不應該對自己這麼苛刻。」凱西說。

「我知道我的遭遇跟你和席耶拉根本不能相提並論，我遇到的不是車禍或是弟弟被綁架，也不是……」他直接對著我說，「有人過世。」我低頭看著自己的雙手，沒有勇氣看其他地方。

「也許不能相提並論，」凱西說，「可是那是你遭遇過最慘的事。」

只剩下我跟葛里芬還沒講到自己的故事。當席耶拉問，現在還有沒有其他人想發言，我們兩個都默不作聲。

# 第十二章

「噢，我一直想跟你說，穀倉調在晨會的時候表演了。」十一月的某天我跟里夫說，我們一起躺在瓶境裡永恆不變的草地上。「儘管是阿卡貝拉，我想我們的表現沒丟人類這個物種的臉。我知道我們對阿卡貝拉有同樣的看法，所以你可能很難相信吧。」

「穀倉調啊。」他語氣疏離的說。

「我跟你提過啊，就是我被迫加入的事？」

「對耶。」

可是他完全沒進一步追問，我納悶我最初跟他提到這個團體的時候，他是不是就沒專心聽。我跟他說，我並不喜歡當穀倉調的團員，只是習慣成自然。艾德蕾挑的曲目挺不錯的，除了葛利果聖歌、伊莉莎白時代的曲子，還有幾首獨立樂團新近的作品。里夫似乎對我目前生活的動態沒什麼興趣，我對這點很難視而不見，只要我提到和木穀倉有關的事情，他就會露出茫然的神情。我知道這不是他的錯，瓶境的設定本來就是這樣。

「我要給你一個驚喜。」他突然說，然後伸出手來。我們一起散步越過平坦堅硬的田野，走向遠處的某個地方，那裡架了兩個足球門。「我們來比一下吧？」他問。雖然我沒那個心情，但還是同意了。

他脫掉毛衣，露出下面的曼聯紅色T恤，然後從草地上撿起原本就在那裡的足球，我們踢來踢去，就像有一次在學校做過的那樣。雖然里夫的球技比我高明許多，我卻射門得分了，我跳了一下舞表示慶祝。

「曼聯會把你簽下來。」他開心的說。

「這很難說。」我說，「我想阿森納隊一直在注意我。」

我跟里夫站在臨時拼湊出來的足球場上，兩個人有點狼狽，我真希望可以衝回家裡沖個澡、打扮一下，跟他一起到市區一家名叫坎特伯雷之家的餐廳用餐。

我一直幻想可以帶里夫到那裡，當作一個驚喜。據說那家餐廳會用一塊木板端上一小條熱騰騰的麵包，附上裝在銀製器皿裡的蜂蜜發泡奶油。我原本在想，也許我們可以到那裡慶祝我們認識滿兩個月。為了這件事，我打算想辦法存一筆錢。

可是既然在現實世界裡，我們永遠不可能到坎特伯雷之家共進晚餐，在瓶境當然也不可能發生。

里夫對這些限制渾然不覺。他把足球丟回草地上，牽起我的手一起在潮濕涼爽的午後漫步。他描述第一次在體育館看到我的情形。「你好討人喜歡。」他說。

「才怪，你才是。」

「你就是。」

「你才是。」

「他們不得不達成共識，兩人對彼此討人喜歡的情況並沒有共識。」最後他說，彷彿引述什麼有名的書來解釋我們兩人的關係。

我們湊近彼此親吻，而且吻得愈來愈認真、愈來愈深刻，先是嘴對嘴，然後緊緊吻上對方的臉龐跟脖子，呼吸變得急促沉重。我們偶爾會往後退開看看對方，然後又湊上前去。可是就在那時，天際昏暗起來。

里夫說：「真要命。」

我說：「噢，靠。」我還來不及說再見，就被一把推出瓶境。

我回到房間後已是深夜時分，笛婕睡得很沉，規律的呼吸。我憑著直覺拿起五斗櫃上的隨身鏡，走到窗邊藉著月光看看自己，發現脖子上有個紫色吻痕。我大吃一驚，朝吻痕伸出手，可是吻痕開始褪去，幾秒鐘之內就澈底消失了。

不管在瓶境裡發生什麼事，在現實世界裡都不會留下絲毫痕跡。既沒有影子，也不剩一絲殘餘。我把手貼在脖子上不放，只想大哭一場。

隔天早上，席耶拉突然跑來我房間，說要交換電話號碼，這樣就可以在放假期間保持聯繫。這周是感恩節假期，接下來幾天大家會陸續離開學校。即使分別的時間很短，但我會很想念她。我和席耶拉在一起的時候，她可以一眼看出事情不對勁，對我說：「嘿，你在想里夫吧？」我會點點頭，然後我們兩人就會沉默一陣子，不需要多說什麼。

其他時候，我會坐在舞蹈教室裡看她練舞。我很佩服她的優雅跟力量，她那雙屬於舞者的腳不可思議又強悍。在一天中影子逐漸拉長的時刻，要是身邊沒有朋友陪伴，很容易陷入陰鬱的情緒，我們習慣在這個時候從圖書館結伴走回宿舍。

我跟她說，等我回到家，絕對會打電話給她，可是學校有些人擔心沒辦法順利回家過感恩節。加拿大正醞釀一場暴風雪，抵達的時候可能會破壞回家的旅程。有些女生向行政單位申請提早離校，但我不在意，老實說我不急著離開。雖然我有時候會想念家人，可是之前我打電話求救，媽卻不肯讓我回家，我心裡還有疙瘩。

我也有點擔心當我回家，跟家人一起坐著吃感恩節晚餐的時候，心裡卻藏著巨大的祕密。我明明格格不入，卻還要假裝自己融入其中，感覺很怪。

我只想待在木穀倉，到瓶境裡找里夫，可是爸媽對那件事一無所知。我打電話回家那天，他們以為我只是一時情緒不穩，而現在那種狀況已經過去了。

他們以為我逐漸從里夫的「創傷」復原，我開始接受他已經離開的事實，事實上他們根本不曉得我的遭遇，不曉得我每周兩次進入瓶境，即使只是發生在我的腦袋裡。

我也有點擔心會遇到老朋友。在購物中心遇到珍娜、漢娜跟萊恩會很尷尬。「嗨……潔兒。」他們會偏著腦袋做出「關心」的表情，就是他們從名為「如何跟有情緒困擾的青少年相處」的手冊裡學來的神情。他們替我覺得難過，可是我知道對他們來說，我已經是過去式了。看到我的時候，他們的腦海雖然會浮現過去的回憶，但一回頭只會想到自己。

我來到這裡之後，其實也不常想起他們當中的任何一個。現在我好奇漢娜跟萊恩上床了沒有，還是說他下半輩子會繼續隨身帶著那個古老的保險套。漢娜跟我們說這件事的時候，我們全都尖叫：「哎喲！」要是他們發生過關係，是否會跟漢娜希望的一樣別具意義，或者很尷尬，像是一場拚命過頭的阿卡貝拉演唱會。雖說漢娜曾經是我的姊妹淘，但現在我對她的事情卻一無所知，真悲哀。

我之所以能坦然接受回家這件事，是因為可以隨身帶著日記。一等全家吃完豐盛的感恩節晚餐，我幫忙把碗盤收進洗碗機，再把幾個鍋子的殘屑刮掉之後，我就可以上床就寢。隔天早上，等星期五一到，我就能去瓶境跟里夫相會。

「你錯過了感恩節！」等我們面對面的時候，我會告訴他。

「我是英國人耶，潔兒。你忘了嗎？感恩節對我來說，就像節禮日[1]對你來說一樣沒意義。」

「節禮日？那才不是真的節日呢，是你亂編的吧。」

「才不是。」

「就是。」

「噢，我們第二次吵架。」

星期二，木穀倉這邊下起了大雪，很多人都已經離開了。我爸媽打電話求我儘快去搭巴士，可是如果可以的話，我並不想在家多留一天。

我事先買好票的那班巴士要到星期三下午才會啟程，可是到了星期三清晨，學校有一半以上的人都離開了，包括笛婕，她星期二晚上就已經搭機飛往佛羅里達。我開始打包的時候，寢室響起敲門聲，珍安把還沒離開的學生全都叫到公共大廳裡集合。

「有壞消息，小妞們，」她告訴我們，「公路剛剛封閉了，到處都結了一層冰。」

「什麼？」有人還搞不懂狀況，可是其他人都明白，這裡沒人可以回家過感恩節了。

「可是要樂觀。」珍安說，「留在這邊也可以玩得很愉快，我們自己來慶祝感恩節。我會做超棒的蔓越莓醬和扁豆料理。超棒、超棒的扁豆料理。」

雖然我對回家這件事很緊張，但我突然覺得自己可能會哭出來。我披上外套溜出公共大廳，推開了前門，戶外漫天飛雪，幾乎什麼也看不見，可是我縮起腦袋衝進大雪裡，想要獨處、為自己難過。

我像一個假期囚犯似的困在這裡，完全回不了家。我迎著風雪沿著小徑往前跋涉，有人站在遠處對我揮手，可是我看不出是誰。然後那個人走得更近，原來是葛里芬。他雙手插在口袋裡站著，靴子穩穩踩在積雪裡。

「等等，你為什麼沒回家？」我問，「聽說特殊主題課的其他人都離開了。」

「我就住附近。」葛里芬說，「我爸要開剷雪機來接我，馬上就要到了，你怎麼還在這裡？」

「我沒改搭早一點的巴士，結果現在被困住了。」我告訴他，然後像個白痴似的，我的眼睛裡竟然真的湧出淚水，淚水幾乎瞬間在睫毛上結冰。

1 Boxing Day，在耶誕節的次日，起源眾說紛紜。其中一個說法是，中世紀時期，英國教堂都有專門讓人捐錢的捐獻箱，而箱子只在每年的十二月二十六日打開，將累積一年的捐獻分送給窮人。現在，每逢這個節日商家便會大打折扣，除了逛街購物，也是全家一起活動的日子。

「你在哭啊。」他困惑的說。面對在暴風雪裡哭泣的女生，讓他滿頭霧水。他不知道該說什麼或該做什麼。不過，幾秒鐘之後他開口了。「跟我一起回家吧。」

「什麼？」

「你滿嬌小的，把你塞進剷雪機的副駕駛座應該不會有問題。」

我透過飄雪望著葛里芬。他以前從沒對我說過特別友善的話，可是看到我這麼可悲的模樣，在暴風雪之中眼淚結冰，明明是團圓的節日卻被困在學校，讓他想起Q太要我們互相扶持的囑咐。

聽到我沒辦法回家，我爸媽當然失望透頂，可是我可以去別人家過節這點讓他們很欣慰。有人催我趕緊上樓打包行李，我跟著照做，等我趕下樓的時候，剷雪機已經到了。那是一輛橘色的巨型怪物，伴隨極大的引擎聲響在雪地上顫抖。葛里芬已經坐在上頭，他伸手把我拉上去。

我高高的坐在剷雪機裡，可是我很快驚恐的意識到，我竟然坐在葛里芬．佛利的大腿上。剷雪機裡沒有多餘的空間。葛里芬的爸爸坐在方向盤後方，他跟葛里芬長得極像，只是更粗壯高大，頭髮更短，但模樣還是很俊美。他吼了一些我聽不清楚的話，然後我們就出發了。在一英哩半的路程中，彎曲的銀色犁具沿路把積雪剷開。

直到開到葛里芬家的柵門之前，我一動也不動，也完全沒開口。懸在半空的木頭標示上寫著：**佛利農場。傳統手工羊乳酪**。

屋內的起居室很寬敞，上方的木梁彼此交錯，壁爐裡的火堆劈啪作響，葛里芬的媽媽前來迎接我們，她是個美麗纖細的女子。

她帶我參觀我的臥房。房間小小的，乾淨整齊，溫度雖然有點低，不過床腳那裡有床厚厚的拼布棉被。我迅速整理行李，把衣物、牙刷跟各科筆記本拿出來。

然後我突然停住。

我的日記不在這裡。

我在輕便旅行袋裡尋找，可是袋子裡沒有其他東西了。我急著趕來葛里芬家，竟然把紅皮日記留在寢室的書桌抽屜裡。這個星期五沒辦法到瓶境去了，真是個大災難！不只對我來說是如此，對里夫來說也是，他會痴痴等著我，要是我遲遲不出現，他會開始失去理智。一周兩次對我們來說都不夠，可是我們勉強接受這樣的安排。現在才星期三，這表示我要撐到星期日下午才能碰到日記，感覺恍如隔世。

我轉身看到葛里芬站在門口。「怎麼了？」他問。

「我忘了帶日記。」

「噢。」他說，然後語氣不大有說服力的補充，「不會有事的。」

「才怪，絕對有事，你回到這邊一定還是會寫日記，對不對？你也不會希望連續很多天都不碰日記。」

「是啦，」他承認，「我這星期五會寫。」

「我也應該在那天去瓶境的。」

「沒人會相信我在日記裡寫了那麼多東西，」他說，「我小學的時候因為討厭寫東西，還必須求助課輔老師，一個句子就要花我半個小時。」他不安的在雙腳之間轉換重心，最後終於說，「我知道你很難過，我不曉得該說什麼。」

「沒什麼好說的。」

「抱歉，」他頓了頓，「要我帶你逛逛什麼的嗎？」

「好啊。」

雪勢稍微減緩了，我們到處遊蕩的時候，維護良好的白色木頭建築從積雪下方露出來，紛紛從眼前閃過，比這片土地上的其他建築，穀倉看起來新多了。

「山羊就養在這裡嗎？」我問。葛里芬點點頭。「我們可以進去嗎？」

「要幹嘛？」

「我不知道，看看牠們吧。」

葛里芬聳聳肩說：「隨便。」於是我們就走了進去，放眼都是閒逛的山羊，有的聚集成群，有的形單影隻，刺鼻濃郁的氣味讓我受不了，片刻之後，我意識到自己其實還滿喜歡這種氣味的。

「看看這個地方，」我說，「好像山羊在開雞尾酒會。我可以摸摸牠們嗎？」

「想摸就摸吧。」

我摸了幾隻羊的腦袋，心想：如果當一隻羊一定很輕鬆，不會遇到任何問題。你不會陷入愛河，然後又因為失去而失望透頂。你只是過著農場動物的單純生活，那令現在的我很羨慕。

我走到一隻小羊面前，跪下來撫搓牠窄小的腦袋。那隻羊用不帶情緒的眼神看著我，可是並沒有躲開。附近有隻看起來很笨重的羊跟其他羊分開，單獨關在隔間裡。「那隻怎麼回事？」我問。

「噢，梅朵啊，」葛里芬說，「那是產羊隔間（kidding stall）。」

「噢，你在開玩笑（You're kidding.）。」我說，我跟里夫就會說這種笨話。

可是葛里芬只是說：「你到底知不知道產羊隔間的意思啊？」

「是不是……你要說個笑話，可是說得拖拖拉拉[2]？」這也是我跟里夫會跟對方說的傻話。

---

2 英文中的stall亦有拖延之意。

葛里芬只是說：「是懷孕的山羊被帶去待產的地方。牠可能這個星期就要生產了，這整件事是我爸在監督的。」我看著那隻被隔離的可憐母羊，也許我想太多了，可是牠看起來很害怕，會有這種反應也不能怪牠。

「牠還好嗎？」我問。

「沒事啦，走吧。」葛里芬說著便帶路回到外頭。對他來說，就是該離開了，不帶任何情緒。他原本就是那種陰鬱沉默的男生，而且不會有人去追究他們為什麼有這種表現。打從開天闢地以來這種類型的男生便一直存在，你根本拿他們沒辦法，只能儘量別讓他們影響你的情緒。

那天深夜，我原本睡得很沉，雖然小房間裡冷颼颼，但那條棉被蓋起來還滿暖和的，直到高聲交談的聲音把我吵醒。

「我是請你——不，是叫你，穿好衣服過來幫我。」有個男人說。

「我跟你說過了——」另一個聲音說。是葛里芬。

我趕緊披上睡袍，走到起居室去，看見佛利先生全副武裝的跟葛里芬面對面站著。葛里芬穿著綁帶睡褲，裸著上身，一副還沒睡醒的模樣。

「我又不是故意為難你。」葛里芬說。

「那就照我的要求做。」

「嗨，怎麼回事？」我問。

「抱歉把你吵醒了，我們家的母羊要生產了，出了點問題。」佛利先生說，「我需要有人跟我到外頭去。我太太的手有關節炎，幫不上忙，可是葛里芬不肯。」

「爸，我跟你說過，我只會把事情搞砸。」

「說話小心點，先生。你又不知道會怎樣，你以前又沒做過。」

「就是因為沒做過。我沒辦法。」葛里芬說，「為什麼你就是聽不進去，爸？」

「你只有這些話要講嗎？」佛利先生說，「你有什麼毛病啊？」

他們望著對方的模樣，彷彿準備朝對方揮拳，所以我走上前去，說：「我來幫忙。」

他們兩個盯著我的樣子，好像早已忘記我也在場。接著，等他們想起來的時候，似乎覺得我竟然自告奮勇的淌這灘渾水是很蠢的事。我怎麼可能幫得上忙？我長得很嬌小，力氣不大，也沒什麼實用的技能。過去將近一年的時間，我都窩在家裡的床上，最後被送到給適應不良者就讀的寄宿學校。可是我的腦海裡一直浮現生產隔間那頭母羊恐懼的模樣。

「謝了，可是你幫不了忙。」葛里芬的爸爸說。

「不，我可以，」我說，「我去穿衣服，等我一下。」

後來我們披上外套，踏進冰天雪地之中，雪依然下個不停。佛利先生拿著工業用手電筒照亮前方，我們小心翼翼的踏過積雪。葛里芬留在屋裡，我轉身看到亮起的窗戶框住他的身影，他正悶悶不樂往屋外眺望，一看到我就從窗邊走開。

晚上的穀倉跟白天看起來很不一樣。那隻母羊在呻吟，我們在昏暗的光線中快步踩過乾草堆，走到母羊身邊。

「這是梅朵，」佛利先生說，雖然我已經知道了，「是葛里芬的媽媽取的名字。」這句話彷彿是想向我保證，他從來不做替山羊取名這種多愁善感的事。

我們馬上辦起正事。母羊已經開始生產，可是問題在於先露出來的是腿，而不是頭。「這種胎位很危險。」佛利先生說著指出這個讓人擔憂的景象，羊寶寶的兩隻腳從母羊身體裡伸出來。「這頭母羊還很年輕，才一歲多，年紀很小，還沒擠過奶。我試過把手伸進去調整羊寶寶的腦袋，可是我的手太大了。」

他滿懷期待的看著我，我這才意識到，他要我把手伸進母羊的身體裡，把羊寶寶的腦袋調正。我看著發出低吟的母羊，即使這完全不在我的經驗中，也遠遠脫離我的舒適圈，更是超過我所能容忍的噁心程度，但是我當然要做，至少打算試試看。

我之前還在想，當山羊一定很輕鬆，看來我錯了，原來不見得那麼輕鬆。這隻山羊飽受折磨，眼神中充滿悲傷、絕望。我想到大家都在受苦：動物、人，每個物種都是如此。我幾乎懂得牠的感受，我必須卯足全力幫忙。

佛利先生忙著尋找符合我雙手尺寸的手套時，我先走到梅朵身邊，搓搓牠的腦袋，說：「沒事，沒事。」即使根本不是那回事。然後我腦袋裡冒出來的第一個念頭很荒謬，我竟然對著牠佈滿細毛的粉紅色耳朵低語。

「你喜歡詩嗎？」我荒謬的問了那頭山羊，「雪維亞．普拉絲寫了一首關於懷孕的詩。我想結尾是這樣：我吃了一袋青蘋果／搭上再也下不了的列車。」

但牠只是呻吟得更厲害。

「噢，你不喜歡詩嗎？」我說，「不要緊，不喜歡也沒關係。」佛利先生帶著一盒橡膠手套出現，我像抽面紙那樣抽了一雙出來。我掙扎著戴起手套時，心臟怦怦狂跳，試了兩次才成功。

然後我想也沒想的把手輕輕探進山羊體內。我的手在**山羊體內**，還會有比這更奇怪的事嗎？假使木穀倉有人跟我說：「你知道感恩節假期的時候，你的手會跑到哪裡去嗎？」即使我用光下半輩子的時間，也猜不出正確的答案。

我差點爆出難為情的笑聲，可是梅朵又呻吟了，於是努力忘掉這整個場景有多麼詭異。在佛利先生的指導下，我試著抓住羊頭，可是它滑不溜丟的，我搞不清楚自己在幹嘛。我又無力的試了幾次，但無論如何都抓不住。我不擅長這種事情，是最差勁的人選，完全派不上用場。

梅朵像是被困在列車上下不來，而我答應幫忙的時候，也讓自己也登上了不同的列車。我必須堅持到底。

「好了，現在放輕鬆，潔兒，」佛利先生說，「深吸一口氣，你辦得到的，我知道你可以。」

然後，突然間，我抓住了整顆羊頭，感覺到輪廓，明白自己必須怎麼做。我像轉動旋鈕一樣轉動羊頭，幾乎馬上就感覺到羊寶寶調整成比較好的姿勢，鼻子向外朝下。

「這就對了。」佛利先生說。

我拉出戴著手套、濕亮亮的手，梅朵立刻開始把寶寶往外推。牠為什麼知道該怎麼做？牠沒有上過任何一堂生產課程。「是**產羊課**。」里夫會這樣說，「拉咩咩咩茲[3]」他可能還會補充，順便模仿山羊的叫聲。

推了幾下之後，一整團濕亮亮的東西從母羊的後方溜出來，佛利先生走過去看，宣布那是一頭公羊，臍帶自動斷裂，不需要像人類嬰兒那樣另外剪開。羊寶寶渾身沾滿黏液，彷彿上了釉似的，梅朵不再呻吟，馬上轉身舔起羊寶寶身上的黏液。我現在只聽到穩定的舔舐聲，還有其他山羊在夜間的穀倉裡偶爾發出的噪音。

這肯定是我做過最刺激的事情之一。我真希望葛里芬親眼目睹，我真希望他可以看到我進入英雄少女模式，變成獸醫幫動物接生。

「你回屋裡清理一下，潔兒，」佛利先生說，「我會待在這裡陪牠們。」

「噢，我本來還想讓梅朵幫我清一清呢，」我說，然後正經起來問道，「為什麼葛里芬不想幫忙接生？」

「呃，就那場火災的關係啊。」他說。當佛利先生看到我茫然的表情時，詫異問道：「他沒跟你說過嗎？」

「沒有，我們其實稱不上好朋友，他只是因為好心才會邀我來過節。」

「原來如此。他不想談這件事。換作是我，我也不會想談。」他等了片刻，彷彿在考慮可以跟我透露什麼，接著他補了一句，「這麼說好了，去年穀倉發生火災，山羊全都死了。」

「**太可怕了**。」我想到山羊跟葛里芬，忍不住這麼說。

我回到屋裡的時候，葛里芬蜷縮在起居室的凸窗座椅裡，裹著毛毯睡著了。他八成一直在這裡等待，現在我知道為什麼了。我站在他上方，看著他入睡。

「葛里芬，」我說，「是個男寶寶。」

---

3 指的是「拉梅茲」生產法，是一種運用呼吸的有效減痛生產方法。

# 第十三章

到了感恩節晚上，桌上擺了一隻巨大的火雞跟各式各樣的山羊起司，葛里芬的爸爸向我舉杯致意。「我要對一個人特別表示謝意，就是我們的客人潔兒，」他說，「她真有英雄氣概。」

「沒什麼，這種事我常做。」我說笑。

葛里芬跟大家碰杯，可是臉上沒有笑容。飯後，他媽媽堅持要自己清理廚房，把我們趕開。我想去看看梅朵跟牠的寶寶，佛利太太替剛出生的山羊取名為法蘭基，葛里芬半推半就的跟我一起去。在穀倉裡，我蹲下來摸摸已經清理乾淨的公羊，驚人的是，牠竟然已經會站會走了，葛里芬待在一旁不肯靠近。

他是因為那場火災才這麼疏遠，可是我以為看到羊寶寶狀況這麼好，會讓他稍微開心一點。最後他問我：「你好了沒？」然後我們離開穀倉。

翌晨，雪停了。葛里芬打理完農場上的一些雜務之後，提議我們去越野滑雪。我從來沒做過這種活動，但沒有我想的那麼難。葛里芬在前頭帶領我們越過寬闊雪白的空間跟結冰的湖泊，兩人的滑雪板一前一後滑動，在空曠的戶外發出安靜一致的聲響，感覺方圓幾英哩杳無人煙。儘管前一天晚上我幾乎沒怎麼睡，但此刻跟葛里芬一起在白茫靜謐的天地中，不知何故令我感到**振奮**——我想應該是這麼形容。路面變窄的時候，他移動到我前方，我看到他踩著滑雪板的動作有多優雅。

接著我們回到家裡，他用小銅鍋煮熱可可，還丟了一根肉桂進去。「墨西哥式的煮法。」他這樣稱呼。我們拿著盛了可可的馬克杯來到火爐前面，玩了一輪叫做「吹牛」的紙牌遊戲。他爸媽到穀倉去了，整間房子只屬於我們。我們朝著佈滿刮痕的小桌子用力出牌，暖烘烘的臉上泛著紅暈。

我想都沒想就說：「你爸跟我講了火災的事。」

他從手上的紙牌抬起視線。「真有你的，爸。」

「我很高興他跟我說了，原來你遇到的是這麼嚴重的事。」

「不是所有的事情都應該拿出來談。」

「如果你願意談，」我說，「我也想聽。」

「怎樣，到時候你就可以帶著那些血腥細節回學校跟席耶拉討論嗎？」葛里芬說。

「才不會。」

「事情是這樣的。我朋友埃比那天晚上滿早就過來了，」他用死板的語氣說，「我們在穀倉裡抽大麻，我想他最後可能隨手把菸屁股丟在那裡。我爸有沒有和你說到那部分？」

我儘量別對這番話做出反應。「沒有，」我說，「我本來不曉得。」

「那你現在知道了。」他用力放下一張紙牌，「那天半夜我聽到爸媽在大叫，我衝到穀倉那裡，但等消防員趕到的時候，所有的山羊都已經被煙嗆死了。」他說這些話的時候完全不帶情緒，彷彿在跟我講平凡無奇的事，像是山羊起司的製作方法。

「那一定是全天下最慘的事了。」我說。

「沒錯，」他說，「可是現在結束了。」

「就這樣？」我說，「現在結束了？」

「不然你要我怎樣，潔兒？我什麼都不能做，所以只好不去想。我儘量不要靠近穀倉，也不要接近新來的那批山羊。你難道不想忘掉過去那些經歷嗎？」

「當然想啊，可是事情不是那樣運作的。」

接著我才領悟到，自從來到農場之後，我就很少想到里夫，只有在我發現忘了把日記帶來時才想到他。那時因為這星期五沒辦法去瓶境，我難過極了，可是看我現在適應得多好。

葛里芬說：「所以，那你呢？想跟我多說點那傢伙的事嗎？你男朋友？叫里夫，對嗎？」

我很訝異他竟然記得里夫的名字。「你想知道什麼？」

「看你想說什麼。」

我低下頭撇開視線。我的確想跟葛里芬說點事情，也許我開得了口。我好整以暇的在心中整理，他也沒催我，最後我聽見自己說：「整段關係感覺很**激烈**，占據了我整個內在的生活。」

「繼續。」

「每天早上一醒來，我就會想到自己很快就能跟他在一起。我們的關係就像那種花朵高速綻放的影片，突然間我們就陷入愛河了。」

「聽起來很不可思議。」

「沒錯。」我說，而且現在依然是如此。

「你想再多說一點嗎？」他問，「像是他……出了什麼事？」我心中掠過一種不祥的感覺，於是搖了搖頭。葛里芬趕緊說：「抱歉，我不應該問的。」

「沒關係。」我告訴他。可是他說的沒錯，也許他不應該問起，因為失去里夫的這個話題改變了周圍的氣氛，連房間的溫度都變了。竟然會有這種變化，真不可思議。

「我不是故意要惹你不高興。」他說。

「我只是很想他，」我說，「我本來已經開始覺得，這個周末不去瓶境也沒關係，可是我想是有關係的。」

「你可以用我的寫啊。」他突然說。我不解的看著他，他解釋說：「寫我的日記，也許你可以用那種方式去瓶境。」

「你的日記?可是你會損失五頁，少一趟去瓶境的機會耶，這樣你願意嗎？」

「願意啊。」他聳聳肩說。

「謝謝。」我說。

我們都不知道這樣有沒有用，可是還是姑且到樓上試試。葛里芬從天花板的機關門裡拉下一道折疊梯，我跟著他爬上梯子，進入閣樓的臥房，他說自己從小就住在這裡。閣樓比屋裡的其他地方都陰暗，因為窗戶又小又窄；牆壁漆成藍色，就像男生專用的空間；天花板是斜的，牆壁上釘著油漬搖滾樂團的舊海報，邊緣都捲曲了。房間裡的氣味就像雪松做的櫃子。葛里芬走到書桌旁邊，打開上層的抽屜，拿出日記慎重的遞給我。

「坐這邊吧。」他說。

我坐在窄小的書桌前，桌面上還留著粗糙的筆跡，上頭寫著：**卡特勒太太爛透了，永遠不用再去上學了**。還有更小且焦慮的字體寫道：**全部都去死**。

我把日記放在磨損的桌面上翻開。「你確定嗎？」我問他。他點點頭。我翻頁的時候，儘量不去讀裡面的內容，可是有些片段冒了出來：「她愛賣弄風騷」，還有「好平靜，真是太棒了」。

我終於找到了空白頁，用手一次次撫平，然後只是坐在那裡。

「寫啊，」他說，「我是認真的。」

「你要待在這裡？」我緊張的問。

「如果可以的話。」他說。

「好吧，」我說，「晚點見。」

我拿起筆，寫下一句話：

沒有他，真難熬。

我馬上進入了瓶境。這是我頭一次沒倚在學習死黨上寫日記，所以現在也沒人用手臂摟著我。瓶境的光線比平日還要陰暗，而且瀰漫著怪味，像是餿掉的牛奶跟毛皮的味道。

既然我現在知道山羊聞起來是怎樣，我認為是羊騷味。

我站在一個空蕩蕩的空間裡，腳下散落著乾草。這不是我原本認識的瓶境，我不在操場上，我到了別的地方。

我想這是佛利家的穀倉，只是這裡沒有山羊的蹤影，只有牠們縈繞不去的氣味。雖然我之前還滿喜歡這個味道的，可是現在覺得有點噁心。

遠方傳來奇怪的羊叫聲，彷彿有動物被困在穀倉牆壁後方。我擔心是法蘭基。

我在穀倉角落裡發現一個東西，走過去查看。怪了，竟然是寇特妮・薩波的娃娃屋。我跪在娃娃屋前方尋覓，想找到代表爸爸跟媽媽的娃娃，可是它們現在不在這裡。娃娃屋深處傳來一個細小的男聲，呼喚著：「潔兒！潔兒！」

「里夫！」我吼道，彎下頭讓視線跟娃娃屋齊平，「你在哪裡？」我往各個房間裡窺看，可是每一間都是空的。

「我在這邊！你在哪裡？」

「我在這裡。等等，我來了！」我叫著，可是我當然沒辦法到他身邊。我們置身於不同的世界，雖然這兩個世界略有重疊，但還是不夠。

我把臉塞進娃娃屋的客廳裡，望出另一側的窗戶，可以看到一個牧場，以及遠處的人影。我看不清楚那個人的模樣，但他跟娃娃差不多大小，當他朝窗戶走來時，我看見是里夫，於是鬆了口氣。

他快步走近娃娃屋，最後抵在窗戶上。對，是里夫沒錯，可是他有羊的身體跟腳蹄，一身白毛底下隱約露出淡粉紅的皮膚。

里夫加山羊的恐怖合體張開嘴巴，把上唇往後掀，然後高聲喊著：「潔……兒！」聽起來像是半人半羊的叫聲，這個奇異的生物無法忍受自己的狀態，發出了痛苦的吶喊。

「潔兒，回來！」我聽到，「離開瓶境！」

這些字眼就像催眠師的指令讓我猛然驚醒，接著一個劇烈的力量把我往上拉，離開了混合、搞砸的瓶境。

葛里芬在我面前直直盯著我看，我也盯著他，兩人一語不發。我意識到自己的心跳飛快，於是用手貼住胸膛，想要平靜下來，儘可能恢復正常。

「剛剛是怎麼回事？你一副急瘋了的樣子。」葛里芬靜靜說，「而且你在發抖。」

我沒意識到自己在發抖，可是確實是。

「穿上這個吧。」他說著脫下身上的紫紅色帽T，是他平日的輪流替換的幾件帽T之一。我穿起來當然太大，可是讓我覺得好過一點，我真的不再發抖了。

「我一半在我的瓶境裡，另一半在你的瓶境裡，」我解釋，「里夫也在，不過是半人半羊的模樣。簡直就是惡夢。我想，用別人的日記會把兩個完全不同的瓶境混在一起。」

「真不可思議。」

我想到奇怪的羊叫聲、里夫叫我的名字，還有我在空蕩蕩的穀倉裡大喊，那座穀倉就在兩個瓶境的交界上。

「你知道嗎？你寫日記的方式真的很怪，」葛里芬說，「就像是在課堂上寫作文，有很多話要說那樣，所以我就看你寫了什麼。」

「這是我的隱私耶。」

「抱歉，我的視線不由自主停在那上面，然後我——」

「怎樣？」我問。

「你自己看。」

他把日記遞給我，然後我看見：

沒有他，真難熬。

「這是什麼啊？在第一行之後就亂寫一通了，」我說，「竟然一直疊著寫，我剛剛就是**這樣**嗎？」

「對。」

「至少我沒用掉你多少空間，我想你不用放棄一整趟了。」接著我問他，「你為什麼對我這麼慷慨，讓我寫你的日記？」

葛里芬聳聳肩，一臉不自在。「我其實不知道你的狀況，可是陷入愛河，男友又突然死掉，那多不公平啊。我不知道細節，可是我想可能很暴力什麼的。」我沒回答。「你不用解釋，潔兒。永遠不用。我只是想說這些。」

輪到我說點什麼了，可是我就是說不出口。馬格里斯醫師總是說，想想發生了什麼事，還有你怎麼描述那件事。

可是好難。我的思緒凌亂不堪，現在談點別的事，比談我自己輕鬆得多。

「你的日記，」我突然說，「可以讓我看看嗎？」

「你先抱怨我看了你亂寫的東西，」葛里芬說，「現在竟然想讀我寫的內容？」

「我對你瞭解得不多。」

「我跟Q太說過，」他說，「我的寫作技巧爛到爆。」

「我想你當時沒用那些字眼。」

「也許沒有。」

所以，葛里芬同意讓我坐在他床上讀他的日記，而他坐在書桌前看著我。他的用字遣詞跟拼字在很多地方都顯得彆扭、不成熟，可是絕對是他的風格。我這麼做不只是因為不想再談自己的事，也是因為對他非常好奇。我從第一頁開始閱讀：

我叫葛里芬·傑若·佛利，十六歲，住在佛利農場，我家人在那裡做山羊起司。一直以來，我跟家人不大一樣。他們無論從哪方面來看都是鄉下人，他們很愛這裡，覺得不需要去其他地方。我同意。佛蒙特的確非常美，可是我想我就是定不下來，從小時候開始我就是這樣。我還小的時候，我就討厭乖乖坐在學校裡，總是從座位上跳起來、講話太大聲，最後惹毛卡特勒太太，讓她露出一副快抓狂的模樣。

我那時候有點野，我現在完全懂了。我喜歡滑雪橇，不只是用雪橇而已，只要找得到的東西都可以拿來滑，比方說厚紙板，自助餐的托盤等等。十歲那年，我跟兩個朋友半夜拿著雪橇到山胡桃丘滑雪，好像是凌晨三點吧。真是棒透了。我們後來被禁足三天，可是我們才不在乎呢，我們永遠有那次經驗可以回味。

「你可以跳過那段。」葛里芬從房間對面說，聲音有點緊繃跟不安，「第一部分只是在講我還是個白痴小鬼的時期。如果你想要，可以直接往後翻。」

所以我翻到日記後面一點的地方：

我不大喜歡寫那天晚上的事，一點意義也沒有。我是說，是很恐怖沒錯，我爸媽說我欠他們一個大大的道歉，可是道歉有什麼用？根本幫不上忙。最好試著拋開過去往前走。這麼說好了，那件事真的慘透了，真的是。

李．傑瑟普的家距離我家一英哩，那天晚上我去那裡參加派對，只是一群當地的小鬼想喝得爛醉，哪會有什麼新鮮事。老實說，我已經覺得很膩了，我們從九年級以來就只幹這件事。那種場合會有合合瑞士捲跟品客洋芋片這種垃圾食物，還有大麻。成堆的大麻。埃比．史丹佐用特殊的燈具在自己的臥房裡種大麻。不知為何，他爸媽從來就沒注意到。我在派對上待到很晚，主要是因為埃比的妹妹葛瑞絲。雖然大家都說她愛賣弄風騷，可是我還是跟她眉來眼去。我覺得她的腦袋不是很靈光。我是個爛學生，可是那跟腦袋不靈光是兩回事，至少這是我個人卑微的看法。

最後，我跟埃比（還是要講埃比跟我？）離開了。我們站在馬路上，感覺好平靜，真是太棒了。埃比還不想回家，我跟他說可以到我家晃一晃，所以我們騎著他的越野機車回我家農場。我們跟山羊一起躺在穀倉的乾草堆上。天啊，我超愛那些山羊的，尤其是金潔，牠最近才剛出生，以為自己是一隻狗。牠的臉長得也很像狗，超可愛的。

我摸了摸牠，埃比按照老習慣點了一根大麻，然後我們躺著聊起我們很像父母的囚犯，等再過幾年就可以得到解放。我說：「可是萬一靠自己很難呢？平常三餐都是我媽弄的，我根本不懂那種事情。我只懂戶外活動，可是我還是想要自由。」

他說：「我們應該學煮飯，老兄。」

我說：「對啊。」我們計劃找時間一起自學這三樣東西的煮法：班尼迪克蛋[1]、煎牛排，還有任何煮法的雞肉。我們就這樣鬼扯下去，一直到很晚為止。他離開之後，我上床睡覺，接著，我聽到我爸媽大聲尖叫：「穀倉著火了！」

我們進不去，已經太遲了，消防車花了點時間才到，山羊全被煙嗆死了，沒有一隻倖免。火勢撲滅以後，我走進穀倉，看到山羊倒了一地，那是我這輩子看過最悲慘的景象，永遠烙印在我的腦海裡，時時刻刻都會浮現。可憐的金潔就窩在角落裡，睜大雙眼瞪著我。

我爸媽大聲吼著：「怎麼會發生這種事？」然後有個消防員說：「看看這個。」他把菸屁股拿給我們看。我覺得身上竄過一陣冷顫，想都沒想就說：「幹！」

「是你嗎？」我媽說，「是你把山羊都害死了？葛里芬？」

「對啦，我是山羊殺手，媽，」我說，「我就是那種人。」

「你怎麼可以這樣？」我爸狂吼，「竟然到穀倉抽你的蠢大麻，你明明知道我們對大

---

1 美式早午餐的代表，以一半的英式瑪芬為底，上面放火腿或培根、水波蛋，然後淋上荷蘭醬。

麻有什麼想法，滾出我的視線，我明天再來處理你。」

我都快嚇死了。他們不知道事實真相，把錯怪在我身上。他們不知道埃比才是拿大麻來的人。埃比一定是把菸屁股隨手一丟，最後釀成大火。不管他們說什麼，怪我也改變不了任何事情，山羊也無法起死回生。

我覺得沒辦法呼吸，也看不見東西。後來，等消防員跟警方都走了，我爸媽終於上床睡覺的時候，那些動物還都躺在原地，因為要等到早晨才有辦法處理。整個晚上，金潔會躺在那裡瞪著虛空，沒人像電影裡處理遺體那樣替牠合上雙眼。

我也躺在自己的床上瞪著虛空。我的眼睛好乾，哭都哭不出來，乾巴巴的雙眼睜得老大。

我爸說隔天早上要「處理我」。噢噢噢！我心想。我嚇得發抖，強壯火大的老爸。可是我才不要留下來面對。凌晨四點，我拿了我爸小卡車的鑰匙，偷偷溜出家門。我有實習駕照，可是毫無計劃，只是知道自己必須離開。我在公路上往北開向緬因州，一路上把重金屬搖滾電台放到震天價響。最後我累癱了，把車停在休息站，我一閉上眼睛就靠在方向盤上睡著了。

突然間，有兩個警察在敲車窗。我把車窗捲下來，他們說：「你被捕了，罪名是持有贓車。」

他媽的見鬼了！

我爸媽為了給我一個「教訓」，竟然打電話報警抓我，報案說他們的卡車被偷了。我戴著手銬被帶回佛蒙特州，感覺很痛苦，我跟其他未成年犯人被關在特殊牢房裡幾個小時，裡頭有個很暴力瘋狂的小鬼，看起來就像是少年版的安非他命藥頭，他的牙齒幾乎是黑的，還叫我金髮妞。他朝我的鼻子出了一拳，說我用奇怪的眼光看他。

呃，老兄。我心想。也許你應該想辦法把自己的黑牙處理一下，就不會有人用奇怪的眼光看你了。

最後我爸媽來接我，他們看到我鼻子流血嚇了一跳。我媽哭了起來。我的反應是，要不然你們以為會發生什麼事？我們又對著彼此狂吼，這種狀況我實在受不了。

所以接下來幾個月，我整個人很安靜，所有事都置身事外。為了偷卡車的事情上法庭的時候，法官說，我們全家都像吃了炸藥，還說我必須到木穀倉上學。

所以我就來了。我運氣還真好。葛里芬．佛利，專業山羊殺手跟卡車小偷，爹不疼娘不愛。

最後一則日記在這裡結束。我把日記合起來，跟他說我讀完了，葛里芬從桌邊起身，走到我身旁。「你也想對我大吼嗎？」他問，「想跟我說，我把一切都搞砸了嗎？」

「別再說了，你講話聽起來就像——」

「大混蛋嗎？」

「我又不是要說這個。」

「可是你這樣想對吧？只有到瓶境，我才會覺得好過。」

「我也是啊。我們所有人都是。我知道你還沒跟其他人講過——」

「我很難開口講這件事。」

「我知道，沒人會逼你的。」可是我突然想到，也許他現在想告訴我，「你到瓶境去的時候，是什麼狀況？可以說嗎？」

「在瓶境裡，我又回到了穀倉，」他說，「我跟埃比。是以前那個舊穀倉，不是新的這個。我一面跟埃比聊著人生，一面搓著金潔的腦袋，一切都好好的。山羊們很安全，是原本的那批山羊，不是後來替補的這批，而且沒人怪我做錯任何事情。我不是**怪物**，心情很舒暢。」

我真希望他一直能夠保持舒暢的心情，而不是到了瓶境才有這種感覺。我也想在這裡覺得舒暢，而不是到瓶境去才這麼覺得。我突然想到這是有可能的。我沒停下來也沒試著想清楚，就站起來用力吻了葛里芬。

「哇。」他說著往後退，然後摸摸自己的嘴巴，笑出聲音。我讓他吃了一驚，我自己也很意外，可是接著他走上前來，我們再次接吻。我知道他是那種不擅表達、壓抑情緒的大男孩，而且我還愛著里夫，不該做這種事，可是我就是做了。

我們一起坐在他的床上，目不轉睛看著對方。我記得葛里芬曾經在聚會時氣呼呼對我說：「看什麼啦？」現在我可以好好看他了。我們撫摸對方的臉龐、頭髮跟雙手，然後他解開襯衫的釦子，聳著身體把衣服抖下來。我們只是想在現實生活中覺得舒暢，我們只是要那樣而已。我把他借我的連帽T恤脫下來，然後用顫抖的手將自己身上的T恤褪去，連貼身的小可愛都脫了。

我從來沒有機會跟里夫做這件事，礙於瓶境的規則，我永遠沒辦法這樣做。可是跟葛里芬在這個閣樓裡，我可以隨心所欲，我的手可以隨著腦袋的指令自由遊走。我跟葛里芬躺了下來，手臂環抱對方，我感覺到他溫暖的肌膚跟冰冷的腰帶扣環。我們再次接吻，持續了好幾分鐘，在此時此地，我們真心感到快樂。

直到遠處傳來人聲。「葛里芬？潔兒？你們在上面嗎？」

「**噢，幹**。」葛里恩說著跳開，爬過我的身體抓他的襯衫，一臉心虛的樣子。我確定當我伸手去抓T恤時，一定露出了同樣的表情。他有爸媽要擔心，而我得擔心里夫，而那更糟糕。

我沒辦法解釋剛剛發生的事。我還愛著里夫，不能跟葛里芬這麼做，絕對不能再讓這種事發生了。

我匆匆瞥了五斗櫃上的鏡子一眼，看到葛里芬在我脖子上留下來的小小吻痕，男生似乎就是忍不住想留下痕跡。他們漫不經心的到處留下印記，像是在池塘上拋擲小石頭。我用手撫過吻痕，以為它會像里夫在瓶境裡留下的那個一樣馬上褪去，可是這個吻痕還在，因為它是真實的。

# 第十四章

我終於回到了瓶境。「你到哪去了？」里夫說，「我以為你幾天前就會來。」

「對不起。」我說，這個回答實在很遜。他並未作勢朝我走來，而是插起雙手站在操場上。「事情是這樣的，」我說，「我不小心把日記留在學校了，真是大災難。」

里夫只是繼續站在原地看著我，猶豫是否要原諒我。過了三十秒鐘之後，他還是原諒我了，我知道他根本別無選擇。我在外頭的世界上活動時，他一直在這裡焦躁不安的等待。關於日記的事，還有我不在他身邊時又去了哪裡，他並沒有多問。對於我如何往返瓶境，他從來不曾表現出太大的興趣，甚至對我把這裡稱為「瓶境」也未曾表示好奇。他只知道我會過來，那才是最重要的。

這天是星期日下午，不是平常我來找他的日子。我在葛里芬家的農場上過完長長的周末剛回到學校，連一刻都不想多等。女生陸陸續續提著行李箱回到宿舍，笛婕至少還要一個小時才會回來，所以我有時間可以寫我之前忘了帶走的日記，並且在不被打斷的狀況下進入瓶境，不用苦等到深夜笛婕入睡之後才動筆。

在里夫原諒我之後，我倆頂著灰濛濛的天際，手勾手一起橫越棕色的操場，可是他的態度還是很冷淡。「你好像還沒原諒我。」我終於說。

「我之前太難受，」他承認，「再給我一點時間調整情緒。」我們走得更遠，然後他說：「我本來在想，你是不是不回來了。」

「你真的以為我不會回來？」

「有點吧。」

「我才不會那樣對你。」我告訴他。

可是我們的生活如此不同。我身邊隨時都有人在活動，而且我還要上學。奎奈爾太太那門課加緊了腳步，我們深入分析雪維亞．普拉絲寫的詩，一行又一行的詩，不僅難以捉摸也教人驚奇。普拉絲會使用你料想不到的字眼，那些字眼感覺就像憑空而來的。我讀她的作品時，常常在想：**你到底是怎麼想到要這麼寫的，雪維亞．普拉絲？**

即使有的地方我無法產生共鳴，但普拉絲會讓我知道她的感受，那真的很了不起。發現除了自己之外的人有什麼感受，就像是把頭伸進汽車引擎蓋底下探個究竟，那就是寫作的功能。

然後還有奎奈爾太太本身。起初我摸不透她這個人，後來我逐漸看出她是個有意思的人，也是很優秀的老師，現在班上每個人都有同感。我知道席耶拉這麼認為，我跟她常常聊到Q太，也談到大家多麼投入這門課。

凱西抓到了竅門，終於不再出現遲到的情形，所有人全心投入討論，連葛里芬也不例外。我們對普拉絲的詩集《精靈》裡的某行詩看法不同而爭辯起來，可是我知道，在那些時刻裡，我們有時候真正爭論的其實是更大也更難描述的東西。

大家在課堂上似乎都變成自己的誇張版本，馬克的想法變得超級講究邏輯，席耶拉在我們讀的所有東西裡都看出哀傷的美麗，凱西總是替普拉絲的「尖銳」辯護，而葛里芬偏愛他認為「大刺刺」的部分。

只要內容中提到和愛有關的地方，我馬上就可以進入狀況，而且幾乎是淚流滿面。

我們還不曉得Q太為什麼挑中我們，不知道她在我們身上看到什麼特質，更不清楚日記的事她到底知不知情。可是我們確實知道的是，日記救了我們，而課堂上的討論也使我們漸入佳境。

我們有很多事情要思考，而里夫卻沒什麼可以想的，這種差異讓我感到心虛，因為現在在瓶境裡，他滿腦子都是害怕被我拋棄的恐懼。我提醒他：「跟你在一起才是我想要的。」我讓自己的口氣聽起來有力又真誠。

「這個周末你不在的時候，」里夫說，「有一刻我以為我聽到了你的聲音，可是不可能是你，因為你變成了巨人，這件事害我好沮喪。」他說沮喪的時候，把重音放在第二個音節。里夫跟他的英國腔。

「那是我沒錯，」我說，「只是我們卡在不同的世界裡。」

「我那時候不知如何是好。」里夫說，語氣很脆弱又沒把握，但那情有可原。我跟葛里芬親熱，等於是背叛了里夫，里夫沒做錯什麼，不應該受到這樣的對待。「我累斃了，我們今天放輕鬆就好，可以嗎？」

「當然。」

「我想說我們可以看點東西。」他說。我看到遠處的草地上擺了幾張折椅跟一台液晶電視。我在他身旁坐下，不用再繼續交談這點讓我鬆了口氣。他按下遙控器，節目開始了，原來是「蒙地蟒蛇」演出的死鸚鵡短劇，我們以前一起看過。他在我們交往的初期就想放給我看，因為那是他很重視的東西。

螢幕上，喜劇演員約翰．克里斯走進寵物店說：「哈囉，我想客訴。」然後就是一陣來來往往的對話。他說：「我想客訴的是，我不到半小時以前買的那隻鸚鵡。」

寵物店老闆問他鸚鵡有什麼問題。約翰．克里斯說：「牠死了，那就是問題！」

店老闆說：「不，不，牠是在休息，你看！」

可是現在重看一遍，我覺得有點無聊，我知道短劇裡會發生什麼事，就像我很清楚瓶境裡會發生什麼事一樣。至少我知道大概會發生什麼事。短劇結束的時候，里夫說：「你過來。」然後把我往下拉到草地上。我們就那樣躺臥在地、仰望天際。

今天沒多少事可聊，他應該跟我說什麼？「讓我跟你說說你聽過好幾次的故事。」或是「你可以把那些故事當成新的，發出笑聲或小聲評論，總之做點反應就是了。」

我又該跟他說什麼？難不成要說：「讓我告訴你我跟葛里芬之間發生的事。」所以我說：「嘿，跟你講件我生活裡的重要消息，你猜我在感恩節假期做了什麼？」

「不曉得。」

「我把手伸進山羊的陰道了。可是話說回來，誰沒做過這種事？」

里夫挑起一邊眉毛，但沒追問我到底在說什麼。

「你難道一點也不好奇嗎？」我問，「山羊的陰道耶？」

「我當然好奇啊。」他說。然後我滔滔說起幫忙接生羊寶寶的經過，可是他當然不大有興趣。那隻山羊存在於我倆過去的世界之外，不屬於我跟他共享的世界。

可是，那就存在於我跟葛里芬的世界。我低頭看著里夫頭頂上的髮旋、他的毛衣、他的雙眼、鼻子、嘴巴，還有他的人中。然後，在沒有更多話要說的情況下，我開始碰觸他的臉，用手撫過彎弧的嘴唇跟下巴，希望我們之間的尷尬氣氛快點過去。

我們接吻的時候，感覺有點不對勁，因為我分神了。不管我從什麼角度湊近他，感覺就是不對。

「你有點不一樣了。」他在片刻之後說。

「沒有，沒事。」

可是我記得跟葛里芬的那個吻，也記得當時的感覺，記得我們怎麼褪掉自己的上衣，還有我們的胸膛互貼，就像雙手合十禱告一樣。

雙手合十禱告？這就像是雪維亞．普拉絲十二歲時可能寫出來的爛詩句，寫完馬上丟進垃圾桶的那種。我跟葛里芬之間發生的事不是有詩意的事，而是不可想像的事，但是卻在我的腦海裡縈繞不去。

里夫說：「答應我，我們之間的問題可以順利解決。」

那一刻，光線一如預料中暗下，我運氣不錯，不用許下這樣的承諾。

我回到木穀倉的床鋪上，幾乎還來不及恢復情緒，就聽到走廊外頭傳來響亮的乒乓聲。房門猛然打開，笛婕拖著她的巨型行李箱出現了，回佛羅里達州一趟讓她皮膚有點曬傷。她大多時候都穿黑衣服，有時會搭配一些令人驚愕的色彩，而曬傷出現在這樣的女生身上有點不搭軋。

「笛婕，你來啦！你提早回來了，很高興見到你。」這是我的真心話。我只希望可以聽笛婕說一說自己的假期，聽她用冷嘲熱諷的態度跟我講好笑的故事，逗我開心。沒想到她竟然哭了起來。

「噢，潔兒，」她說，「全都毀了。」

「什麼意思？」

「我跟蕾貝卡的事。」

「發生什麼事了？」我扶她到床上坐下，遞了盒面紙給她。

笛婕用力擤擤鼻子，然後說：「她回康乃狄克州之後我們拚命發簡訊給對方。可以拿回我的手機簡直太讚了，就好像……重新發現盤尼西林……」

「是啦，我記得你第一次發現盤尼西林的情況。」

「你懂我的意思。科技，記得嗎？」她淚眼婆娑的說，「我想我的手機想得要命。總之，我們發了一大堆挑逗的簡訊給對方。」

「好吧。」我等她往下說，一面害怕接下來會聽到的東西。

「我們發的不是性愛簡訊，那很噁。我們寫『你穿愛探險的朵拉卡通T恤好辣』或是『等你回學校，溜到我床上來吧，然後說這是一對一教學』。結果她媽讀到那些簡訊，嚇得死去活來，然後不准蕾貝卡回木穀倉讀書，因為這裡把她變成女同志了！她媽就是這樣說的！好像有人以為她變成男同志似的！」

「她逼蕾貝卡離開學校？」我說，「在學年過了一半的時候？」

笛婕點點頭，用手抹掉臉上的眼淚，睫毛膏糊成粗黑起伏的線條，就像拿毛筆畫了一道。「要是不能跟她在一起，我會死。」

「我懂。」

「無意冒犯，可是我懷疑你並不懂。」她說。然後在毫無預警的狀況下，笛婕大步走到床邊，掀開床墊，朝下面摸索。她抓出事先藏好的戰利品：燕麥棒、水果捲尺糖、一包包亮橘色花生果醬起司脆餅，然後再走到自己的書桌那裡拉出一袋奶油酥餅、一包M&M巧克力，甚至還有漢斯牌的蕃茄醬。

「你在幹嘛？」我問。她沒回答。

「笛婕，住手。」我說。可是她繼續在寢室裡打轉，不停狩獵跟蒐集。她用力拉開我五斗櫃的頂層抽屜，把裡面的內衣褲亂翻一通。

「你看！」她說，揮舞著找到的寶物：是里夫送我的那罐果醬。

「**媽的，你不准碰我的果醬！**」我放聲尖叫，我不知道自己原來可以發出這種聲音。

我跟笛婕震驚的看著對方，然後，我改用更加理智跟克制的口氣補充：「這罐果醬算是某種**紀念物**，我不希望有人把它打開，可以嗎？」

我深吸一口氣，把罐子從她手中抽走，埋進抽屜更深的地方。等我一轉身，笛婕已經在房間其他角落打劫食物。最後她似乎拿夠了，就一屁股盤腿坐在床墊上，把戰利品擺在面前，開始吃起這堆東西，邊吃邊哭。我從沒看過有人邊吃邊哭。

「別這樣，住手。」我說。可是她不理我，只是猛啃餅乾跟脆餅，有條不紊的塞進嘴裡，毫無品嚐的樂趣。「拜託，笛婕，你再吃下去，最後只會像兄弟會的男生那樣，把自己搞到不舒服，全部吐出來。」

我從她眼前搶走一些吃的，可是沒辦法全部拿走，她抓到什麼就吃什麼。我驚恐的看著她把蕃茄醬打開，腦袋往後一仰，然後擠壓瓶身。管狀的罐子發出響亮的聲音，一道長長的紅色蕃茄醬流進她嘴裡。

這時寢室的門猛然打開，我們兩人抬頭一看，看見笛婕的女朋友蕾貝卡站在門口，身上穿著白色外套和藍紫色圍巾，臉龐因為外頭的低溫而發亮。笛婕跳起來說：「你回來了？真的假的？」

「真的。」

「可是你媽呢？」

「我跟她說，要是她不讓我回學校跟女朋友在一起，她會後悔莫及。我說我會寄電子郵件給『康乃狄克傳統價值媽媽俱樂部』的每個會員，跟她們說我很榮幸身為LGBTQ[1]社群的一員，我媽不知道那是什麼，所以我必須跟她解釋，她嚇得都快瘋了，只好放我回來你身邊了。」

「重點是你回來了。」笛婕說。

「是啊。」

她跟蕾貝卡互相擁抱，幾秒鐘過後，蕾貝卡抽開身子看著她，問：「你臉上紅紅的是什麼鬼東西？」笛婕說沒什麼，晚點再跟她講。最後蕾貝卡終於注意到我，含糊的說：「噢，嗨，潔兒。」然後就跟笛婕一起走出寢室，要用印度彩繪筆幫對方繪製圖騰、做一場美麗的愛，或是隨便什麼的。

晚點我打算教訓笛婕，說她不可以在人生路上一遇到什麼顛簸，就利用垃圾食物當成支撐物，讓自己平靜下來。

可是我身為奎奈爾太太的門生，竟然用那些陳腔濫調再加上「支撐物」、「人生路上的顛簸」這類混用比喻，又好得到哪裡去呢？我因為感恩假期沒辦法去找里夫而難過，就利用葛里芬來讓自己好過一點。

難道不是這樣嗎？我只是利用了葛里芬的俊美長相跟他的冷漠。習慣壓抑情緒的那種人，反倒更吸引人。

我現在什麼都不確定了。我真希望我可以像笛婕那樣，走到她床上那堆食物前面暴食一頓，吞下那些久放到無味的燕麥棒、蕃茄醬，然後從中獲得慰藉。可是我知道這樣做一點用處也沒有。

1 LGBTQ代表的是女同性戀、男同性戀、雙性戀、跨性別，以及酷兒的英文首字母。

# 第十五章

隔天早晨的特殊主題課，是假期過後的開學日。很明顯，距離大家上次齊聚一堂以來，這中間發生了不少變化。我幾乎不去看葛里芬，害怕要是我正眼看他，就會有人注意到我們兩人之間發生的事。大家圍著橢圓櫟木桌坐下，等著開始上課。葛里芬不再彎腰駝背、套著兜帽，相反的，他放下兜帽，望向我的方向，警覺的眼神中帶有疑慮。我一直不動聲色，把頭轉向窗外，我不想讓任何人知道發生什麼事。

可是，不只是我們兩人有狀況。馬克推著凱西進教室，兩個人擺明了有祕密，連席耶拉看起來也不同了。雖然她放假回來以後，我們曾經一起活動，但她一直很安靜。上課前，她不肯跟人互動，只是反覆整理自己的報告，翻來翻去的次數多到超乎必要。

奎奈爾太太走進來坐下，臉上緩緩露出笑容，輪流看著我們，然後說：「大家終於又團聚了。」

「Q太，假期過得怎樣？」凱西問。

「噢，不錯啊，凱西，謝謝你問起。我開始打包了，你們也知道我等課程結束後就要搬出我的房子，現在我得跟一大堆泡棉奮戰。你們的假期過得如何？」

關於感恩節，每個人都含糊的說了點正面的話。

「你們的精神……看起來都滿振奮的。」奎奈爾太太說，用振奮這個字眼相當準確，至於發生了什麼事，沒人願意說細節。

教室裡那股古怪的能量一直延續到我們關於普拉絲的討論，我們談起她的態度彷彿她是個老朋友一樣。今天我們談到了一首她早期的詩作，叫做〈瘋女孩的情歌〉，是她在大學時代寫的，奎奈爾太太問凱西，能不能大聲朗讀前三節。凱西吸了一口氣之後開始朗讀。

我閉上雙眼，世界陷入死寂；
我張開眼皮，一切重生。
（我想你是我腦袋裡的幻想。）

藍星紅星跳著華爾滋出場，
黑暗恣意疾馳進來，
我閉上雙眼，世界陷入死寂。

我夢見你蠱惑我上了床
你高歌讓我為愛痴傻，吻我至瘋狂。
（我想你是我腦袋裡的幻想。）

在短短但激烈的朗讀裡，我幾乎無法動彈或思考，只覺得自己的心在胸腔裡撞擊。雪維亞．普拉絲懂得關於愛情的一切，懂得愛情會對你產生什麼影響——對我產生什麼影響。

她懂我。

唸完這首詩之後，有好一會兒我動也不動的坐著，努力想讓狂跳的心平息下來。我看到奎奈爾太太瞄向我，很確定她知道了什麼，就像普拉絲，奎奈爾太太無所不知。

我想起馬格里斯醫師教過我的冥想技巧，如果情緒讓我吃不消，我應該把注意力放在呼吸上。「吸氣，吐氣，」他曾經用有催眠效果的聲音慢慢說，「吸氣，吐氣。」

我照著節奏換氣，儘量讓腦袋放空，一開始似乎起了作用，關於里夫的思緒開始消散，但接著卻有另一批思緒湧了進來。是關於葛里芬的思緒。他只跟我相隔了兩個座位，我今天不想坐他隔壁，因為擔心自己承受不住。

我們沒辦法解釋瓶境的現象，可是我跟葛里芬之間的事情也不大容易解釋。

**我想你是我腦袋裡的幻想**。我想，這句詩同樣可以用來指里夫跟葛里芬。

下課之後，葛里芬在走廊上攔住我，說：「你把東西留在農場上沒拿。」這是我們返校之後第一次講話。他把手伸進背包，拉出當時借過我的紫紅帽T。

「不，那是你的。」

「拿去吧，我還有別件，大概有五百件吧。」

「我注意到了。」我說，他把那件帽T塞進我的臂彎。「聽著，葛里芬，我們在農場上做過的事，不能再讓它發生了。」

他仔細看著我。「噢，好吧。」頓了頓之後又說，「你確定？」

「對，抱歉。」我告訴他，然後趕在他還來不及說什麼之前轉身離開。我懷裡還揣著他的帽T，不忍退還給他。

可是那天近晚時分，我獨自在光線逐漸暗下的寢室裡，努力搞懂自己的法文作業時，我再次套上他的帽T。這件衣服太大，可是相當保暖，而且散發著人類身體的氣味，彷彿一天又一天，另一個人的手臂跟胸膛都在這件衣服裡面。某個特定的人。我喜歡知道這件事，穿著這件帽T讓我覺得他就在附近。

儘管我跟他說過，我們不能再讓之前的事發生，可是我莫名希望他在我身旁。

那天晚上，我們五個人到陰暗的教室裡會合，之所以破例在星期一聚會，是因為馬克前一晚拖到很晚才返校。這次會面的感覺跟第一次一樣急迫，當時我們正試著弄清楚發生在自己身上的事。

馬克扶著凱西離開輪椅，然後把她放在自己身邊。

「我們有事要宣布。」他說。

「**我們？**」葛里芬問。

「我跟馬克，我們算是在一起了。」凱西害羞的說，「可是不只是這樣，我們的關係變得滿重要的。」

「太棒了，」席耶拉說，「怎麼發生的？」

「噢，我們在放假期間開始互傳簡訊，」馬克說，「家裡的氣氛太憂鬱了，我問說可不可以搭接駁車去紐約找她。我們一起去自然歷史博物館看恐龍，又去吃中式餃子，玩得很愉快。」

「你們是認真的？」我問。

「噢，是啊。」凱西說。彷彿為了證明，她還把腦袋一偏，靠在馬克身上。他們看起來就像全天下最平靜、關係可以長長久久的一對情侶。

席耶拉舉起裝了運動飲料的紙杯向他們致敬。「這個消息超棒的。」等凱西跟麥克把想說的話都說完以後，席耶拉又說：「我也有事情要告訴大家。」

她愛上什麼人了嗎？難道愛情跟性就像瓶境一樣，橫掃過所有人了嗎？可是當她往前傾身的時候，我可以看出那跟找到對象或陷入愛河毫無關係。是別的事。可是我不知道是什麼。

「我想我可能知道拐走我弟的人是誰了。」她說。

「**什麼？**」我說。

「我感恩節去了瓶境，」席耶拉急著說，「我跟安德烈坐在公車上，就像平常那樣。等他睡著的時候，我開始東張西望，觀察其他人。我去過瓶境很多次，可是我的注意力一直放在弟弟身上。我真不敢相信自己過了這麼久之後才想到要這麼做。我注意到一個五十幾歲的傢伙——白人、身材瘦削、灰頭髮。他坐在那裡看著安德烈，彷彿那是世上最有趣的景象。

「我對他說：『不好意思，有什麼需要幫忙的嗎？』但他把頭別開不看我。所以剩下的車程，我就一直在想之前在哪裡看過他，因為我知道自己見過他。

「然後我想起來了。他去看過我們的舞蹈演出。那些演出免費對外開放，早場跟晚場他都去了，就坐在很前面的位置。我在公車上注意到他正在看安德烈，突然明白了一件事。

「所以感恩節期間我又打電話給賽倫提諾警探，向他描述這個傢伙的模樣。但他說：『都過三年了，你現在才突然想起那天公車上的某個人，然後我就應該相信你說的話？』我說對。他就說，『所以怎麼樣，你恢復記憶了？』我說我不曉得那是什麼意思，我求他試著追蹤這個傢伙。可是我星期天再打回去的時候，他承認自己完全沒採取行動，比方說約談舞蹈學院的教職員工，或是確認那些當時來看過表演的人。『就我判斷，這條線索的參考價值不高。』他這樣說。」

「可是你**看到**那個傢伙了啊，」凱西說，「還有什麼會比那個更有價值？」

「我是在瓶境裡看到他的。」席耶拉提醒她，「我要怎麼跟賽倫提諾解釋？」

「這實在很氣人。」我說，「這條線索搞不好是真的，你不能叫你爸媽一起出力嗎？」

席耶拉搖搖頭。「不行，再也沒辦法了。每次只要我認為自己找到一條線索，後來卻發現根本沒用，這個過程對他們來說太煎熬了。他們累壞了，完全提不起勁。就算我在瓶境裡看到公車上有個傢伙盯著安德烈，也沒辦法證明任何事情，可是我一定要叫賽倫提諾繼續追蹤這條線索，我會用公共電話打過去。可是，說得客氣點，我對這套系統不大有信心。」

她不再說話，我們全都默不作聲，接著她望向葛里芬，再看看我，然後又重複一次。席耶拉很敏銳，我們這陣子走得很近，她對我瞭若指掌。「等等，這是怎麼回事？」她問。

「什麼意思？」葛里芬說。

「少來了，」馬克說，「今天在課堂上我也看到了，你跟潔兒到底怎麼回事？」

我想不出該說什麼，可是也沒必要開口，因為葛里芬搶先說了。「我們之間發生了一點事。」他說。聽到他這麼說令我好震驚。

「葛里芬，那是私事，」我說，「而且我跟你說過，不能再讓那種事發生了。」

我和他的這齣迷你肥皂劇讓大家看得入迷，他們只是來來回回看著我們。

「我受夠把什麼事都憋在心裡了，潔兒。」他說，「心裡藏著些什麼，卻不能拿出來談。我已經很膩了。」

「那也用不著公開宣布啊。」我說。

我們瞪著對方。

「真的不能再讓那種事發生了嗎？」他問。

我真不敢相信我們竟然當著大家的面談這種事。「我不知道啦。」我終於鬆口，這就等於在說：可以噢，葛里芬，這件事可以再發生。如果你想知道實話，我確實希望再發生。

其他人依然盯著我們，我意識到自己不氣葛里芬了。木已成舟，我和他公開了。現在已經超過我們該回宿舍的時間，可是沒人想要起身，我們繼續待在這個緊密發光的圈圈裡多坐了一會兒。

# 第十六章

雖然瓶境裡並不下雪，但佛蒙特州可是大雪紛飛。我跟葛里芬穿著鵝毛夾克跟靴子，沿著濕答答的白色小徑走著。我們走到樹林深處時才牽起手，或是停下腳步撫摸對方或接吻，頭髮跟眉毛上沾了點點雪花。我們幾乎沒聊什麼，因為他知道我在想什麼；不管我們聊些什麼，都沒辦法讓我坦然接受這種雙面生活。

在瓶境裡，空氣涼爽但並不冷冽，草地是千篇一律的棕色，一片雪花也沒有。每次當我去到那裡，里夫都繃緊神經等待。他對葛里芬的事一無所知，雖然我跟他解釋過日記的運作方式，但他無法瞭解其他人在害怕什麼，迅速寫滿的日記就好像倒數計時的時鐘。

我在兩個世界之間穿梭，像是神智錯亂、滿腦妄想，並且腳踏兩條船的傢伙。

有天下午，宿舍點名分發信件的時候，我收到了老媽寄來的一封信，讓我的心情更加低落：

親愛的潔兒，

很遺憾感恩節不能跟你一起過，不過聖誕節很快就要到了，到時整整兩個半星期你都會在家裡，我們都好興奮。首先，分享一點小道消息，我在購物中心遇到漢娜的媽媽，她告訴我，漢娜跟萊恩分手了。這當然令人意外，我想也許你會想寫封短信給漢娜，我確定她很想收到你的消息。

現在，我要講我真正想討論的正事了。我跟你說過，李歐老是跟那個康諾．邦奇玩在一起，我跟你爸都很擔心。結果，這星期發生了令人震驚的事。我就直接寫出來吧：李歐在比價王順手牽羊，結果被逮捕了。是的，沒錯，就是我們家的李歐。

個性內向、書呆子型的十二歲李歐竟然因偷竊被捕？老媽說的沒錯，我也很震驚。漢娜跟萊恩分手的事就已經夠驚人的了，但李歐的事情更讓人震驚。讀到關於李歐的消息，我不得不把信先放下來整整十秒鐘，才有辦法讀下去。

他偷了一罐橘色噴漆。你敢相信嗎？他把噴漆罐塞進T恤，康諾也做了同樣的事，都被監視錄影機拍進去了。店裡的保全人員把他們拖到店面後方一間特別的房間，那裡裝有鐵欄杆，就像小小的牢房，專門用來對付順手牽羊的人。店家真的報警了。因為他們兩個年紀還很小，我們後來成功說服店家不要提出告訴，可是你可以明白我跟你爸有什麼感覺。

潔兒，我想說的是，我真的等不及你回到李歐的生活了。近來，我納悶當初把你送到木穀倉去讀書，到底是不是正確的做法。春季的新學期，搞不好你會覺得不用回那所學校也說不定。也許去年發生的那些事，你已經可以應付過來了。

今年秋季你剛入學的時候還過得很不順，聽起來現在狀況好一點了，這星期通電話的時候，你的語氣甚至滿開心。你那麼投入特殊主題課跟阿卡貝拉社團，馬格里斯醫師覺得這樣很棒。我們跟你說過，嘗試在那裡好好生活是很重要的事，可是既然你現在過得很好，也許你已經從中得到需要的一切。我們必須好好坐下來，當面討論這件事。

我想，在聖誕假期期間，你可以多花點時間跟李歐相處。他還在掙扎，想學習怎麼融入這個世界，他以前從來都不需要面對這件事，可是現在他比較入世了，比較少窩在自己的幻想世界裡，那個幻想世界裡只有巫師跟漂流領主——這個稱呼寫對了嗎？他需要指引。

親愛的，你自己走過了艱難的時光，就像漂流領主一樣也曾經「漂流」過，可是也像巫師一樣，你現在似乎長了「智慧」。所以也許等你回來的時候，可以稍微幫忙你弟，我跟你爸會很感激。

又親又抱
媽

我把信裝回信封裡，心裡難受極了，因為我想起老媽之前就要我寫信給李歐，但我從來沒動筆。當天下午稍晚，我拿著電話卡撥公共電話回家，現在還不到下班時間，我知道爸媽在辦公室，可是李歐應該已經到家了。

電話響了五、六聲以後，電話那一頭響起李歐略帶鼻音的聲音。

「是你老姊啦，」我說，「記得我嗎？」

「也許吧，」李歐說，「棕色長頭髮那位？」

「沒錯，感恩節過得怎樣？」

「還好，寶拉阿姨跟唐諾姨丈從提尼克市過來，帶了焗烤羽衣甘藍。」

「很遺憾我錯過了。」

「你指的是親戚還是焗烤羽衣甘藍？」

「兩個都是。」我說。

一陣停頓，我聽到嘎吱聲，是李歐在啃放學點心，也許是農場口味的洋芋片。然後我聽到背景傳來電視的聲音，搞不好是電腦，以及另一個男生的聲音：「你去哪了，葛拉修？」

「我馬上就進去！」李歐喊道。

「誰啊？」我故作天真問道。

「朋友。」

「你哪有朋友，你沒有那種放學會來家裡玩的朋友。」我知道這樣說很缺德，可是這是真的。「搞不好你交了網友，就是四十歲還跟爸媽住，還在玩魔法漂流領主的那種。」

「是夢之漫遊者啦。」他糾正我，「漂流領主是夢之漫遊者裡的角色。我的確有個真正的朋友，他叫康諾．邦奇。」

「我聽說了，爸跟媽知道他來家裡嗎？」

「怎樣，你要跟他們打小報告嗎？」李歐用惹人厭的語氣說。

「哇，小弟，你最近變成什麼樣了啊？」我說，「對了，我知道你順手牽羊的事。」

一陣沉默。「本來不應該有那種結果的，」李歐劈頭就說，「康諾說那一區沒有監視錄影機——」

「李歐，」我打了岔，「你不能從一個搞不清楚狀況的小書呆子，轉眼就變成罪犯。」

然後我放輕聲音，「我知道有朋友什麼的很好，可是用用你的腦袋吧。你不能因為康諾・邦奇想跟你一起玩，他說什麼你都跟著起舞啊。」

「我才沒有跟著他起舞。你應該聽聽我拒絕了哪些事！」李歐壓低嗓門說，「只有他對我好啊，潔兒。」

「你本來要用那罐噴漆幹嘛？破壞學校嗎？」

「康諾有個點子，只是還沒跟我說，我們還沒講到那邊就被抓了。」

「肯定是白痴到爆的事，」我告訴他，「我很高興你被抓到，李歐，要不然你可能會再做一次。」

在一陣長長的停頓後，李歐坦承說：「其實這是第二次了，我們第一次沒被抓到。可是我們那時候沒拿什麼就是了，只是兩、三根巧克力棒。康諾說，店家才不會在乎那些小東西，他說他們老早把這種損失算進去了——」

「你瘋了嗎？李歐。那是**偷竊**耶，你這樣等於是欺騙努力工作的人，把他們賺的錢拿走。想想爸跟媽。」

「他們怎樣？」他用陰沉的語氣說。

「萬一有個傢伙來到爸跟媽的辦公室，要他們當他的會計。等他們費心替他做事之後——就是爸媽當初在學校學會的那些事——那個人竟然沒付錢就衝出公司。爸和媽做這些事，是為了能夠買吃的跟穿的給我們，替我們付矯正牙齒的費用，讓全家偶爾可以出門度個假什麼的。可是這個傢伙卻決定：『管葛拉修家去死，我才不要付錢！』那樣對嗎？」

「不對。」李歐小聲哽咽著說。

「是啊。」我說。

我意識到自己講話的語氣有點像我爸媽，可是還不壞。李歐拚命想控制自己的情緒，我靜靜聽了一會兒，但不想讓他太難過，所以說：「聽著，我聖誕節會回家，這次不會被困在大雪裡了。我們到時候一起玩，可以嗎？我們可以坐在我房間裡一起談談生活什麼的。我會更常讓你進我的房間，不會隔著門板說：『走開。』」

「真的嗎？」

「嗯。」

「你可不可以放一點獨立搖滾給我聽？」

「獨立搖滾？你想要我放給你聽？」這個要求讓我很意外，我不知道李歐知道世上有音樂的存在。

「對，」他吸著鼻子說，「我想時候到了。」

「那麼，好吧，」我說，「我會放給你聽。」

當我們所有人圍著蠟燭，在陰暗的教室裡再次聚首時，談話的主題是日記的終點。我們每個人大約還剩下三趟，筆跡就會填滿日記的最後一個空行。

「接下來呢？」馬克說。他焦慮到整個人坐立不安，一直在地板上彈著手指，就像過動的小孩。

「那麼我們就想辦法回去，」席耶拉說，「我們一定要。我才不要把安德烈丟在那裡。」

「可是沒人告訴我們要怎樣繼續下去。」凱西說。

「根本沒人告訴我們任何事情。」葛里芬說。

寫完日記的日子逐漸逼近，沒有人知道該怎麼辦，大家變得愈來愈焦慮。

「搞不好在最後一堂課上，Q太會給我們第二本日記，」凱西說，「讓我們可以帶回家過聖誕。」

「藍皮日記。」馬克說。

「才不會，門都沒有，」席耶拉說，「你們明明知道。」

我覺得胸口的壓力逐漸聚集，喉嚨像是被什麼東西卡住。在我剛失去里夫的那幾個月，我媽總是說：「噢，潔兒，你的靈魂都到哪去了？」那時我整個人都是空的，幾乎不像個人。可是因為瓶境，我漸漸恢復了正常，如果爸媽現在看到我，可能會說我回歸了「原本的自我」。如果再失去里夫一次，難保我不會再次空掉。

「看不到安德烈我也活不下去。」席耶拉說。這不是誇飾，而是在陳述事實。

所有人陷入沉默，擔心這件事成真，最後有人說時間晚了，葛里芬往前傾身，把蠟燭吹熄——一直以來他總是那個要確定燭火熄滅的人。去過他家的農場之後，我終於知道原因。這時，我們聽到雪地上的車輪聲，紅色車燈從窗外灑射進來。

「噢，拜託，不會吧。」凱西說。馬克扶她坐上輪椅，這時車門砰一聲關上，學校保全先衝進校舍，然後闖進教室。我們被逮個正著。

不久之後，校長甘特博士在他的辦公室裡跟我們開了場「緊急會議」。他也是男生宿舍的舍監，當他從宿舍被叫出來的時候，可能正要準備督促大家上床就寢。我們在原木裝潢、照明昏暗的辦公室裡坐定。這個地方我只看過一次，就是我第一天來到這所學校的時候。那個下午我憤怒激動，只用單音節回話。

那天感覺好遙遠。我記得我媽當時站在我的宿舍寢室裡，用力拍打橘色學習死黨，要讓枕心裡的棉花散佈均勻。我也記得笛婕躺在床上盯著我，當時我很確定我們會永遠討厭對方。

那天，我滿腦子都是自己有多麼想念里夫。

現在一切都不同了。

「大家，」甘特博士說，他是個性情溫和的中年男人，露出一副因為不得不管教學生而遺憾的神情。「你們在想什麼呢？你們不能在沒人監督的情況下擅自亂跑啊。而且你們明明知道，在這間滿是木造老舊建築的學校裡，蠟燭是違禁品。」

「蠟燭有我盯著，」葛里芬仰起下巴，充滿戒心的說，「我絕對不會讓任何事情發生。」他的意思是，這麼多人裡面，唯獨**他**會特別留意這種事。

「可是校有校規，葛里芬，」甘特博士說，「你們以前就在夜裡聚會過嗎？」

沒有人回答。

「保全人員說他們在地板上找到舊的蠟淚，所以我猜答案是有。」

「好吧，」凱西說，「有，我們有。」

「可是為什麼呢？」他問，「真的像你們跟保全說的，只是聚一聚嗎？」

「是吧。」馬克說。我可以看出，要向代表權威的人物說謊，或是含糊其詞，對他來說有多麼困難。

「聽起來好像複雜一點。」甘特博士說，頓了頓後又說，「前幾年，特殊主題課出了點問題，這門課的學生很容易就變成關係緊密的小團體。有一年他們全部跑到樹林裡遊蕩一個小時，沒人知道他們上哪去了。還有一年，班上的學生似乎……發明了自己的一套語言。可是我不想談以前的學生，我想談談你們**現在**到底是什麼狀況。」

能聽到這門課前幾年的資訊很有趣，可是沒人敢多問，而且我們又該怎麼說明自己的事？難道要說：好吧，甘特博士，事情是這樣的。我們每周寫兩次日記，這麼做會把我們帶到某個地方去，在那裡，我們殘破的人生可以得到修復。只是現在我們快把日記寫完了，所以我們必須搞清楚該怎麼延長我們到那個地方去的時間，要是再也無法去那個地方，我們都會受不了的。所以，拜託，甘特博士，你可不可以假裝我們沒被逮到，只要讓我們繼續每周進行一次深夜聚會就好？

可是我們什麼也沒說，最後校長終於摘下無框眼鏡，揉揉眼睛，然後把眼鏡戴回去，將鏡腳細心的套回耳朵後面。

「很遺憾，」他邊說邊輪流看著我們每個人，「可是這學期剩下的時間，除了上課、用餐跟社團排練之外，你們必須把自己當成別門課的成員。這麼說好了，你們全部被禁足了。」

# 第十七章

所有事情都在崩壞。我們心知肚明。整個星期都不能跟其他人在一起，無法談論如何面對日記快速奔向終點的事。我們只能在上課還有用餐的時候碰面，除此之外沒有額外的私人時間。到了最後，我們每個人都只剩下五頁了，只能再去瓶境一趟，沒人知道接下來會怎樣。也許我們確實知道，而那不是什麼好消息。

早餐時，我們儘量把話說得很隱晦，大家同意延後下一次進去瓶境的時間，直到擬好計劃之後再回去。

「**瓶境**？」笛婕問，她跟我隔了兩個座位，滿嘴都是蛋，「那是什麼東西啊？」

「沒什麼啦，」我說，「只是書上的東西。」這個說法似乎暫時過關了，或者至少無聊到讓她立刻失去興趣。

我想，等到日記的最後一行空白被填滿的時候，那個人的瓶境就會不復**存在**。也許會永遠停擺，就像老闆拋下店面，連夜趕著出城；或者就像太空深處的東西爆炸，沒人看見也無人聽聞，就這樣永遠消失無蹤。

把瓶境拋在後頭會是什麼情況？我必須捫心自問，因為我們都在納悶。我一想到要澈底離開瓶境，就忍不住想像自己回到**現實**世界的情形——也許回到紐澤西，繼續過我的人生，新版本的人生。

那種人生會是什麼樣子？我想我就是做我自己吧，一位擁有某種未來的高中生。也許我會在紐澤西加入阿卡貝拉團體，甚至可以嘗試說服漢娜一起參加，她的歌喉還不錯。也許會有事情讓我懷抱期待，卻是我目前還無法想像的事。

星期五晚上，我在寢室裡看著笛婕梳妝打扮，她準備出門參加社交聚會。「被禁足超不公平的，」我穿著葛里芬的帽T坐在自己床上，「感覺就像囚犯。」

「我實在搞不懂耶，」她說，「你跟我一樣討厭學校辦的聚會，現在不能去又有什麼好介意的？」

笛婕對瓶境一無所知，所以她不會懂我為什麼必須跟班上的同學在一起，也不會懂我為什麼必須跟葛里芬在一起。「我是很討厭聚會活動沒錯，」我只是這麼說，「可是總比被禁足好吧。」

「我會回來跟你報告精采的部分。」笛婕承諾完就離開了。

所以我坐下來，試圖做點功課。除了特殊主題課的同學，全校都到體育館去了，隨意站在迪斯可旋轉燈球底下。我抗拒著想去瓶境的念頭，雖然最輕鬆的作法，就是拿出日記，到瓶境裡跟里夫相聚。那個地方的一切都很熟悉，都在意料之中，輕鬆又美好。等到填滿日記之後，晚點再擔心該怎麼回瓶境去。

不過，我遵守與其他人的約定，沒有逃到瓶境去，而是全心投入數學作業。這點非常可笑，因為我的數學程度超差。更好笑的是，我難得搞懂了所有的概念，我有種感覺，就是這份作業跟即將舉行的考試都會得高分。自從進去瓶境以來，我大部分的科目成績都很不錯，就像很多陸續發生的事情，這點同樣出乎我的意料。

早上，我跟席耶拉坐在一起吃早餐，葛里芬還沒來，我頻頻望向門口，看他進來了沒。接著凱西來了，她直接把輪椅停在我們面前，彷彿有什麼事要宣布。「怎麼了？」我緊張問道，「怎麼回事？」

「沒什麼，」凱西說，「可是我要跟你們說一件事。」她環顧四周看有沒有其他人在聽，似乎很安全，她頓住幾秒之後靜靜說：「我昨天晚上去瓶境了。」

「你去了？」我說，「我以為我們還沒要行動。」

「我知道，我跟馬克昨天晚餐用暗號聊了一下，我們都覺得受夠了，很討厭那種不知道日記寫完後會發生什麼事，一顆心懸在半空中的那種壓力。所以我們決定查個水落石出。儘管大家事先約好了，可是我們還是想冒險嘗試一下，結果我們兩個都回去了。對，連從來不違反規定的馬克也這樣做了。」

「然後呢？」席耶拉盯著凱西說，我意識到自己也盯著她。

「你們想知道什麼？」凱西問。

「嗯，每件事。」席耶拉說。

「像是，結束的時候，」我說，「你的日記是不是整本都寫滿了？」

凱西點點頭。

「那你弄清楚下次要怎麼回去了嗎？」我問。我知道我們不該公開談論這件事，可是我別無選擇。

凱西搖頭表示不知道。她望著我們的神情，彷彿替我們覺得遺憾，彷彿我們對這一切都很無知，而她卻了然於胸。「回不去了。」她柔聲說。

我們默默無語。「你確定嗎？」席耶拉問。

「對，我很遺憾。」她補充，彷彿我們可能會認為都是她的錯。

所以，一旦日記寫完了就**結束**了？那就表示凱西永遠沒有地方可以讓她走路跟奔跑。

我則是再也無法見到里夫，不能再摸他、跟他講話，或者聽到他的聲音。我試著把凱西剛剛說的事情拋開，不要讓它成真。

「所以我們真的會失去瓶境，還有伴隨瓶境而來的東西？」席耶拉用模糊低沉的聲音說。

「對。」凱西說。

如果席耶拉回去瓶境，結束後她會再次失去弟弟，可是這一次是**永遠**。

「可是最後一次去那裡到底像什麼樣子？」席耶拉問，「跟之前的那幾次都不同嗎？」

「沒錯。」凱西說。

「怎麼個不同法？」我逼問。

凱西沉吟片刻。「很痛苦。」她說。

這不是我們兩個想聽到的。

「我沒辦法用別的方式來形容，」凱西繼續說，「我不想嚇你們，可是我必須把自己知道的告訴你們。當初在現實生活裡，人生最慘那天所經歷過的事，你必須重溫一次。至少我就不得不重溫一次。」

「噢。」我的聲音細如蚊蚋。跟里夫在一起的最後一天，我想我沒辦法再經歷一次。

「就我來說，起初就跟平常去瓶境一樣，」凱西告訴我們，「可是不久以後狀況就不同了。我在車子裡，我媽正在開車，可是這一次很清楚——她喝茫了。她絕對不應該坐在方向盤後面。我終於澈底看透迷人矮精靈那套狗屁，她根本無法判斷任何事情，在馬路上蛇行的車子滑了出去，撞上石牆，感覺就像有棟房子壓在我身上。」

凱西突然哭出來，我跟席耶拉傾身安慰她。餐廳裡其他人看向我們，有個女生是凱西宿舍的朋友，她站起身走過來，可是席耶拉揮手要她走開。

「**所有的**感覺都回來了，」凱西用安靜但強烈的語氣說，「我並沒有像我原本想的那樣馬上失去意識。」救護車來的時候，我媽彎著身子在我上方，嘴裡喃喃說著：『噢，天啊，都是我的錯。我喝醉了，凱西，我竟然對你做了這種事，我竟然這樣對我的小妞。』我本來不記得這件事。你們知道怎樣？那**的確**是她的錯，我沒辦法百分之百原諒她，至少現在還沒辦法。那實在好難啊。可是至少我想起當時發生的事情了，至少是真實的狀況。」

我跟席耶拉一語不發，只顧著點頭。

「然後他們把我抬進救護車，當我往前滑進車廂的時候，光線暗了下來，四周變得好安靜。我那時候在想，緊急救護員到哪裡去了？一秒鐘之前明明還在啊？現在只剩我獨自一人。接著，我坐起身張望，發現自己回到了寢室床上，身邊那本日記全都填滿了，一行空白也不剩。

「這時我知道到此為止了，我已經重溫了人生中最慘的事，現在我從另一邊出來了。

對我來說，那就是瓶境的終點。我坐在原地，出神的看著牆邊收疊起來的輪椅。我看到灰色橡膠把手、銀色輪子。我好想哭。可是回到這個世界來，回到這裡，也讓我鬆了口氣。回到學校，可以跟朋友和麥克在一起，他沒辦法取代『我能走路』這一點，沒有東西取代得了。我永遠都會想念走路、想念奔跑，我永遠不會忘記走路奔跑的感覺。噢，等等——」她說著抬起頭。

馬克走到我們桌邊，凱西往後一退，滑著輪椅過去。他們在餐廳中央會合，我跟席耶拉看著馬克彎身對她說了些話。

「真的有可能這樣嗎？」我問席耶拉，「最後一次到那裡去，重溫整件事情？然後回到這裡，覺得：好了，現在我該繼續好好過我的人生了。」

「不，我做不到。」席耶拉說。

「所以我們該怎麼辦？」我問她，「Q太會把日記收走，不管怎樣，我們都必須採取行動。」

「這種情況真是絕望，」席耶拉說，「我不能去瓶境，也不能不去。你知道嗎？我昨天溜下樓打電話給賽倫提諾警探，留了個語音訊息給他，告訴他我在感恩節期間跟他說過的事。我說：『拜託，求你追蹤一下那個來舞蹈學院看表演的瘦男人。』」

早餐時間快結束的時候，葛里芬來到我們桌邊，他又戴上兜帽了，我馬上就看出他的神情封閉又淒慘，晚上不能到教室碰面讓我們緊繃疲憊。「嘿。」他說著坐下來。

「昨天晚上不好過嗎？」席耶拉問。

葛里芬點點頭。「嗯，你們繼續聊，我不想打斷你們。」

「我只是在跟潔兒說，我又打電話給華盛頓的那個警探了。他對我提供的線索沒興趣，我不知道還能怎麼辦。」

「你一定要繼續逼他。」我告訴她。

「可是完全沒進展啊。基本上到瓶境去是我唯一剩下的東西，我沒辦法像凱西和馬克那樣。」

「什麼意思？」葛里芬說。

我們向他解釋昨天晚上凱西跟馬克都到瓶境去了，對他們來說那就是最後一次，還有，沒辦法再次回到瓶境。他們各自重溫了自己的創傷，最後整本日記都填滿了，然後在前方等著他們的就是剩下的人生——那個不盡完美的東西。

「聽起來很辛苦。」葛里芬說。

「我就是沒辦法眼睜睜看著安德烈走下公車，」席耶拉說，「明明知道他會出事還放他走。」

「那就不要在這個學期做，」葛里芬說，「繼續催促那個警探，可是不要在日記裡多寫一個字。你為什麼非得逼自己再經歷一次，席耶拉？」

「她非寫不可啊，」我說，「因為Q太最後一天上課就會把日記收回去。」

「她得用搶的，才能從我這裡拿走日記。」席耶拉說著突然站起身、端著托盤離開，連再見都沒說。

她離開以後，葛里芬對我說：「我剛剛下了決定，我永遠不會再回瓶境了。我要把日記停在最後五頁的空白，就這樣交給Q太，然後說掰掰。我沒辦法再經歷一次那場火災，潔兒，我沒辦法再過一次那個他媽的晚上。我爸媽老是想叫我談談那天晚上，可是我受夠了。」

「我想，」我說，「你爸媽其實是希望你看清楚整件事的全貌。」

「最好是。」

「真的。」我不曉得自己怎麼會知道，可是還是繼續說下去，「他們不是壞人。我見過他們，他們不是故意想折磨你。」

「那他們幹嘛一直提那件事？」

「也許他們要你承認自己犯了個大錯。」

「又不是我，是埃比。」他用自以為是的口吻說。

我什麼都沒說，只是繼續望著他，在我的注視下，葛里芬變得不大自在。他知道自己沒辦法把全部責任都丟給朋友；我知道他不能這麼做，這點他也很清楚。葛里芬當時也在場，他也在那間放滿乾草跟山羊的穀倉裡，一起抽了那根大麻。那是他家的穀倉、他家的山羊，不管是他自己或是他朋友，都要由他負責才對。

他露出更沒把握的表情，聲音沙啞的說：「我不知道該怎麼道歉。」

「你知道的。」

「到時我可能會崩潰大哭什麼的，那樣很可悲耶。」他可能會哭。他必須面對那件事所造成的破壞，去感受自己在當中扮演的角色，即使那不是他蓄意犯下的過錯，即使他沒那麼惡劣。那只是青少年愚蠢加粗心所引發的後果，是一場意外。

他必須重新感受發生過的一切，而且不能再像出事之後那樣整個人大當機。他必須再經歷一次跟埃比一起抽大麻，然後上床就寢，醒來的時候聞到煙味，看到所有山羊斷氣倒在地上，包括他最愛的那隻山羊金潔。他必須感受父母的暴怒，挺身承擔責任。

「回到瓶境去，」我告訴他，「出來以後就打電話給你爸媽，說你該說的話，然後你也許就能再次愛上山羊。不只愛那些死去的，也愛那些新來的，還有法蘭基，那隻剛出生的羊寶寶。」

在我們整段對話裡，葛里芬頭一次露出淺淺的笑容。「你接生的羊寶寶，」他說，「我女朋友是山羊產科醫師。」

我女朋友。這字眼讓我一驚。我不能當他女朋友，我愛的是別人，某個截然不同的人。可是無論什麼時候，當我獨自待在寢室裡，我都用葛里芬的帽T緊緊裹住自己。

葛里芬同意傍晚回瓶境去，就在冬季音樂會開場以前，到時我會跟穀倉調一起表演。

「等你音樂會結束看到我的時候，」他說，「我就已經搞定了。」

他通常都是等室友傑克睡著以後才寫日記，這次他不想等到那麼晚。葛里芬打算把自己關在寢室的更衣間裡，就在運動鞋、潮濕靴子、刷毛衫跟皺巴巴的帽T之間。他打算頂著昏黃的燈泡寫日記，再次隱入另一個世界。

我告訴他，我很高興他決定這麼做，以及我認為這個作法很棒。

「如果有那麼好，」他說，「那你也做啊。」

「時候還沒到。」我只是這麼說。

那天晚上，禮堂為了冬季音樂會已經佈置妥當，四處掛著小燈，走道上還有亮片掛飾。爵士樂團之後是不插電的吉他雙重奏，在他們演出期間，我跟穀倉調的其他成員在後台等候。阿卡貝拉的團員們換上白襯衫、黑裙子，踩著高跟鞋。我們登台以前，我照了照鏡子，意識到自己比剛到這裡的時候成熟了點。我的頭髮長至背部，我這輩子沒有留這麼長過，頭髮帶著光澤，臉形似乎更有稜有角。

席耶拉穿著黑色緊身衣跟絲質舞裙上台，節目表上寫說她要表演獨舞，舞碼叫做「為安德烈而舞」，我看她排練過幾次。現在，在音樂老師的鋼琴伴奏下，席耶拉上台表演。她有時候拖著身體移動，彷彿是悲痛到苟延殘喘的人，有時候則受到瘋狂的希望驅動，為了向弟弟的舞蹈風格致意，她甚至跳了幾個嬉哈的舞步。跳完之後，她向觀眾鞠躬，掌聲持續了好久好久，然後席耶拉匆匆走進舞台側翼，我就站在那裡，我們擁抱在一起，她的身體因為賣力演出而發燙。

「你風靡全場！」我說，「你太有才華了！」我知道席耶拉的前途無量。

最後，輪到穀倉調上台表演了，不過我對我們這群人的才華不抱任何妄想。我們排成一行，魚貫踏上舞台，走進白色聚光燈中。雖然我對穀倉調發過不少牢騷，不過此刻我很興奮，雖然我看不到舞台外的任何東西，但我知道葛里芬就在觀眾席的某個地方。音樂會之後，他會我跟說他最後一次到瓶境的情形，我會為了他的表現好好稱讚他一番。可是在那之前他會聽我高歌，搞不好我會讓他感到佩服。我希望里夫也可以聽我獻唱，但他永遠無法聽到我的歌聲，事實上，他永遠沒辦法對我有太多的認識。

我們要唱三首歌，都由艾德蕾負責指揮，最後是像饒舌歌一般，節奏快速的葛利果聖歌。觀眾席裡，學校裡年紀最小的幾個男生跟著鬼吼，大家開始用力頓腳。整個禮堂塞滿了兩百個情緒脆弱、天資聰穎的人，我們全部窩居在這所學校裡，遠離原本的正常生活、家人、科技跟文明好久好久，這會兒我們就要破繭而出了。接著，頓腳的聲音愈來愈響亮，地板震動起來，彷彿整座禮堂即將在我們周圍崩塌下來。

# 第十八章

音樂會後，大家享用了茶會上的水果雞尾酒跟餅乾，葛里芬跟我說他去了瓶境最後一趟，以及那段經歷讓他多難受，但他認為自己現在沒事了。我們兩人在寒夜裡緊緊摟住對方不放，直到有老師過來把我們分開。那天晚上回到寢室後，我睡得好沉好沉，在枕頭上留下了一小灘口水。

所有事物的步調跟強度急速攀升，我需要將意識抽離。沒有葛里芬、沒有里夫、不用面對日記即將寫完、不去思考即將重溫當初在克普頓市恐怖的那一天。只要睡覺。只要睡覺跟枕頭上的一小灘口水就好，這時講話的聲音穿透睡意，將我吵醒。

「快叫護士來！我會陪著她！」我聽到珍安大喊。我從床上跳起來，衝出寢室看發生什麼事。

「是席耶拉。」對面寢室的梅蒂說，她就站在一群擔憂又興奮的女生之間。

「跟上次一樣嗎？」我問。

「不一樣，這次不是做惡夢，」她說，「聽說她病了，像是痙攣什麼的。」

我急忙跑去席耶拉的寢室門口，有幾個女生在門外亂竄，我在她們之間穿梭，即使有個愛發號施令的學姐說：「你不能進去，潔兒——」

可是我已經走進去了。房間很昏暗，珍安跟席耶拉的室友珍妮．瓦茲就站在床邊俯看著席耶拉。席耶拉睜開雙眼坐著，筆直盯著前方，一隻手在半空來回抽動不停。

「席耶拉！」我大聲叫她，但她沒有回應，「席耶拉，是我潔兒。」我正對著她的臉說，但還是沒回應，情急之下我轉向珍安說：「她怎麼了？」

「我們還不知道。」

「席耶拉！」我再接再厲，但她一點反應也沒有，「噢，別這樣，席耶拉，」我放輕聲音說，「請不要這樣，不管你怎麼了，都快醒來，好嗎？」

接著我想：**萬一這跟瓶境有關該怎麼辦？**我拍拍她四周的床鋪，掀起毯子，尋找日記的下落，但是日記不在這裡。「席耶拉，我要你留在這裡，拜託。」我意識到自己哭了出來，然後一發不可收拾。

珍安不得不走過來，用胳膊摟住我，並且把我拉開。「甜心，不會有事的。」

「可是為什麼她聽不到我說話？」我問，席耶拉還是陷在抽搐的迷霧中，表情茫然，一隻手抽動個不停。

「我不知道。我想醫生會查清楚的。」

「可是萬一他們沒辦法呢？」

珍安回答的語氣有些僵硬。「沒有理由相信醫生沒辦法。」

可是我們兩人都瞭解席耶拉的問題非常嚴重。我淚如雨下，態度強硬起來。「比起跟漢娜．佩卓斯基，我跟席耶拉的感情更好。我們的友誼真的很深厚，我們分享很多事情，分享內心真正的感受，我以前從來沒跟朋友深交到這個程度。」

珍安說：「我知道。」即使她明明沒聽過漢娜．佩卓斯基，而且根本不知道我在說什麼。我任由她輕拍我的背，說些像媽媽會說的話安慰我。不久後護士趕來，我讓出一條路。

我看著護士從提袋裡取出幾樣物品，然後蹲在席耶拉身邊。護士先用小燈照她的雙眼，再把壓脈帶套上她的手臂，擠壓形狀像燈泡的送風球測量血壓，又用耳溫槍測量她的體溫。

「席耶拉，你有沒有嗑藥？」護士扯開嗓門問，「如果有的話是哪一種？快樂丸？K他命？天使塵？」

「她才不會嗑藥，」我打斷了護士的話，「她恨死毒品了。」

護士檢查完之後搖搖頭，然後對珍安喃喃說了些我聽不清楚的話，最後終於說：「我要叫救護車。」

在救護車抵達前，珍安讓我陪著席耶拉。我無助的站在一旁，輕拍席耶拉的肩膀，偶爾握住她的手——不動的那隻手。珍安說：「我知道你真的很愛她。」

「我是。」我說，可是我心裡想的是，**以前是**。

我從沒看過有人跟席耶拉一樣深深隱遁到自我當中。緊急救護員把她往下放到擔架上，扣上束帶，發出權威的喀答聲。席耶拉並未抗拒，她似乎根本沒注意到自己要被帶走。她的手臂被固定在身體兩側，我看到毯子底下微微有點動靜，這才意識到席耶拉的手依然在毯子下面抽搐著。

珍安說我不能上救護車，還有我必須馬上就寢。「一有消息，我一定馬上告訴你。」她說。

可是當她走到房外，催其他女生回房就寢時，還是一臉沮喪的模樣。席耶拉的室友還在走廊上，所以我獨自在房裡多站了幾秒鐘，四下張望，然後走到席耶拉的床邊，查看床墊跟牆壁之間的縫隙，那裡又窄又暗，什麼也看不見。我勉強把手塞進去，指尖碰到灰塵滿佈的木頭地板，突然間，我的手掃到東西了。

平滑冰冷，在把它拉出來以前，我就知道那個東西是日記。

我依然認為她在痙攣以前很可能正在寫日記。瓶境裡出了什麼嚴重的狀況嗎？那就是她會變成這樣的原因嗎？我急著想讀日記的內容，可是我知道我應該離開這個房間。我把日記夾在腋下，趕緊下樓回到自己的寢室。

經過這陣騷亂，笛婕竟然能夠沉睡不醒，還真是奇蹟。我在黑暗中倚著學習死黨，點亮迷你燈夾，迅速翻讀席耶拉的日記。她的筆跡跟我不同，感覺成熟很多，文字在紙頁上跳躍。

我心想：席耶拉，原諒我侵犯你的隱私，可是這是非常狀況。

我讀了又讀，直到找到最後一則為止，當然是從倒數第五頁開始的，這一則標有今天的日期。先是凱西跟馬克，然後是葛里芬，席耶拉也決定回瓶境最後一趟，即使大家還沒擬定計劃。

她今天晚上到瓶境的時候，就像平常那樣寫著，她的最後一則日記上描述了事發經過。她必須重溫安德烈失蹤的那個晚上，她說過這樣會讓她承受不了，可是誰承受得了？再次失去弟弟的經驗讓她陷入了休克狀態嗎？進入了永遠的痙攣？

我看到她把那一頁底下的最後一行都填滿了，沒有剩下任何空白。

她把日記寫完了，她明明說過她不要，但還是做了。我瞇著眼望進黑暗，讀了最後一段：

他突然站起來，準備下公車，就像實際上發生過的狀況。只是這次我沒說：「好吧，去買餅乾麵糰。」而是對他說：「不要，我們下次再做巧克力碎片餅乾吧。」如同往常，燈光逐漸昏暗下來，可是我抓住他的手臂，怎麼都不放開。我必須試試看這會不會成功，這是我想到的唯一辦法。在舞蹈課，我們都會練習即興動作，現在這個就是即興動作。我抓著他的手臂，就看看會發

日記就在這裡結束，句子才寫到一半，字也還沒寫完。

難道就是這個原因？席耶拉為了留在瓶境裡，緊緊抓住安德烈不放？而她現在還在那裡。她的手動個不停，並不是痙攣的關係，她的手之所以一直在動，是因為她還在寫日記，至少是對著空氣寫字。

席耶拉一時情急，在瓶境裡做了個實驗，光線暗下的時候，她拒絕放開安德烈的手。即使強大的吸力突然出現，要把她從瓶境硬拉出去、送回現實世界，她也並未放手。她成功用單手抓住了安德烈，另一隻手依然還在想像中的日記裡振筆疾書，在真正的日記填滿之後繼續書寫。

也許，只要她繼續這樣做，就可以在留在瓶境裡陪伴弟弟、保護弟弟。安德烈永遠都不用走下那班公車，她也不用。

她不用再次體驗那份創傷，就像凱西、馬克跟葛里芬經歷過的那樣，但是前提是她必須跟安德烈永遠待在瓶境裡。

席耶拉永遠困在那裡了。她放棄了長大成人、盡情舞蹈、體驗人生跟探索世間所有可能性的機會。我指的是這個世界，而不是另一個。

那個晚上剩下的時間，我在床上輾轉反側，不停把枕頭翻來翻去，不知如何是好。黎明破曉時，我終於有了個想法，並且興奮不已。我快步趕到樓下的公共電話，打到醫院去，要求找相關人士談談昨晚住院的席耶拉．史托克。

接電話的護士人很好，根本沒有質疑這通電話是不是符合規定。讓我意外的是，她同意配合我那個奇怪又非常具體的要求。「當然好，甜心，」她說，「值得試一試，我們真的不曉得這個姑娘出了什麼事。」

所以她在護士站把電話擱下，過了好長一段時間之後，她再次回到電話旁邊，跟我說她照著我的要求做了。她去了席耶拉的病房，站在她的床鋪上方，照著我的指示，大聲喊著：「席耶拉，離開瓶境！」

我之所以想到要這麼做，是因為那次我用葛里芬的日記，結果困在了山羊版本的恐怖瓶境裡。後來葛里芬大喊「離開瓶境！」之類的話，結果成功了。

可是席耶拉並沒有回應護士，她的意識不僅沒有恢復，監測儀也沒有任何波動。「抱歉，親愛的，」護士在電話上跟我說，「沒用耶。」

我想不出辦法了。

校園的氣氛很沉悶，早餐的時候，大家小聲談論著昨晚席耶拉．史托克發生了恐怖的事，還有謠言說席耶拉服用過量的鎮定劑，必須洗胃。

接著又傳出另一種謠言，說席耶拉嚴重痙攣，腦部受到永久性傷害。大家排隊拿燕麥粥的時候，說這是多麼大的損失。他們說，席耶拉才華洋溢、天資聰穎，說她舞技高超、冰雪聰明，是人生勝利組。但那都成為了過去。

我只想對著他們的臉放聲尖叫：「閉嘴啦，你們根本不懂自己在說什麼！」

幾個女生流淚互相擁抱，即使她們跟席耶拉只是泛泛之交，因為她除了跟我們班幾個人之外，不大跟其他人互動。在餐廳裡，我分頭去找馬克、凱西跟葛里芬，把我發現的事情分別告訴每個人。

「她留在瓶境了，」我說，「她抓著安德烈不放，現在困在那裡。」我把來龍去脈解釋一遍，跟我一樣，他們的第一個反應都很震驚，可是也能理解她這麼做的苦衷。

早餐過後，甘特博士針對全體學生召開特別集會。他、護士跟幾位老師分別上台說話，要我們在處境艱難的時候仰仗同學的陪伴，從彼此那裡獲得力量。他們提醒我們，學校是我們的後盾。等這場沒什麼用處的集會結束之後，時間已經太晚，甘特博士索性把第一堂課全都取消了。

既然今天不用上特殊主題課，這堂課剩下的時間就給了這陣子被禁足的我們聊一聊的機會，在戶外一片冰冷的陽光中，我們四個人挨在一起。

「我不怪她這樣做，」馬克立刻說，「很合理。」

「我也不怪她，」葛里芬說，「回瓶境最後一次對任何人來說都很難熬，對我來說就很難捱。」

「你超神祕的。」凱西說。我這才想起，除了我之外，葛里芬沒跟任何人提起他過去的遭遇，其他人都不曉得那場火災，更不知道他那個版本的瓶境是什麼樣子。他們對我和我的過去也知道的不多，我跟葛里芬都維持著模糊的面貌，但其他人也都能諒解，我對他們心存感激。

可是席耶拉跟我們說了故事的全貌。「我想她做了對的事。」葛里芬說。

「我就是沒辦法想像她已經不在這裡了。」我說著開始哽咽。我們談起席耶拉的方式，彷彿她已經過世，彷彿她結束了自己的生命。

葛里芬摟著我，我想自己跟席耶拉不同的地方在於，葛里芬就在我的眼前，他哪裡都不會去。我知道這一點，但不大能夠相信。有時你以為某人永遠都會留在你身邊，卻在毫無預警的狀況下失去他們。

那天接下來的時間我們都無法集中精神。到了晚上，有人用廂型車載我們去參加奎奈爾太太的退休派對，在一間有年分的大型飯店裡舉行。席耶拉一直很期待這場派對，她很高興有機會可以盛裝打扮一番，像個正常人在正常的派對裡四處走動。

我則是期待派對上的食物。我對木穀倉的餐點已經厭煩透頂，餐廳老是供應藜麥，而且我也很認同大家向奎奈爾太太致敬的作法。儘管我們還處於禁足狀態，但學校特別允准我們晚上離開寢室，席耶拉出事後，我們當然沒有心情參加派對，但還是來了。

這間飯店堂皇氣派，奎奈爾太太在閃閃發亮的餐廳入口迎接賓客，看起來相當耀眼。她穿著紅色絲質女衫、配戴翡翠項鍊，組合出聖誕節的色彩。「我美妙的學生們。」她說著輪流擁抱我們每個人。我看到她背後的銀器跟蠟燭熠熠生輝，侍者用托盤端著開胃小點四處穿梭，雖然我穿上最好的衣服──我帶來學校的好衣服並不多──但在這場派對上，我不只覺得彆扭，還很悶悶不樂，派對上都是盛裝出席的教師。

「進來啊，別害羞，」奎奈爾太太對我們說，「有很多美味的開胃小點，到時可以帶一些回去給你們的室友。」可是我們在門口那裡遲疑不前，她靜靜說：「我知道。」

我們沉默。她知道什麼？她顯然知道席耶拉病了，可是她還知道更多嗎？

她看著我們。「我知道對你們來說很難捱，席耶拉病了，你們還來參加派對。我今天晚上也在想她，請你們知道這一點。」

可是她並不曉得我們知道的事——至少我認為她並不知道。席耶拉做了決定，是的，我們都很難過，但我們可以理解，也會予以尊重。我們現在所能做的只是向奎奈爾太太表達謝意，然後走進派對會場。葛里芬向一位侍者討了幾個泡芙點心。校方事先交代過別讓我們喝酒，所以我們只有氣泡礦泉水。

「碳酸飲料什麼時候改叫氣泡礦泉水了？」葛里芬問。

「噢，大概在衝擊這個字拿來當動詞用的時候。」奎奈爾太太面帶笑容說，然後便離開迎接另一批剛抵達的賓客。

我把開胃小點抛進嘴裡，我甚至不曉得是什麼東西，也許是干貝？裡面是不是夾了奶油起司？這或許是我這輩子吃過最可口的東西了。我之前還沒意識到自己有多麼想念「真正的」食物。我想起老爸精湛的廚藝，他會套上印有「老爸大廚」的傻圍裙，還有李歐小時候，老爸總是讓他把義大利麵條丟進滾沸的水裡。

李歐、爸、媽，我想像一家人齊聚在家中廚房的模樣，我曾經是那種生活裡的一份子，現在再也不是了。

「我想跟你談談。」葛里芬說著把我拉向會場的一側，我的氣泡礦泉水從杯緣濺出來。我們在沙發上坐定之後，他說：「大家都去完最後一趟了，只剩下你。」

「我知道。」我的語氣輕柔又羞愧。

「我們就要放假了，潔兒。」

「我知道。」

「到瓶境去跟他說再見，」葛里芬說，「趕快把它完成吧。」

一陣可怕的沉默。我就是說不出話來。

「你難道不想跟我在一起嗎？」葛里芬問。

我當然想。葛里芬跟他柔軟磨舊的帽T。他有很多感觸，也對我很有感覺。我點點頭，可是我沒辦法告訴他的是，我也想要那個穿著棕色毛衣、幽默愛嘲諷的英國男生。我確定他正在瓶境裡焦急的等待，不知道我為什麼這麼久的時間都沒回去，也不曉得我到底還會不會回去。

葛里芬只是希望我快點到瓶境把事情了結。

可是萬一在我要去那裡結束一切時，卻意識到自己辦不到呢？我們現在都知道可以滯留在瓶境的方法了。光線逐漸暗下的時候，席耶拉緊抓安德烈不放，兩個人就像在颶風來襲時把手牽在一起，免得被硬生生拆散。

我也可以回瓶境，然後如法炮製。

當我坐在派對華麗的沙發裡，拳頭裡抓著皺皺的小餐巾紙時，這個想法變得愈來愈具體。我真希望可以拿一杯侍者頻頻端給老師們的淡粉紅雞尾酒來喝，現在他們有點醉意，說話的嗓門也變大，我甚至聽到平日害羞的拉丁老師尖著嗓子說話。他們喝的是大都會雞尾酒——這點還滿諷刺的，我們明明在佛蒙特州的鄉間，而這裡可不是世上最都會化的城市。如果我能拿到一杯雞尾酒，我會大口灌下，搞不好再點一杯，然後對於是否該留在瓶境中的決定會更有把握。

「所以你會去做個了結嗎？」葛里芬催促。我無力點點頭。

「你保證？」他向我確認。我再次點頭。

「原來你們在這裡。」奎奈爾太太在我們對面出現，「跟甘特博士打聲招呼吧。」我跟葛里芬猶豫不決的站起來，所有特殊主題課的成員不自在的跟老師、校長站在一起。

奎奈爾太太說：「約翰，在我教過的學生裡，這班可能是最有才華的一群。」

「難怪，維若妮卡。」他看著我們，然後用冷面笑匠的口吻說：「希望你們今晚『逃獄』出來還愉快。」我們跟他說很愉快，他繼續說，「等聖誕假期結束，一月回到學校的時候，你們就可以重新來過了。」

到了一月，特殊主題課已經結束幾個星期。不管我會有什麼經歷，到時皆已塵埃落定。

接著有個聲音叫大家注意，在場的賓客聚集起來，一些老師輪番敬酒致意，說起關於奎奈爾太太、只有他們才聽得懂的笑話，還引用了她喜歡的書裡的文字。

有個在廚房工作的老太太站起來說，奎奈爾太太對廚房員工向來客氣有禮。「回收的時候，她都會把盤子跟餐具分開，」她說，「不像有些人。」

對，奎奈爾太太很善良。她善良又和藹，對我們期望很高，可是最重要的是，她是個謎一般的人物。

她知道些什麼？會有人告訴我們真相嗎？這門課很快就要結束，寒假即將開始，等我們一月返校，奎奈爾太太早就離開了。也許某個家庭會帶著孩子搬進她家，在院子裡搭起鞦韆。

這時凱西突然用湯匙輕敲玻璃杯，大家詫異的望向坐在輪椅裡的嬌小女生。她把懷裡那張折成方塊的紙條展開。「我只想說，」她高聲朗讀，「特殊主題課對我來說意義重大。」

她停下來，沒看紙條繼續說：「席耶拉的事情讓我們很震驚，可是我們關係緊密，Q太，這都是因為你的緣故。記得你在學期初說過的話嗎？我們應該互相照顧。」

我望向奎奈爾太太，她點點頭，心思完全集中在凱西身上，就像我們圍著橢圓櫟木桌輪流發表的時候，她專注在我們每個人身上一樣。彷彿對她來說，全世界只剩下我們這群人。我的心裡湧上一股暖流，我覺得自己可能會哭出來。

「我想我們做到了，Q太，」凱西繼續說，「當然也照顧席耶拉。可是我想，有時人們可以去某些地方，而那些地方是其他人無法追隨的。你只能相信他們清楚自己在做什麼。」其實這些都沒寫在凱西的紙條裡，她只是隨興發揮，試著用委婉的方式，把想說的話傳達給奎奈爾太太：如果你的確知道日記的事，那你應該也知道席耶拉去了瓶境，然後留在那裡。她是故意的。這也許不算是世上最慘的事，因為她現在跟弟弟在瓶境裡團聚。

「Q太，」凱西低頭看著紙條說下去，「你是超級棒的老師。起初我覺得你太嚴格，可是現在我真的很高興，因為我學到很多。我從課堂的討論裡也得到很多收穫，有時候討論還滿激烈的。當然，日記也有幫助。」

她輕輕帶過日記的事，想看奎奈爾太太會不會有反應，可是沒有，絲毫反應也沒有。

「你對我們造成重大的影響，我知道全班都有同感。」凱西說，感言到此為止。

「同意、同意。」拉丁老師喊道，然後所有老師舉杯敬奎奈爾太太，但我確定他們沒人知道凱西到底想表達什麼。

# 第十九章

接下來幾天，不管到哪裡去，我都隨身帶著日記，彷彿深怕會被人偷走或自己搞丟，害我再也見不到里夫。儘管我向葛里芬保證過，但我還沒準備好到瓶境裡了結。我不想面對這件事，因為我左右為難。

一半的我想和里夫做個了斷，然後回到葛里芬身邊；另一半的我心想，管他去死，我要留在里夫身邊，兩個人留在那塊灰色地帶，站在操場裡互相擁抱。棕色毛衣、彎弧的嘴，我們先是彼此說笑，接著變得正經，在草地上躺下來面對面。里夫修長又熟悉的身體緊緊貼住我的，我們可以永遠保有這一切。這樣單純的生活既沒有壓力，也不會改變，更不會有人來攪局。

我不知道哪一半的我會心想事成，答案要等我去了瓶境才會揭曉，再怎麼樣我都非去不可。要是我空著最後五頁就把日記交出去，這樣就會害里夫一直留在永恆的等待狀態中，這對他來說是種折磨，對我而言也是。

這段時間，每當我看到葛里芬獨自穿越校園，縮著肩膀走路，金色長髮在風中飛揚，靴子在積雪裡踩出深深的印記，我就會揮揮手，如釋重負的趕到他身邊。對於到瓶境最後一趟的決定，班上其他人都不像我這樣麻痺無力，大家都很乾脆的做了該做的事。

我不一樣。

「快去嘛。」那天，在天色微微泛藍的向晚時分，我們站在冰柱懸垂的樹下，葛里芬對我說。我什麼也沒說，於是他說：「你該不會想學席耶拉吧？你最好不要。」

我想到里夫還在瓶境裡，那裡既沒冰柱也沒下雪，我的腦海裡浮現那天美術課他坐在我身邊、我替他畫了肖像的情景；那場派對，我們在娃娃屋上方接吻；他放「蒙地蟒蛇」搞笑短劇給我看；他因為我的名字，送了我一罐果醬。我們是如此契合。

我突然決定等熄燈過後就去瓶境。我不知道自己還會不會回木穀倉。

站在戶外冰凍的樹下頓時令我寒意難耐，我必須回到室內。「我今天晚上就去。」我向葛里芬保證。

晚餐時，我坐在閒聊聲不斷的吵鬧桌邊，盤子裡那堆義大利蝴蝶麵幾乎令我食不下嘸。我不跟人互動，葛里芬也明白要給我空間，就跟幾個男生坐在對面那桌，他緩緩舉起手朝我揮了揮，我也舉起手回應。我們目不轉睛看著彼此，我對他點點頭，彷彿在說：別擔心，我會遵守承諾。

漫長的一天終於到了尾聲，我跟笛婕躺在各自的床上準備睡覺，她對我說：「我一直在想，關於長大成人這件事，就是永遠不會有熄燈時間，至少不會有**強制的**熄燈時間，聽起來很讚吧？」

「嗯，是啊。」我說。

「成人可以自己做決定，到時我會百分百準備好面對這種好事。」她補了一句，然後自在的打了個笛婕風格的大哈欠。

關於里夫的事，我還沒準備好要自己下決定，可是我不得不。

「你能相信這學期竟然要結束了嗎？」她繼續說，「大家都說時光飛逝，我的感想是：廢話。」

「我知道，」我說，「時間過得這麼快，很沒真實感。」

我們在黑暗中調整躺在床上的姿勢，我突然對她說：「你是個很好的室友，笛婕。」

「謝了，潔兒，還好你不是什麼會用斧頭砍人的連續殺人犯。不過我跟你還沒完，還有下學期。」

「我知道。」我說，可是我心想，我可能再也見不到你了。如果我們再也見不到面，那就祝你人生幸福。我希望你跟蕾貝卡可以在一起很久，或是永永遠遠在一起。如果那是你的心願。我希望你可以繼續克服所有的飲食障礙，我希望你可以好好享受沒有熄燈時間的成人時期，我希望你有機會做每件你想做的事，因為你值得。

我等她漸漸進入夢鄉，聽到她的呼吸一如往常的變得規律又響亮，然後我的心裡湧現恐懼跟孤獨，但還是儘可能穩住情緒。我坐起來倚在學習死黨上，把日記擱在大腿上，扭開迷你燈夾。

里夫已經等了我好久好久，他會以為我發生了什麼事。

我感覺到日記冰涼的皮革封面貼在膝蓋上，還剩下五頁空白，我在倒數第五頁最上方小心寫下：

我終於要再去跟他相會了。

轉眼間，我已經置身瓶境，可是這一次里夫的手臂並未摟著我。我沒抱著他，他也沒抱著我，我只感覺到風呼呼吹著，風勢比平時還強。我記得我在紐澤西跟里夫在一起的最後一天風也滿大的，那天早上我走出家門去搭校車時，我媽喊道：「戴頂帽子保暖！」可是我不理她，因為我最恨帽子把頭髮壓得變形，到時腦袋四周都會發出靜電造成的劈啪聲。我一頭衝進冷天裡，沒戴帽子、情緒亢奮，不知道所有的事情將在那天改變。

不知道我將會失去他。

現在，瓶境裡的操場空蕩一片，悄然無聲，我試探的呼喚他的名字。「里夫？」但就是不見他的人影。狀況不大對，我沿著操場往前走，然後我想起凱西說過，當她最後一次回瓶境的時候，狀況就跟發生慘事的那天一樣。我必須完整重溫一遍。

沒錯，這就像我跟里夫在一起的最後一天。既然我的日記只剩五頁，一切都自動重演了。我除了現身之外，什麼都不用做，全都自動開始了。

但我還沒準備好啊。我之前為什麼以為自己準備好了？我什麼都不能做，只能沿著草地往前走，邁向無可避免的慘事，就像我在紐澤西那一天那樣。我朝著自己故事的結局走去，直到原本空無一物的前方突然出現了什麼。

有人站在遠處，我走近後看到那其實是兩個人，一對男女緊緊摟在一起。女生的長髮在四周飄揚，男生的腦袋埋在她的頸項那裡，她的腦袋往後仰起，他邊吻她邊笑。

我覺得自己的下顎揪緊，手指因為緊張而僵硬。我真希望可以折折指節，發出像警告槍響一樣響亮的聲音。我繼續朝他們走去。我知道這個女生為什麼在這裡，雖然我根本不想知道。

「相信自己編的故事總是比較輕鬆。」爸媽帶我去看診那天，馬格里斯醫師曾經用和藹的語氣說，讓我想要揍他一拳。他講的話，我一個字也不想聽。

操場上的女生現在看到我了，她對男生說了點什麼，男生轉了過來。是里夫。里夫．麥克斯菲德之前在跟黛娜．薩波接吻，只有我知道黛娜二年級某天忘了穿內褲的事，之後她就很討厭我。我的意思是，什麼樣病態的人會像那樣一直懷恨在心？到了這個階段，重點已經不再是內褲的問題，她從來沒對我好過，直到發現里夫喜歡我，然後邀請我去參加她的派對。我在她妹妹的娃娃屋上方親了里夫，里夫送了我那罐果醬。

看到里夫跟黛娜在一起，我覺得自己的腦袋像是沿著頭顱側面裂開，但還是穩穩的朝他們走去。里夫沒露出心虛、震驚的模樣，也沒說「我可以解釋」之類的話，就像馬克爸爸被逮到自拍色情影片的反應。他只是繼續摟著黛娜不放，她也摟著他，把棕色毛衣的袖子都扯長了。

他們站在那裡看著我，黛娜冷笑著說：「哇，看看誰來了。」

「客氣點。」里夫說。

在紐澤西的那天發生這種狀況時，我不知如何是好。我就是不曉得該怎麼辦。我愛上的男生竟然跟這個可怕又惡劣的女生卿卿我我，這點完全說不通。

「里夫，」我對他說，我那天跟他說了一樣的話，「你在幹嘛？」

「別這樣，潔兒。」他柔聲說。

「可是我以為……」我愈說愈小聲。

「你以為什麼？」他說起話來帶著一貫的英國腔，可是語氣氣急敗壞，彷彿他希望我乾脆一點，趕快做個了結，然後他也可以一吐為快，我們就到此為止。

「我還以為我們在一起了。」我悲慘的說。

黛娜．薩波發出輕蔑的叫聲，那種聲音就像寵物店裡的異國鳥類。里夫把她的手臂抓得更緊，彷彿叫她安靜。

「潔兒，」他終於開口，「我們並沒有在一起，你知道吧？」

「可是我們之間有過的事情呢？」我說，「從在她家的那天晚上開始，在她妹妹的娃娃屋那裡。」

「你很清楚那天晚上發生了什麼事。」里夫說。他並不是刻意要殘酷的對我，也沒有試圖羞辱我。

我搖搖頭表示不。

「真的要我提醒你？」他問，「你想不起來嗎？」

我迎風閉上雙眼，不去看里夫的俊帥臉龐跟黛娜那張尖銳無情的臉。我能想起在薩波家的那個晚上嗎？

起初我沒辦法，我只能照自己習慣的角度看事情，所有細節井然有序的條列出來，恍如一排打磨後的石頭。我抵達派對後，看見里夫穿著佈滿皺褶的襯衫跟其他男生站在一起；我跟隨他穿過走廊，然後他把那罐果醬送給我；我跟他接吻，所有感受紛湧而至，讓他把手探進小可愛下面碰觸我，在那個光線昏暗的臥房裡發出輕吟。我不曾有過這麼幸福的感覺。

一直以來，我都在編「故事」給自己聽，如同馬格里斯醫師所說。

相信自己編的故事總是比較輕鬆。

對，對我來說絕對比較輕鬆。因為當我放掉編出來的故事，試著去想客觀的事實，我幾乎無法振作起來。可是即使如此，我還是在心裡往前回溯比在黛娜．薩波家那晚還要更早的事。我在腦海中一路追溯到跟里夫第一次碰面的那天。

那天上體育課的時候，我正在打羽毛球，里夫也在那裡。來自倫敦的交換學生，穿著長版短褲搭曼聯T恤，羽毛球咻咻掃過他的腦袋旁邊，他縮頭彎身閃躲。到了下課的時候，我對他說：「好策略。」

他瞇眼看著我。「什麼策略？」

「躲避啊。」

他點頭表示同意。「對啊，基本上我這輩子都是靠這招撐過去的。」

我們對彼此露出微笑。接下來整個星期，每當我在學校看到他，我會找藉口跟他聊聊，他也會找理由跟我說話。真的就是這樣。我老是想到他，想到他會讓我覺得輕盈興奮、超級警醒。

有天在學校餐廳裡，里夫跟一群人坐在一起，我沒像平時那樣跟漢娜、萊恩和珍娜坐在同一桌，而是溜到里夫那張長椅的另一端坐下。那群人根本沒注意到我，我只是帶著鮪魚三明治默默坐在那裡，邊吃邊聽他說話。里夫是眾人的焦點，因為他是新來的交換學生，人長得帥、個性幽默、講話又有英國腔。黛娜．薩波也在那一桌，我想她就坐在他旁邊，發生過那麼多事情之後，我很難把細節全都記清楚。

「我的寄宿家庭克斯曼這一家，」他對大家說，「很喜歡玩輪唱，你們知道什麼是輪唱嗎？」

「輪唱？」我突然說，試著讓自己的聲音壓過餐廳的吵鬧聲，「噢，就像划船歌。」可是我遠在桌子的另一端，聲音沒辦法傳那麼遠，沒人注意到我說了什麼，所以我只是繼續嚼著三明治，儘可能放慢速度。我聽著里夫用獨特的腔調講話，彷彿只有我跟他兩人私下在聊天似的，四周的人根本不存在。

「簡直是折磨。」里夫繼續說，「吃完晚飯，我們得圍在餐桌旁邊，連續唱幾個小時的輪唱，也許就我感覺起來是好幾個小時。我從沒見過這麼和樂融融的家庭。美國家庭都是這樣嗎？」

「不是，」我用更大的音量說，「我們家就不是。」

這次他聽到我說話了，於是朝著桌子這端看來。「幸運的女孩。」里夫說。

黛娜・薩波說：「對啊，潔梅佳・葛拉修好幸運，那就是大家對她的看法。」

接著是一陣訝異跟尷尬的竊竊私語，每次黛娜欺負我，總是會出現這種情形。大家都知道，黛娜為了不明的原因痛恨我，這幾年以來，只要逮到機會，她就會對我隨口說些惡毒的話。所以只要這種情形發生，眾人就會陷入這種詭異又不自在的停頓。

沒人明白她為什麼要這麼做。我並不是魯蛇。我又不像羅曼娜・薛賀特，自從七年級的某一天，有人發現她把手肘上的痂皮剝下來，像洋芋片一樣吃掉以後，她就只能孤單一人吃午餐。

里夫是新來的，沒看過黛娜嘲弄我的狀況，那一刻氣氛很尷尬，可是轉眼就過去了。有人往前傾身跟里夫講話，擋住了我的視線，讓我看不到他，等他們終於往後靠的時候，我才發現里夫已經離開餐廳。他沒先跟我說再見就離開，雖然只是小事，可是讓我覺得遭人遺忘。

我走到倒廚餘的地方清理麵包屑，眼睛裡的淚水讓視線變得模糊，連眼前的漢娜也變得很朦朧。她看到我說：「潔兒，今天怎麼沒跟我們一起坐？」我根本沒辦法回答。「怎麼了？潔兒，你在哭嗎？」

我不可能解釋給她聽，我對這個男生的感覺如此強烈。他在打羽毛球的那一天對我那麼好，之後突然變得好冷淡，難道他不喜歡我嗎？我一心想讓他喜歡我。

還有上美術課那天。大家都在畫風景，里夫走過來坐我身邊。嗯，好吧，他之所以坐在我旁邊，是因為掛著長耳環的美術老師帕努奇小姐說：「里夫．麥克斯菲德，我要你跟黛娜．薩波分開。」所以里夫帶著畫本跟筆站起來，帕努奇小姐指著我說：「去坐那邊。」

里夫在我身邊坐下，帕努奇小姐對全班說：「大家別再聊天了，我是說真的！」

他掛著頑皮的笑容轉向我，我們之間的交流特別又微妙。我們坐著不動，沒聊天也沒碰觸，雖然我好希望他碰我，或者他的肩膀可以碰到我的肩膀。我很容易就能想像跟他接吻的畫面，還有碰觸他身上那件巧克力色毛衣、明亮的臉龐、脖子跟嘴巴的情景。

我不再照老師規定的那樣畫遠處的山丘。山丘太無聊了，不值得用畫筆將它們化為永恆。我握著炭筆的手，開始不由自主在畫本上移動。

我幾乎不曉得自己在畫什麼，直到某人說：「喂，里夫，你有仰慕者了。」

那張素描根本沒那麼好。我不小心忘了替他添上襯衫，只是畫了他的臉和裸露的肩膀，還有他的鎖骨。我把他的模樣畫得有點健壯，但他本人滿瘦的。周圍突然揚起笑聲，帕努奇小姐走過來，抽走我的畫本，靜靜的說：「潔兒，這是怎麼回事？違反規定真不像是你會做的事。」

我無法解釋。我不能告訴她我根本不曉得自己在畫里夫，因為她一定沒辦法理解。每個人都在笑，一面看著英國交換學生里夫．麥克斯菲德的半裸素描。

他什麼都沒跟我說，只是站起來走開。我惹他不高興了，這讓我想要挖出自己的雙眼。可是也許在他不高興的表面底下，他會覺得受寵若驚跟興奮。一定是的。

我九歲的時候，我朋友瑪麗．邦寧的爸爸心臟病發過世了，從那之後我的信仰就在相信神跟無神論之間擺盪，但是我現在心想：**神啊，求求你，讓一切順利吧**。我有時候會想，如果神真的存在，祂永遠都不會把邦寧先生帶走，邦寧先生以前會幫瑪麗做紙娃娃，還會替紙娃娃做小小的滑雪裝。神為什麼不讓邦寧先生留在世間，和他所愛的人在一起？

我爸總是喜歡在下廚的時候加入一種奇怪的食材。「你吃出隱藏在燉菜裡的滋味了嗎？」他會得意的說，「我倒了一罐胡椒博士牌的可樂進去！」但美術課過後的那天晚上，我不想吃晚餐，我爸滿擔心的。他跟我媽都想知道我發生了什麼事，可是我沒辦法告訴他們，說我掉進了深沉濃烈的感受雲霧裡，而且依然不停墜落。

我躺在床上，想像里夫在我身旁，撫摸著他的手臂和他修長的軀幹，早上更衣打扮的時候，我彷彿聽見他對我低語：「穿那件黑色牛仔褲吧，我很喜歡。」

後來我在學校遇到他，他根本沒在生我的氣，我好高興，簡直想要沿著走廊跳舞。也許我真的跳了一下舞，因為萊恩．布朗對我說：「你是怎麼搞的？看起來好亢奮，你是過動兒嗎？」

在歷史課跟法文會話課之間的那幾分鐘空檔，里夫從走廊另一邊望過來，我確定他在看我，可是也許他並沒有。這就像你去聽演唱會，以為歌手直接對著你演唱，以為身邊那幾千個少女全都不存在。我籠罩在感受的雲霧裡，看不到也感覺不到其他東西。

我想馬格里斯醫師說的對，相信自己編的故事會比較輕鬆，因為我就是無法接受真相。就像那天在置物櫃那裡，黛娜．薩波抬起頭說：「我爸媽跟小鬼頭寇特妮這個星期六要去我爺爺奶奶家，所以開趴時間到了，你應該過來參加，那個性感的交換學生也會去。」

好吧，也許她不只是對我講話。

也許她根本沒跟我講話。

也許誤以為她對我講話，只是我這個「故事」的一部分。

除了講點惡劣的話，黛娜絕對不會跟我說話，可是我試著讓自己認為，我們的關係有了改變，因為她看出我跟里夫之間顯然有點什麼。我當時心想，黛娜終於不再恨我了。我的置物櫃跟她相隔了五個櫃子，潔琪．雀多夫跟我相隔了兩個櫃子，她跟黛娜是同一掛的，但勢力沒那麼大。

「太棒了。」潔琪聽到派對的事這麼說，朝著空氣揮拳。

我開始想，要是我可以去那場派對會是什麼情形。搞不好黛娜也把我當成聽眾之一，她講話的時候，目光總是望向遠處，好像沒辦法把注意力集中在一個人身上。也許她是跟所有在置物櫃旁邊的每個人說派對的事，不只是對潔琪．雀多夫。當時我弄不清楚到底是哪一種，認為自己也許受到了邀請，我還假裝受邀沒什麼大不了的，事實上那當然是天大地大的事了。

然後黛娜意味深長的追加了一句：「那個性感的交換學生也會去。」

這句話一定是說給我聽的，因為我對里夫顯然很有好感，美術課之後大家都曉得這件事。整個早上，我在歷史筆記本的封面上，用不同風格的字體一次次畫著他的名字：泡泡字、古英文體，甚至是希臘字母，是我在網路上查到的。他的名字用希臘文寫就像這樣：

Ρεεϝε Μαχφιελδ

大家都知道我對他很有興趣，對大多數人來說這也說得過去，因為即使我不是校內最熱門的那群人，可是我是有一群好友，人善良又可愛的那種女生。我一點都不像羅曼娜．

薛賀特會吞自己的痂皮。所以我編的故事是，黛娜．薩波親口邀請我去參加她的派對。我甚至想像出邀請卡的模樣，正面刻了我的名字，就像我在七年級收過的猶太成年禮邀請函，當初是郵寄過來的，拿起來沉甸甸的、很有分量。在我的腦海裡，這份邀請函上寫著：

星期六晚間八點半
歡迎蒞臨黛娜．海蓮．薩波的家
衣著：休閒但有點風騷，因為里夫也會在
請不要帶禮物來，因為黛娜．海蓮．薩波什麼都不缺
還有，這不是生日派對，只是青少年準備喝個爛醉的派對
會發生重大事件，要有心理準備

我站在置物櫃那裡，興奮到說不出話來，但我只是靜靜關上搖搖晃晃的金屬門，轉動旋鈕，免得有人打開置物櫃偷東西。偷什麼？我的單簧管嗎？我的雨衣嗎？那個置物櫃裡的東西，沒人會有興趣，連我自己都提不起勁了。我滿腦子都是在派對上看到里夫，以及在那裡可能會發生什麼事，什麼**重大**的事。

我婉拒了漢娜跟珍娜共度周末夜的邀約。通常我們會一起逛一堆不同的網站，有些網站還會要求你按下確認自己年滿十八歲的圖示，然後我們會去臉書上取笑別人的傻氣貼文。再來我們會看電視，叫餐廳外送芝心披薩跟熔岩巧克力蛋糕，直到凌晨一點，我們會在漢娜家娛樂室的地毯上鋪睡袋過夜，就在藝術家愛德華．霍普畫作印成的加框海報下面，海報裡有個神色悲傷的用餐者，我們在海報下面睡了好多次。

「那你要幹嘛？」我跟珍娜、漢娜說我沒空的時候，珍娜問，「家裡有活動嗎？」

「我要去黛娜．薩波的派對。」

她們一臉震驚。「請別介意我這樣說，可是她辦派對不可能邀你吧，」珍娜說，「黛娜．薩波對你的感覺很扭曲，而且從來沒有隱藏過。」

「她就是邀我了嘛。」我說。

「可是你幹嘛去？」漢娜問。聽到這句話時，我只能驚愕的看著她。

我幹嘛去？難道她什麼都不懂嗎？

「噢，」珍娜冷冷的說，「為了你暗戀的對象。」

「他才不是我暗戀的對象。」我用同樣冰冷的語氣說。

「快點看開吧，潔兒，」漢娜說，「我是你的好朋友，我是關心你才這麼說的。」

我看著和我共同體驗一切的兩個女生。曾經有好多個晚上我們跑到對方家過夜，花了好多個小時用平板夾替頭髮做造型，一起練舞步；有好多個星期六我們在購物中心共度昏昏欲睡的午後，下雨的時候，就等某人的爸爸或媽媽來接我們。可是現在那一切似乎都是遙遠的過去了。她們無法理解我在人生裡的位置，也無法理解我跟里夫之間的連結，還有我得讓這份連結開花結果的決心。

「再見。」我說完轉身，聽到她們在背後聊起我的事。

# 第二十章

派對那晚，爸媽跟李歐把我載到黛娜家之後，繼續開到購物中心度過那種遜斃了的電影之夜，我則悄悄走進薩波家那棟偌大的宅邸。好幾個人跟我打招呼，他們看到我出現在黛娜的家露出有點意外的表情。那裡人好多，空氣瀰漫著大麻的氣味，還有隱約的嘔吐味。現在才八點半呢。我尋找里夫的蹤影，可是沒有馬上看到他，所以我故作隨性的閒晃，即使心臟狂跳不已。我不假思索的穿過一群人，往屋子的深處走去。

黛娜．薩波家的長型客廳裝潢俗麗，在一整片美式口音的嗡嗡聲當中，我聽出了里夫的英國腔。他的口音很特別，就跟他本人一樣，穿透了客廳的空氣。他就在那裡。里夫跟幾個男生站在一塊兒，一手握著啤酒罐、一手抓著棕色紙袋。他們正在談天說笑，艾立克斯．莫弗瑞罵里夫渣男，然後丹尼．傑勒看到我說：「替你畫了肖像畫的藝術家來了，麥克斯菲德。」

「去你的。」里夫友善的說。

「畫得不錯，畢卡索。」丹尼對我說。

我知道要是我表現出難為情跟沮喪的樣子，他會更拚命調侃我，所以我不得不表現出好像默契十足的樣子。「謝了，」我說，「紐約現代美術館打電話說要看我的作品集。」

丹尼轉向里夫說：「你最好跟這個女生到別的地方去，擺個姿勢再畫一張。老兄，這次乾脆就畫正面裸體，賭你不敢。」

「你要跟我賭？」里夫說，然後轉向我，「想去別的地方聊聊嗎？」

「你們只是要純聊天？」丹尼說，「最好是啦。」

我點點頭，跟里夫一起穿過走廊，路過倚在牆壁上喝酒抽菸跟聊天的人。我們陸續打開幾扇門，要不是發現有人正在玩脫衣撲克牌，要不就是正要溫存一番。

我們最後打開了寇特妮的房門，那間豪華到誇張的娃娃屋就擺在裡面。屋裡沒人，我跟里夫走了進去，他把手上那個紙袋放下來。我問起紙袋的事，他解釋說裡頭裝滿英國雜貨，他帶過來派對上是想開個玩笑，因為學校的每個人老是問他在倫敦都吃些什麼，他打算等大家餓了的時候，再把那些不一樣的食物拿出來。

我用手在那個袋子裡撥來撥去，看到司康，還有名字很噁心的一罐東西，叫做「點點老二」[1]。大家看到一定都會笑出來。

接著我看到那罐果醬，立刻領悟到其中的含義。

「果醬！」我亢奮的說，「所以可以給我嗎？」我把罐子舉高，指著自己。

「當然，」他滿不在乎的說，「這是好東西。」

然後我們用嘲諷的態度玩起了娃娃屋裡的娃娃，他往前傾身吻了我。里夫散發著啤酒跟大麻的氣味，聞起來有點像發酵的味道，於是我明白：**噢，他不是百分之百清醒**。不過那也無所謂，因為能跟他接吻讓我覺得很嗨。

我對這個吻太過投入，任由感覺流遍我的全身。我們兩個都很興奮，知道現在發生的事情是**必然**的。自從我們第一天在體育館認識以來，我們對彼此的感覺就不斷累積醞釀，這一切大家都看在眼裡，現在我們終於走到了這一步。

那個吻結束的時候，我確定我們已經陷入愛河。

可是就在那時，房門砰一聲打開。「里夫。」黛娜・薩波說。

他抬起頭看她，抹抹嘴巴。他的嘴唇亮亮的，沾著我的唇蜜，是紫梅味道，並且具有「經專利授權，格外持久」的保濕效果。

---

1 Spotted dick是種圓柱型的糕點，通常會加葡萄乾或別種乾果，吃的時候會淋上卡士達醬。

「我馬上出去。」他說。

「如果你想跟你可悲的迷妹親熱，儘管慢慢來。」

「別煩了，黛娜，可以嗎？」

黛娜朝我射出死光般的致命眼神。「潔兒，你先是隨便闖進我的派對，然後對里夫投懷送抱，連他醉了也不在乎。我真的替你難過，你根本不曉得怎樣表現才叫正常。」

「那樣說太狠了，黛娜。」里夫說。他望向我片刻，可是什麼也沒說，嘴巴上還閃著唇蜜的光澤。

她不發一語的把他拉出房間。

我並沒有逃出黛娜家，獨自佇立在寒風中痛哭，然後傳簡訊給我媽說：「我知道你們在看電影，可是能不能來載我？」我反倒在黑暗中跟著里夫和黛娜。他們悄悄穿過走廊來到戶外，站在有遮篷的泳池旁邊。我把玻璃拉門推開一個小縫，以便偷聽他們說些什麼。

「噢，沒有嗎？那你在幹嘛？」黛娜問。

「我醉了嘛，而且她真的很喜歡我。」

「天啊，里夫，你真是個花心蘿蔔。」

「我想你說的沒錯。」接著他對黛娜綻放笑容。

我閉上雙眼。里夫一定是因為怕黛娜才這樣，所以才說她想聽的話，同年級的很多人都怕她。沒錯，他是抽大麻抽到有點嗨、喝酒喝到有點醉，可是那個吻還是清清楚楚、充滿感情，我們不可能不把它當一回事。我們戀愛了。他對黛娜說的話讓我很困惑，可是我提醒自己他說的並非實話，他只是為了轉移她的注意力才撒謊。

我從派對上溜走，但還是沒發簡訊給我爸媽、叫他們來接我，而是頂著夜色，沿著十八號公路的路肩徒步走回家。急駛而過的汽車離我好近，把我的頭髮吹成一個大波浪。我花了一個小時才回到家，等我踏進家裡的時候，關於里夫的事，我的興奮程度爬升到整周的最高點。

星期一到學校，里夫起初對我有點冷淡，但我知道那只是因為黛娜就在附近。我現在懂了，黛娜在單戀里夫，而他不想惹她不高興，因為她有時候很賤，會纏著他嘮叨不停。他經過我身邊，什麼也沒說，可是我知道原因，我知道這種狀況只是暫時的。我苦苦等著里夫在四周沒人的時候跟我接觸。

那天後來，我在學校圖書館門口看到他，他對我偏了偏腦袋，我跟著他踏進館內，走進書架之間，最後在編號九二〇那區停下來。我們並未旋開設有計時器的燈，而是站在沒有照明的陰暗空間裡。

「你今天都沒跟我說話。」我低聲說。

「我們之間的事情是祕密。」他低聲回應，「偷偷摸摸的很好玩啊，我跟我的迷妹。」他說，還用肩膀輕輕碰了碰我的肩膀。

「我懂，」我說，「只有我們兩個知道就好。」

「沒錯。」他把我拉向他。

「就在這裡？」我說。

「附近又沒人，老天，這國家的人根本不看書的。」

所以我們在書架間接吻，背部抵在金屬書架跟書脊上，遠處傳來其他計時器的滴答聲，除此之外悄然無聲。對於我們所做的事，那些書本是唯一的目擊者。他把手探進我的T恤底下，我覺得自己打了個哆嗦，但附近傳來腳步聲，他連忙往後退開。我倒抽了一口氣，彷彿身上竄過一陣痛楚。

「掰。」他淡淡的說完就離開，讓我獨自在黑暗中暈眩發愣，被舊書的氣味包圍。

接下來幾天，我們又在圖書館碰了兩次面，另一次在走廊的逃生門標示底下，還有一次在學校後面。抵著粗糙的磚牆，他把舌頭探進我的嘴裡，後來又用英國沒陽光、連女王都缺維他命D的笑話逗我笑。

有一次我們等足球場沒人之後在那裡閒晃，不過只有一下子，因為他提醒我，我們做的一切都要保密。這點我可以接受，只是有時候我覺得自己憋到快爆炸了。

晚上我睜大眼睛躺在床上，思緒快速翻騰，反覆重溫里夫不同角度的模樣。

「你的黑眼圈都跑出來了，寶貝。」老媽有天在早餐的時候說。我趕緊跑去浴室，往臉上抹粉底液。即使沒怎麼睡，我也希望看起來一副休息足夠、狀況良好的模樣。

在學校，我的視線常常投向里夫，我很確定我們用向彼此微笑作為某種訊號，雖說後來我發現他在人群中都會面帶微笑。我總是在那群人的邊緣徘徊，緊緊跟著他，只要黛娜一出現，我就會讓自己化成隱形人，如同換上保護色，讓自己融入背景的詭異動物。

下課時間，里夫用教室的螢幕播放蒙地蟒蛇的死鸚鵡短劇給大家看，那時候我正隱身在背景裡。我溜進教室，坐在後面的椅子上，沒人看到我。

「哈囉，我想客訴。」寵物店的客人說。里夫覺得那齣搞笑短劇很滑稽，一直倒轉重播。其他人哈哈笑著，發出笑聲的大多是男生，還有我。黛娜・薩波一臉無聊到死的模樣。

「我不懂這有什麼好笑的。」她一直鬼叫。

可是我愛極了。我跟里夫有相同的幽默感。我聽到他說他想攻讀牛津或劍橋這樣的大學，就像蒙地蟒蛇的成員，他們就是在大學時期認識的。我知道他要邁向美妙的人生，而我想像自己是其中的一部分。我想像我們在英國參加喜劇社團，他跟他的劇團一起表演的模樣。我也會在當地求學，或許高中最後一年就在國外念。

我想像我們一起在倫敦喝午茶[2]，雖然我根本不知道什麼是午茶。我想像他騎著萊姆綠的偉士牌機車，載著我在路燈明亮的街道上穿梭前行。如果我想得夠賣力，就可以描繪出跟他共度人生的情景。

我們戀愛了。我終於忍不住跟漢娜跟珍娜說，雖然我知道里夫不會同意我說出去。有天早上在學校外面的停車場，我告訴她們，她們的反應是：「你有什麼證據可以證明他愛上你，潔兒？」

我告訴她們我不需要「證據」，這又不是法庭，可是她們只是搖搖頭。後來在學校餐廳裡，漢娜走到我身邊，那時我正站在里夫跟丹尼．傑勒附近，她緊張的小聲說：「你可不可以過來坐下？」可是我不理她，繼續聽里夫談起曼聯最近一場賽事好屌——就是很棒的意思。

上課期間，我的腦袋沒有餘力想其他事情。老師們似乎都在胡言亂語，大家只是乖乖把老師的話寫進筆記本裡。生活就這樣繼續下去，雖然飄飄然的，可是很刺激，這顯然就是愛情給人的感覺。我跟里夫必須保持低調，確保我們不會惹毛黛娜．薩波，她堅信里夫迷戀自己，他明明不喜歡她。

可是有天早上，我對里夫微笑，但他並未報以笑容，只是自顧自往前走。四周恰好沒人，他要對我笑不會有問題，很安全的，不會有人看到。

後來，我在圖書館外面遊蕩，以為他會過來，可是他一直沒來。事有蹊蹺。或許他在克斯曼家遇到麻煩，或許輪唱的事情把他逼瘋了，或許他在倫敦的家人出了問題，搞不好他媽生病了。難道他不知道可以跟我說嗎？戀愛的人都會這樣做的。

當我看到里夫在丹尼身邊的時候，我對里夫說：「可以跟你講一下話嗎？」里夫轉向我，丹尼一副被打擾的樣子。「潔兒，」里夫說，「現在不適合。」

「那什麼時候才適合？」我問。

「我會告訴你。」

所以我就乖乖等待。

我已經有一陣子沒睡了，因為睡覺很無聊；我也幾乎什麼都沒吃，因為食物的營養價值沒有愛情高。最後，星期五放學後，就是我們認識的第四十一天，我沿著學校後面的操場上漫步，有時候里夫會跟他朋友在那邊閒晃，搞不好我可以在那裡找到他。

我打算走到他身邊，靜靜的說：「現在適合了嗎？」

---

2 High tea指的是傍晚五點到七點之間的便餐，通常有熱食，比方說炸魚跟薯條、牧羊人派或起司通心粉，之後再吃糕點麵包加奶油跟果醬，有時會搭配冷切肉，像是火腿泥。

我希望他會說適合，然後我們就可以到露天看台底下接吻，他會跟我說他是因為課業壓力，所以態度才有點冷淡。我會要他儘管放心，我會安撫他的心情，這樣我們就可以照著原訂計劃繼續談情說愛，然後我們會接吻。

可是就在那天，那個下午，我看到遠處的人影，朝著它走去。

我愈走愈近，看出原來有兩個人，他們用手臂摟住對方熱吻。是里夫跟黛娜。

我的心臟在胸膛裡瘋狂跳動，用力敲擊著我。為了讓心跳平靜下來，我必須用雙手抵住胸口。

然後黛娜說話了：「哇，看看誰來了。」

他們只顧著自己講話，沒給我機會開口，任由我佇立風中。淚水淌下我的臉龐，我的頭髮胡亂飛竄，黛娜的頭髮也在風中飛揚，里夫穿著棕色毛衣跟緊身牛仔褲站在那裡，問我記不記得黛娜家那晚的真相。

他竟然要我承認什麼是事實、什麼不是。我覺得自己的內在整個崩解了。他是個男生，只是個普通男生，而我愛上了他，他現在卻跟黛娜在一起。

「你跟**她**在一起？」我問，朝著黛娜點點頭。

一陣長長的停頓，他們兩人互換眼神。

「對。」他終於說。

「你不是跟我在一起嗎？」

「他當然沒跟**你**在一起。」黛娜說，可是里夫阻止她再說下去。

「這件事我可以自己處理，小黛。」他厲聲說。接著他走到我身邊，直視我的眼睛。他的凝視讓我承受不了，就像你去看眼科醫師，醫師替你點了眼藥水，等你走到室外的時候，會覺得光線太強，讓你措手不及。

可是我無法把目光轉開，即使我在哭也一樣。「欸，」他用安靜的聲音說，「你不會想繼續這樣下去的，這樣你也很沒面子，可以嗎？我不是個混蛋，潔兒，別讓我變成那個樣子。我只是來這裡短短一個學期，找點樂子而已。對，我是跟黛娜有點什麼，我們可能會認真交往。可是你跟我，我們只是玩玩而已，你明明曉得。」

「我真不敢相信你這麼說。」我只能這麼說，接著我更絕望的問：「你不愛我嗎？」

「他說的話，你是有哪裡聽不懂啊？」黛娜的聲音幾乎像在尖叫，「他沒愛上你！」

「沒有嗎？」我問他。

「沒有。」里夫說。

「你從來都沒愛過我？連在派對的那天晚上也沒有？」

「拜託，只是**親熱**一下而已，我那時候都喝茫了。」

「可是……那罐果醬的事呢？」我再接再厲。

「什麼果醬？」

「就是你帶來的那罐緹樹牌小紅草莓果醬啊。」

他滿頭霧水。「那跟**你**有什麼關係？」頓了一會兒又說，「等等，因為你的**名字**嗎？」

我還是一直盯著他看。我們站在戶外任由風吹著，里夫說他不愛我，說他從沒愛過我，連那罐果醬也與我無關，一切都跟我無關。

里夫．麥克斯菲德從來沒愛過我。他說出口了，再也無法收回那些話，我也沒辦法假裝沒聽到。這個世界變得好尖銳，讓人無法活下去。

在頓悟的那一刻，也就是在我們初識之後的四十一天，對我而言，里夫等於是死了，這樣想會輕鬆許多。

要是他不愛我，那我就要確定他永遠無法愛上別人。

他不愛我，所以我閉上眼睛，在心裡殺了他。這種事情很暴力，就跟飛機在半空中爆炸一樣令人震驚。它在我心中發出**轟然**巨響，在我的內心引發震動，使得里夫的影像在一個踉蹌後逐漸翻轉遠離。

被他拒絕為我帶來這輩子所經歷過最淒慘的感覺，不過，在我心裡他已經死了，這也會造成創傷，但我只能用這種方式來應對。

我覺得他死了的感受馬上變得真實無比。我當然知道這只是我編給自己聽的「故事」，因為真相讓人承受不起。

在風中，我轉身走開，我聽到黛娜說：「再見了，快滾吧，你這個變態魯蛇。」我轉回去放聲尖叫：「我是變態魯蛇？這種話從**你**口中說出來也太可笑了吧，你這種人只有在對別人殘忍的時候，才會自我感覺良好！」

我根本沒留下來聽她的回答。她講的話被風吞沒了，里夫已經死了，我受到的羞辱，再來是我的悲痛，把他給吞沒了。

我一回到家就倒在床上，沒開燈，也沒換衣服，連休閒鞋都還穿在腳上。這個天色昏暗風又大的秋季午後，爸媽還在上班，李歐站在我床邊說：「你在幹嘛？」

「我看起來像在幹嘛？」

「躺在房間的床上。你可以開始弄晚餐了嗎？媽留了紙條說你應該弄庫斯庫斯[3]，替雞肉預熱烤箱，還有應該陪我。」

「我沒辦法。」我說。

「你沒辦法什麼？沒辦法弄庫斯庫斯，沒辦法預熱烤箱，還是沒辦法陪我？」

「離開我房間，李歐。」我說。

3 Couscous是粗麥製品，由杜蘭小麥粉經鹽水濕潤後搓成的小顆粒，是北非常見的主食。

可是我弟只是杵在那裡，露出擔心的神情。「你生病了嗎？」他問。

「沒有，」我說，「我受到驚嚇。」

「驚嚇？為什麼？」

我頓了頓，說：「我男朋友死了。」試著把那幾個字說出口之後，我又哭了起來。

李歐很困惑。「我根本不知道你有男朋友。」

「我就是有，然後他**死了**，可以嗎？我沒辦法下床弄晚餐，也沒辦法陪你。抱歉，李歐，我就是沒辦法。」

「要我走開嗎？」他問。他在房間裡徘徊不去，彷彿害怕留我一個人。

「不然要**怎樣**？」

「我不知道，」他說，「也許我應該打電話給爸媽。」

「也許你應該打。」

「我應該跟他們講什麼？」他問。

「跟他們說我**男朋友死了**，說我悲傷過度。」

然後我拉起毯子蒙著頭，世界從此墜入黑暗，基本上有好久好久都停留在黑暗的狀態，直到我來到瓶境的第一天。

現在我又來到瓶境了，跟里夫、黛娜正面對峙，就和現實生活發生過的一樣。正如凱西事先警告過的，很恐怖，我的淚水開始湧現。可是接著我想到，瓶境的光線逐漸暗下時，席耶拉拉住弟弟不放。她緊緊拉住他，陪在他身邊，現在還跟他在一起。

里夫跟黛娜只是冷冷看著我，我伸出手，做了現實中沒做的事。這不在發生過的事情中，可是即使如此，我還是握住里夫的手，他也沒抗拒。

「你在幹嘛？」黛娜說，可是到了句子末端，她的聲音變得很微弱、無足輕重，就像她本人。我現在幾乎看不到她了，她像是蒸發了一樣，這裡只剩下我跟里夫，他的手在我手中起初感覺涼涼的，但我繼續握著，他的手稍微溫熱起來。

天色開始暗下，時間到了，如果我繼續握著他的手不放，我就可以跟他一起待在這裡，回到在我腦海裡的狀態，就是我們相愛、我們在交往。

可是接著我想起凱西跟馬克把消息告訴葛里芬的情景。葛里芬用痛心疾首的語氣說：「她**留下來**了？她明明說她不會的。」

而且我的腦海中浮現意料之中的老套念頭：爸和媽來到佛蒙特州的醫院，我坐在床上打點滴，一旁有監測器。我對人類聲音毫無反應，瞪著虛空，手在空中快速抽動，彷彿著了魔似的。我媽會低聲說：「寶貝，噢，寶貝。」李歐會站在門口，努力把注意力放在手中的電玩上，這樣就不用正眼看我。

這種作法太放縱自己了。大家會多麼想念我啊，我也有會想念的事情。我想到葛里芬，還有他真心想跟我在一起。

不過，在**這裡**，里夫愛著我，用這種備受侷限的方式。他在這裡愛著我，只是因為我無法忍受「他不愛我」這個念頭。這個來自倫敦的男生，臉上掛著諷刺的笑容，能言善道，眼神迷濛，說話的聲音帶著刮擦感。他是個玩咖，也許有點爛，但不是很差勁的人。他只是個青少年，難得來美國幾個月，想好好享受一下。

他只是這樣。

他只是這樣而已，我不能跟他留在這裡。

我不由自主的放開了里夫的手，他跟瓶境愈退愈遠，有如潮水退潮那樣逐漸遠離。

在世上的某個地方，講得明確點，是在英國倫敦，他回到了原本的高中。也許認識了另一個女生，不是黛娜，而是有英式姓名的女生，比方說安娜貝爾或潔米瑪，現在正在跟他打情罵俏，希望挑起他的注意力。也許他會看上她。

為了忍受他不愛我的這個念頭，我曾經殺死他一次。也許黛娜說的對，我是個變態魯蛇。我殺了他，在我心中用小小的鐘罩保存他的「愛」。我不知道我為什麼必須這麼做，不知道我為什麼對一個不愛我的男生興起這麼激烈的反應，以及為什麼整件事感覺就像悲劇，即使並不是。馬格里斯醫師說，心靈為了保持完整會捉弄自己。

「那是你為了自保的作法，潔兒，」他在某次諮商的時候解釋，「我們可以更仔細的檢視一下。」可是他說的話，我當時一個字也聽不懂。

找個時間去看馬格里斯醫師吧，這樣感覺好像不錯，比方說趁我回家度假的時候。也許我應該替自己再買本日記，可以寫點別的東西。我不用永遠受到里夫這件事的操控。搞不好我可以寫幾首歌詞，自從加入穀倉調以來，我一直很仔細聽歌曲裡的遣詞用字。歌詞跟詩詞很像，至少好歌詞是。

我想做什麼都可以，因為一切都結束了。我已經劃上句點，跟他完全了斷。

「跟誰？」有人問。

我困惑的抬起頭，發現自己回到了寢室，黑暗中，笛婕站在我上方，黑色長髮披垂下來。「什麼？」我說。

「你跟誰了斷？你剛剛一直在說夢話，可是你也一面在日記裡寫字。」她說，舉高我的日記，「真怪。」我一把從她那裡將日記搶回來，趕緊翻到最後，低頭望著最後一頁的最後一行，現在全都填滿了。我看到的是：

我放開他了。我想我跟他到此為止，這也不算是天底下最慘的事。

我合上日記。「幾點了？」我問笛婕。

「凌晨兩點，」她說，「現在我們可以睡覺了嗎？」

我試著搞清楚自己置身的時空，現在是木穀倉的半夜，接近學期尾聲，我剛剛跟里夫見了最後一面。「笛婕，」我說，「我必須去某個地方。」我起身從掛鉤上取下羽絨外套，套在我的睡袍上。

「去哪？」

「葛里芬的房間，有重要的事情。」

「男生宿舍？你幹嘛不直接在睡袍正面寫上大大的退學？典故出自《紅字》[4]的笑話，怕你不知道。」

「我知道。」

「你們班只需要讀雪維亞．普拉絲，不像我們被逼著讀撒尼爾．霍桑，還有其他跟霍桑一樣『時髦跟先進』的作家。」

「讓我去就是了。」我靜靜說，「我非見他不可，我想你懂那種感覺。」

「嗯，」笛婕承認，「我懂。祝你好運了。」我正要走出去，但她又說：「別被逮到，潔兒，不然就太可惜了。」

我悄悄下了樓梯，路過珍安的寢室，小心避開她的淺眠偵測天線，然後推開大門迎向夜色，冰冷的空氣瞬間撲上我火燙的臉龐。四周一片靜謐，我順著小徑走向男生宿舍，以前我只去過那棟建築的一樓，就是女生可以活動的公共大廳，可是當我爬上樓梯時，卻兩三下就找到了他的寢室。名牌上寫著：**傑克・維勒斯跟葛里芬・佛利**。

我推開房門溜了進去。傑克像胎兒一樣蜷起身子，躺在門邊的那張床上，牆邊有根曲棍球棒倚在那裡。葛里芬在窗邊的那張床上，我出現的時候，他馬上睜開眼睛並說：「潔兒？」

「要我離開嗎？」我低語。

他沒回答，只是把毯子往後掀開，我只能躺進去。我們肩並肩擠在一起，保持絕對的沉默。他等著我開口說點什麼。「我去過瓶境了。」我告訴他。

「有多糟糕？」他問，「我是指死亡的事。」

起初我沒回答，我知道若葛里芬明白整件事的全貌，他絕對有權利認為我是個糟糕透頂的人，因為我整個學期都在假裝。他會認為我只是想要博取大家的同情。可是我非得告訴他不可，要不然我跟里夫的故事可能會沒完沒了。葛里芬可能會一直提起，誤以為這樣

---

4 美國作家納撒尼爾・霍桑的小說，已婚的女主角因為與牧師相戀而婚外生子，被迫在衣服繡上代表「通姦」的A字。

等於是尊重我對逝去男友的記憶。

「事實是，」我說，「只是感覺像是死了。」

葛里芬沒聽懂。他看著我，試著想搞清楚，然後說：「等等，這個傢伙，他沒死嗎？那時候……就沒死嗎？」

我搖搖頭，葛里芬只是一直盯著我，然後身體退開跟我拉出距離。我不知道這是不是代表我應該離開，或者代表我跟他之間完了。他好長時間默不作聲，我意識到他現在要拋下我了。我不知道人能不能習慣被人拋下這種事。

可是他終於開口了。「你知道怎樣？我很高興。」

「什麼意思？」

「我很高興你不用真的面對有人死掉那種事。」

「是嗎？」我很震驚，「我會找時間把所有事情告訴你，整件事的來龍去脈。我的意思是，如果你想聽的話，還有很多要說的。」

「一定。」

「我也會跟其他人說，」我說，「如果你們覺得自己被騙了，我也能理解。你們經歷的事情比我慘多了。我不想傷害任何人，尤其是你，可是事情就這樣發生了。如果你想要結束我們的關係，葛里芬——」

「我不想。」他說。

「你不想？」

「不想。」

然後，一時之間，我不需要說更多或做更多，也不需要採取什麼行動，更不用努力證明什麼。我感到極度的疲憊，彷彿賣力劈了一整年的木柴。我把頭靠在葛里芬的胸膛上，我們默默無語，只有兩顆心撲通跳著。

又過了不知道多久，我們一定是睡著了，因為遠處傳來電話鈴響——木穀倉裡誰有手機啊？我睜開眼睛，看見天光開始灑滿這個陌生房間。天亮了，我馬上明白自己會被逮到，然後被迫退學。我毀掉了一切，這樣很可惜，就像笛婕說的。

我沒說再見就逃出房間，沿著走廊衝刺，結果甘特博士朝我大步走來。我不得不停下腳步，等待無可避免的命運。

可是他只是說：「潔兒。」聲音模糊又渙散。

「我知道我不應該來這裡——」

「沒錯，不過我剛剛接到電話，我必須找個人說話。」他抬高眼鏡、揉揉雙眼，然後看著我，「你跟席耶拉・史托克很好，對嗎？」

我點點頭。

「所以你知道她弟弟的事。」

「當然。」

「剛剛那通電話是化學老師打來的，他正在看新聞，說安德烈．史托克的案情有了重大突破。」

我盯著甘特博士片刻，某種感受湧了上來，我不確定是什麼，但我覺得暈眩而害怕。

我問他：「新聞怎麼說？」

「有人找到他了！他活著，而且平安無事。那是最不可思議的地方。」

我一時之間消化不了這些消息。他在等我回應，但我只是保持沉默。「真的嗎？」我終於問，然後想到：**我非得跟席耶拉說不可**。

可是我知道沒辦法，她已經無法溝通了。

有人找到安德烈了，可是席耶拉卻不會知道，她沒辦法跟弟弟一起面對現實世界的複雜全貌跟不確定。在她的腦海深處，她正在瓶境裡跟弟弟一起搭公車，就這樣無止盡的搭下去。

「對，是真的。」甘特博士說。難怪他不在乎在男生宿舍逮到我的事，這個消息暫時讓其他事情變得無關緊要。

「他們是怎麼找到他的？」

「新聞訪問了那個警探，是新上任的警探。他看到關於……某條線索的一些筆記，就用心調查了一番。大概是這樣，我也記不大清楚。有個男人把安德烈關在一間房子裡，距離華盛頓特區不遠，後來警方發動逮捕行動，還有很多細節我並不曉得，但都會查清楚的。」他精神渙散的搖搖頭說，「可憐的席耶拉。」

# 第二十一章

最後一堂特殊主題課原本應該要慶祝一下，但實際上我們沒慶祝，也不能慶祝。我們一起撐過了整個學期，這門課跟我們以前修過的課都不一樣，我們的人生雖然有了很大的翻轉，但身邊卻缺了一個人。在知道安德烈安然無事之後，席耶拉的缺席變得更加難以接受，特別是最後一天，這種感受更加強烈。我想感受最強烈的可能是我。

奎奈爾太太知道我們都很難過，她也很難過。可是她依然帶了一盒糕點過來，放在桌子上，說：「紅絲絨杯子蛋糕，要給大家吃的，跟你們的紅皮日記互相呼應。」當她打開盒子，裡面只有四個，我們每人一個。

「謝謝，Q太。」凱西終於說，她不希望大家有失禮數。

「我真的知道你們的感覺，」奎奈爾太太說，「相信我，我也感覺得到。」

安德烈．史托克的案件是熱門新聞，爸媽在電話上跟我分享他們在網路上讀到的，還有在電視上看到的消息。這裡的學生都接觸不到那類的訊息來源，我們頂多只能看報紙，每天一大早報紙都會送到木穀倉。

「她應該回家跟弟弟在一起的。」我說，語氣像是在哀號。

「是啊，應該的。」奎奈爾太太表示同感。

安德烈跟席耶拉彼此需要，不管他在囚禁期間經歷過什麼，肯定黑暗又可怕，我無法想像會可怕到什麼地步。他還有「很長的路要走」，就像專家向來會說的那樣。可是他至少還有路可走。他家人愛他，這一點一定對他有幫助。我對他一無所知，可是我知道他跟席耶拉很親，如果他們在一起，就可以幫忙對方。我很確定。

接著葛里芬說：「你知道怎樣，Q太？這是最後一堂課了，我想打開天窗說亮話，雖然沒人希望我這樣做，可是抱歉了大家，我非問不可。」

「嘿，」馬克說，「搞什——」

「她想怎麼想隨她高興，馬克，我才不鳥咧。」葛里芬說，「抱歉說了粗話。」他趕緊追加。我坐在位置上等著看他把話題帶向哪裡，葛里芬這陣子以來變得直率許多。

「Q太，」他說著把身子坐得更挺，「你知道我們寫日記的時候，會發生什麼事嗎？你**真的**知道嗎？」

葛里芬的臉頰抽動了一下，我有種感覺是，他提出這個問題的時候，心裡跟我們一樣震驚。這麼做很魯莽，可是我們沒有其他方法。時候到了，這是關鍵的時刻，或是決定性的時刻，不管你想用什麼老掉牙的說法稱呼它，這堂課就要永遠結束了，而席耶拉還困在瓶境裡。

我們陷入冗長的沉默，感覺永無止盡。大家目不轉睛看著奎奈爾太太，起初她的臉上沒什麼動靜，然後彷彿試著強硬起來，接著又突然軟化，最後塌垮下來。

「是，」她說，「我知道。」

我們簡直無法相信。我還不確定我們談的是不是同一回事。

「是你事先計劃好的嗎？」葛里芬說。

奎奈爾太太把玩自己的手錶，轉動著細瘦手腕上的錶帶。葛里芬讓她很緊張。「不是那樣的，」她說，「你把這件事說得像是詐術，葛里芬。不是的，並不是，完全不是這麼回事。」

「你有什麼可以跟我們說的？」我問。其實我們等於是在求她。我們在懇求奎奈爾太太。我們對這位年長婦人所知不多，只知道她是個了不起的老師，為人正直。她不肯讓我們屈服於各自的沉重問題之下，她不肯寵溺我們，而是尊重我們，即使我們痛恨自己跟其他人，認為自己永遠不會再好起來。

現在我們在這裡，學期的最後一天，再不到四十分鐘，她就要永遠離開我們身邊，可是在那之前，我們非得查出她知道什麼，以及整件事的意義不可。

她告訴我們。「其實這個故事滿私人的，」奎奈爾太太說，「我從來沒跟學生講過，雖然他們常常追問我到底知道或不知道什麼。

「首先，我不能說我真的『知道』寫那些日記會體驗到什麼。那是你們的體驗，不是我的，而且我一直不想涉入太多，因為一不小心可能會引起大家對這個班的矚目，進而傷害到班上的學生。所以長久以來，我儘可能從中找到平衡點。可是我明天就要永遠離開這裡了，在我走之前，即使我認為這樣做不好，還是把我知道的告訴你們吧，但是我知道的恐怕不多就是了。」

「就從我認為有關聯的一小段歷史講起好了。」她突然打住，停頓了好久，彷彿改變了主意似的，可是接著又開口了。「我在跟你們年紀相仿的時候，經歷過一段艱難的時光，我想你們可以用『崩潰』來形容。」

噢，原來是**那種**艱難，學校裡有些人有過類似的經驗。

「我被送到波士頓附近的精神病院，」奎奈爾太太繼續說，「有一天，有個年紀大我幾歲的病人也住院了，是個女大學生，我很少聽她開口講話，可是每天到了服藥的時間，護士就會用全名叫我們。我之所以注意到她的名字，是因為我們從來沒有真正交談過，只有一次吧，當時我們坐著吃晚餐，我把一盤吃的傳給她，她說：『謝謝，維若妮卡。』她知道我的名字。就那麼一瞬間，她看著我的神情像是年紀較長，也更有智慧的人看待年少者那樣，很親切，沒有架子。」

對，我想，奎奈爾太太平常就是用那種神情看**我們**。

「你知道她後來怎麼了嗎？Q太？」我問。

她轉向我，似乎要強迫自己把心思放在此時此刻。「知道。她好起來了，我也好起來了。因為我真的不喜歡回顧人生那段痛苦的時光，所以我原本不會知道她好轉了，也不會再想到她。

「可是幾年之後，當時我剛剛新婚，在木穀倉這邊還是很資淺的老師，無意間在《紐約客》雜誌裡讀到一首詩，想起了一些事。原來是**她**。我好高興她走出了陰暗時光，在人生裡有所發揮，成了作家。」奎奈爾太太頓了頓，「然後，又過了幾年，我聽到她過世的消息，讓我很傷心。她還很年輕，只有三十歲。你們現在可能不覺得三十歲年輕，可是總有一天也會有同感。」

聽奎奈爾太太跟我們講這個故事，我有種似曾相識的感覺，可是起初我以為是自己搞混了，想耐住性子等一等，試著消化那些資訊。

「然後，」她說，「過了一陣子之後，跟她死訊有關的細節公開了——她是自殺。於是，這個故事得到愈來愈多矚目，有好多人受到她的人生跟死亡悲劇的影響，發揮最大影響力的，當然還是她的作品。」

「是普拉絲。」凱西靜靜說。

奎奈爾太太點點頭，再次望出窗外，看著落雪紛飛的模糊遠處，還有歷歷在目的往昔。「對。」她說，模樣突然顯得好蒼老，「她才華過人，這點你們都很清楚。」

大家一語不發，似乎還沒從震驚中恢復過來，想到雪維亞．普拉絲，那位我們上課圍在一起討論、隨口稱為「普拉絲」的作家，覺得自己彷彿認識她似的，原來她不只是我們在課堂上研讀的對象，也是我們老師很久以前真正認識的人，至少算是稍有認識。

「可是她飽受憂鬱症之苦，」奎奈爾太太說，「當時的人對憂鬱症沒什麼知識，也沒有治療的藥物，不像現在。不過即使是現在，還是有很多人因為憂鬱而迷失方向。在那個年代，那種話題幾乎無法公開談論，大家普遍認為憂鬱是軟弱的表現。

「最後有人出版了她的日記。她透過日記，突顯了她對於把一切記錄下來的信念，彷彿她個人的信條就是『文字是關鍵』，我自己也這麼相信。凡是成為普拉絲專家的人——在座的你們都是——就會明白，她所擁有的事物裡，最重要的就是聲音。」

是的，那就是雪維亞．普拉絲擁有的。我閱讀她的作品時，總是會聽見她的聲音。

可是她並沒有從自己的經歷裡回來，沒有從她去過的地方回來，這點讓我替她心痛。

這個作家在很久以前就停下腳步了，即使在我逐漸遠離個人遭遇的過程當中，我一路持續傾聽她的聲音。

「有一年，」奎奈爾太太說，「我想到發日記給學生寫，於是就跟現在已經過世的先生亨利一起去古董店尋寶。我在學校附近一家古董店那裡買了一大批日記，那家店現在已經歇業。透過動筆書寫自己的感受，加上這門課要求的閱讀作業跟作文，我希望可以對學生有所幫助。」

「有嗎？」馬克問。

「感覺有。」奎奈爾太太說，「學生說日記改變了他們的人生，他們衝到課堂裡，吱吱喳喳聊著那些日記多麼**有威力**。起初我以為這只是一種比喻，可是過了一陣子之後，我確信實情不只如此。於是我帶了一本空白的日記回家，自己動筆寫一寫，想看看是怎麼回事。

「可是沒發生什麼特殊的事，所以我滿困惑的。也許我對日記的**需求**跟學生們不同。我開始認為，日記只會在對的條件下釋放學生們所謂的威力。當然，相信這樣的事情違反了我過去被教導的一切，違反了世界實際的運作模式。

「不過，」她說，「我的學生接二連三的向我解釋他們身上發生了事情。起初我抱持懷疑的態度，後來則是有些害怕，可是看到學生漸入佳境後，寫那些日記似乎是某種釋放的形式。所以，又有什麼不好的？我不大瞭解他們體驗到的事，但是他們都告訴我那種經驗改變了他們的人生，而且是正向的改變，所以我並不干涉。」

「真是他媽的不可思議。」葛里芬說，他簡直是在測試老師對髒話的底限，可是現在幾乎無所謂了，「你是如何挑選這門課的學生的？」

「每年，」她說，「我都會看看學生的經歷，想要組成一群有類似……障礙的人，然後找一個可能幫得上他們的作家來搭配。有一年是一群很焦慮、疏離的學生，我們就讀沙林傑[1]。那個班很不錯，雖然他們的話**太**多了，沒人真的認真聽別人講話。

「另外有一年，學生很需要學習自立，就讀愛默生的作品。你們這幾個人雖然身處眾多的人事物當中，卻相當孤立，普拉絲似乎是很不錯的選擇。可是發揮影響力的從來就不只是日記而已，我不認為。發揮作用的還有學生們**彼此**相處的方式……談書、談作者，跟談自己的方式。學生談的不只是自己的問題，也談各自熱愛的事物。學生形成了小小的團體，討論自己在乎的事情。書本點燃了火花，不管是那些已經出版的書籍，或是等待填滿的空白日記。我想，你們懂我在說什麼。」她說。

「懂。」我說，接著我想起席耶拉，試探性的補充，「可是有時候，這門課程，至少日記那部分，不是對每個人來說都安全。」

「你指的是席耶拉。」奎奈爾太太說，語調頓時疲憊起來。

我點點頭。

「確定是日記的關係嗎？」

我再次點頭。

「我就害怕是這樣。」她說。

「她**困在**那裡了，Q太，」我說，「她找到**留下來**的方法，我們本來還滿尊重這個選擇——」

「可是**現在**，」凱西說，「我們沒辦法把她找回來，告訴她安德烈安全了。」

「從來沒人留在那裡。」奎奈爾太太用微弱的聲音說。

這是第一次我看出她真的懂了。她知道「留下來」可能代表什麼。她現在完全相信有另一個地方，一個只能透過日記才能抵達的地方。她**明白**了。

「從以前到現在的特殊主題課，」奎奈爾太太說，「大家都在最後一天把日記交回來，然後繼續蓬勃茁壯。」她說話的時候臉色極度蒼白，「可是這一次，我恐怕引發了糟糕的事情，我應該馬上去跟甘特博士報告。」她搖搖晃晃站起身，「告訴他，校方這些年來把年輕的心靈託付給我，而我一直在做些什麼。我應該去自首，到時可能會有……審判，不

---

1 Salinger 美國作家，最知名的作品是小說《麥田捕手》。

管他們怎麼稱呼這種事。」

「不，」我們異口同聲說，「**不要**。」

大家頓時驚慌起來。奎奈爾太太都準備好要退休，出門旅行了，但現在計劃可能毀於一旦。她對席耶拉有這樣的遭遇覺得很內疚，讓我於心不忍。「不是你的錯，」我趕緊說，「你是一片好意，而且真的做了好事，Q太。席耶拉的經歷算是可怕的意外。你是很了不起的老師，請不要告訴甘特博士，不會有差別的，說了也幫不了席耶拉啊。甘特博士是局外人，這是我們……自己的事。」

的確如此，這是我們的故事，不是別人的。

奎奈爾太太的情緒漸漸平復下來，同意不會對任何人透露。「你們要知道，」她終於開口，「我的腦海深處總是有個念頭，就是我要在自己教學生涯的最後一年教雪維亞的作品。我會用她的作品劃上我教師生涯的句點。有幾年我差點考慮要教，可是時機都不大對，況且，我真的想要等一等。到了今年，你們來了，我知道在這班教雪維亞就對了，時機也正好。」

特殊主題課就要永遠結束，我有種想哭的衝動，因為我知道我們以後再也不會像這樣齊聚一堂，奎奈爾太太不久後也會離開。我之所以有這種感觸，是因為我所經歷過的事，因為我曾經放開了那麼多事，因為我有所改變。

當然，也是因為席耶拉的緣故。把她留在瓶境是不對的，可是我們別無選擇。

我們吃了紅絲絨杯子蛋糕，把日記繳交回去，包括席耶拉的，我們甚至玩了一輪雪維亞．普拉絲的益智問答遊戲——這遊戲有點陰森，可是很好玩。快下課了，奎奈爾太太看看手錶說：「時間到了，我恐怕該放你們走了。」她輪流看著我們，又是同樣專注的眼神，彷彿除了她視線裡的那個人之外其他人都不存在。

「我想說，我深深以你們為榮，」她說，「我很遺憾你們要帶著悲傷離開這門課，席耶拉發生的事情也讓我很悲傷，可是你們離開的時候，已經比以往更堅強，我想，你們多少懂了以前不懂的事。」

我現在到底懂了什麼？我試著在腦海裡條列清單，就像馬克會做的那樣。

我懂了關於里夫的真相。這點很重要。我的意思是，我一向知道，只是無法接受。

我也知道那種痛苦有時好似永無止盡的緞帶。你把緞帶拉向自己，隨著緞帶愈堆愈多，你不敢相信緞帶的盡頭還會有其他東西——痛苦之外的東西。

可是盡頭那裡總是有別的，至少有點不一樣的東西。你永遠不知道會是什麼，但就是有。

這些事情都是我在特殊主題課裡學到的，是Q太教會我的。

「我也希望你們知道，」她說，「儘管學校分發的那本糟糕手冊，出於某種我怎麼都**想**

**不通**的原因那樣寫，但我不認為你們『脆弱』。天資聰穎，這點沒錯。情緒脆弱，這就不對了。我認為有更好的字眼可以用來形容你們。

「你們已經準備好面對世界、面對成人時期，大多數人沒有這樣的準備，」她繼續說，「所以很多人在成長期間，根本不曉得什麼**打擊**到自己，只要有事情苗頭不對，他們馬上就覺得自己迎頭受到痛擊，然後下半輩子就不計任何代價要逃避痛苦。可是你們都知道，逃避痛苦是不可能的事。我想擁有那樣的認知，加上你們經歷過的事，讓你們變成了**不**脆弱的人，讓你們變得勇敢。」

我希望可以走過去，靠著她包覆著衣料的肩膀哭泣，向她道謝，也要她放心。我希望可以把這學期體驗到的一切，以及去年經歷過的一切，全數告訴她。雖然她讀過我的資料，但那根本無法呈現全貌。我想告訴她關於里夫的事，還有我當初不曉得但現在明白的事。可是她年紀大了，教了那麼多年書讓她很疲憊，她以我們為榮，卻也很擔心席耶拉，她有資格得到平靜莊嚴的餞別。

所以我只說：「謝謝你，Q太。」其他人也紛紛向她道謝。

「我希望你們的假期，」她說著披上羊毛灰色外套，「還有這學年剩下的時間，都過得很精采。你們都是很棒的年輕人，我很期待你們未來的發展。」

接著她扣起手提包的銅釦，現在裡頭裝著我們的日記，然後站了起來。她對我們最後一次點頭，然後這位梳著完美的白色髮髻、戴著小小金色腕錶的優雅女士，緩緩步出了教室。只有這次她比我們先離開教室，可是不知何故，今天這樣做感覺恰到好處。

我們愣怔的坐著幾分鐘，然後馬克說：「所以我想就到此為止了。」

「不，**才怪！**」我說，「席耶拉怎麼辦？我們就這樣把她丟在那裡嗎？」我知道自己聽起來有點可悲、了無新意。沒人有新的點子，沒人知道該說什麼。凱西做了向女生朋友表示支持的動作，掐了掐我的手，彷彿想告訴我：**我挺你，潔兒**。我很感激，可是唯有幫我把席耶拉找回來，才能算是挺我，但我們沒人知道該怎麼做。

終於，我們也離開了教室。凱西從輪椅上伸手，關掉了電燈。雖然我們下個學期都會回木穀倉，但是特殊主題課結束了。這份經歷就像土地上的斷層線一樣密合起來，彷彿這件天大的事情從未真正發生過。

到時我們就只是上過同一門課的四個青少年，也許偶爾會聚一聚，或者跟對方錯身而過時，說點這類的話：「嘿，近來好嗎？」、「歷史課上得怎樣？」、「穀倉調練得怎樣？」、「你要參加學校戲劇的試演嗎？」可是一切將變得不同。

即使我跟葛里芬——很難說我們之間會怎麼樣——一切都是嶄新的、試驗性的，還有好多事情沒有顯露出來。我們真的適合對方嗎？我們合得來嗎？誰曉得呢？不過，我們就是喜歡跟對方在一起，這一點在目前是無庸置疑的。

其他人都離開以後，我跟葛里芬站在校舍外面的步道上流連。我把頭靠在他的肩膀上。「你先走吧，」我最後告訴他，「我只是想散步。」

他沒提出質疑，而是吻了我，然後點點頭，沿著小徑走遠。他走起路來還是跨著大步，彷彿隨時就要拔腿奔跑。我可以望著他好久好久，可是我現在有別的事情必須思索。

除了在腦海裡條列出的清單之外，我還從特殊主題課裡學到什麼？大家總是說再也沒必要讀文學了，說文學幫不了世界，說每個人顯然都應該學外語，學怎麼替電腦寫程式，說應該有更多年輕人投入STEM領域：STEM代表的是科學、科技、工程跟數學。

這些聽起來都沒錯，也很合理，可是你不能說，你在文學裡學到的事情無關緊要，不能說偉大的作品不具改變的力量。

我就被改變了。這點很難訴諸於文字，可是確實無誤。

文字是關鍵。基本上Q太打從一開始就是這麼說的。文字是**關鍵**。整個學期，我們都在尋覓文字，把需要傾吐的事情說出來。我們全都在尋找自己的聲音。

我在冰冷的小徑上停下腳步，瞇眼仰望樹木，明亮的天空襯出細瘦靜止的枝椏。失去葉子覆蓋的樹木努力苦撐，等待幾個月後才會來到的重大時刻，萌發新芽，現在就像在冬眠，等待春天的來臨。樹木目前去了某個地方等待，就像席耶拉。

她必須突破萌發，才能再次冒出綠芽，開啟新生命。她跟我們其他人一樣都有這個需求，但我要怎麼做才能讓她有這個契機？我要怎麼做才能找到對的文字？

葛里芬當初對著**我**呼喚，叫我離開瓶境，我就踉踉蹌蹌擺脫了那個山羊版本的瘋狂瓶境，回到他身邊。後來我打電話給當地的醫院，請護士到席耶拉身邊大喊「離開瓶境」，就是希望同樣的方法可以成功，可是對席耶拉沒用。

我在木穀倉找到了我需要傾訴的事，可是也許關鍵不在於文字，而是別的，就是Q太今天談過的事。聲音。關鍵不只是你說了**什麼**，而是**誰**說了那些話。

關鍵在於是「誰的」聲音。

我連忙在步道上轉身，以最快的速度趕回宿舍，空氣裡可以看到我吐出的氣息，我一路踩出了響亮的腳步聲。運氣不錯，公共電話現在沒人用，就是我很久以前用的那支可憐電話，求老媽放我回家。那時的我什麼都不懂，那時的我並不知道，如果你撐下去，如果你儘可能強迫自己在所有不耐中找出某種耐性，事情就會有所轉變。這種狀況不容易應付，而且總是會把自己弄得狼狽不堪，但是那團亂象是迴避不了的。

我有席耶拉家裡的電話號碼，她在感恩節假期前寫了一張紙條給我。我按下那些號碼，電話響了好久才有人接聽。是個男人，口氣疲憊、充滿戒心。自從找回安德烈之後，史托克家肯定經常接到記者跟一堆瘋子的電話。

「是史托克先生嗎？」我急著問，然後兀自說了下去，「我是席耶拉在木穀倉裡的朋友潔兒，也許她跟你提過我？」

我聽到一聲嘆息。「提過，」他說，「我知道你是誰，她很喜歡你。」

「史托克先生，」我說，「安德烈的事，我很替你們高興，我的意思是，那是全世界最棒的消息了。可是我知道，席耶拉的心神現在不在這裡。也許你認為她永遠都會這樣，可是我有個想法，我解釋不來，太複雜了，可是我想或許可以試一試，就是跟席耶拉說點什麼，看看她能不能聽進去。嗯，當然不是由**我**來說。」

「你在說什麼啊？」史托克先生說。

「你能不能叫安德烈來接電話？」

他停頓了很久，我聽到電話另一端有人低聲討論，最後史托克先生終於拿起電話，跟我說他知道席耶拉對我的評價很高，所以好吧，你等一下。

過了好久之後，又有人把話筒拿起來，有個少年用平淡的語氣說：「哈囉。」

「安德烈，我是席耶拉在學校的朋友潔兒。你回家了，我高興到難以置信。」我講得飛快，想確定自己沒有漏掉任何該講的話。「聽著，你不認識我，可是我要請你幫我一個很奇怪的忙。很重要。我知道聽起來有點扯，可是我要你知道我**沒**瘋。」

「等等，」他說，「你上的不就是佛蒙特州的那所學校嗎？那所瘋子學校？」

「對，我上的是木穀倉。我們學校的大多數人都有些**困擾**，只是這樣而已。我必須打電話給你，是因為我知道某件事，某件很重要，也許可以幫得上忙的事。」他陷入沉默，我繼續講下去，「你必須去找席耶拉，安德烈。拜託。她認為留在目前的地方是最好的，可是並不是，那只是停滯在原地而已……你知道的……這不可能是好事。我是說，即使沒查出你的下落——天啊，感謝老天他們找到你了——她還是必須回來面對這個世界。那樣會比較好。那也是我個人的感想。要是她回來這裡，對，我知道這個世界充滿了不確定，有時候還滿嚇人的，可是這世界還有更多別的。而且她有你。你們擁有對方，還有未來裡的一切。」

我頓住。他一語不發。我確定他根本不知道我在講什麼。「安德烈，你手邊有沒有記事本跟鉛筆？」我問，「因為你必須把標點符號都寫對。她必須清清楚楚**聽到**每個字。你跟她獨處的時候，站到她病床旁邊——儘快行動好嗎？可以的話馬上就做——然後說這些話：『席耶拉，是我，安德烈，我在這裡，離開瓶境。』」

電話另一頭恐怖的沉默延續下去。「記下來了嗎，安德烈？要不要唸一遍給我聽，確認一下你都寫對了？」

可是沒有回應。他走了。我不知道他是什麼時候掛掉電話的，也不曉得他是否聽到我講的話。

# 第二十二章

事情發生得很快。隔天清晨六點，就在我們準備回家過寒假的時候，有人用力敲打我的房門。我一開門，看著珍安穿著粉紅色短浴袍，她在哭。

我只能想到：現在又怎麼了？還可能發生什麼事？

「我希望你是第一個聽到消息的人，」她說，「席耶拉昨天很晚的時候醒來了。」珍安哭慘了，但淚中帶笑。

安德烈辦到了！他辦到了！

學校批准我在早餐的時候宣布席耶拉的消息，四周響起尖叫聲跟掌聲。我當然急著想跟她說話，但我不急於一時。我想像她很快就會跟我聯絡，雖然我不知道會有多快；我想像史托克一家在華盛頓特區的家裡，緊緊依偎在一起，永遠不想再分開。

今天晚一點我也會回到家人身邊。我宣布完之後，試著吃點早餐，可是席耶拉的消息讓我的情緒太過激動，更不要說我和班上其他人陸續累積的種種經歷，結果我幾乎吃不下。我要珍安發誓說會趕在奎奈爾太太永遠離開她家以前，讓她知道席耶拉醒來的事。

我坐在餐廳裡，感覺就像第一天來到木穀倉那樣，此時四周傳來碗盤、杯子跟湯匙的鏗鏘聲，還有我整學期在早餐時間聽過幾十次的叮叮聲，是工業用烤麵包機又跳出六片吐司的聲響。室內瀰漫濃郁的雞蛋、奶油跟咖啡香，現在對我來說卻難以承受，太多刺激，也太過明亮，需要過度用腦。我穿著葛里芬的帽T，把兜帽戴上，緊緊抓著一杯濃茶。

我意識到自己因為即將見到父母而焦慮不已。他們再不久就要來這裡接我，而葛里芬打算順道來我房間，跟我爸媽還有李歐碰個面。「我只是想說，應該讓他們知道我是誰。」他解釋，我也有同感，不過我會緊張也滿合理的。

要是他們認為我誇大了葛里芬對我的興趣呢？萬一他們不相信我們在交往呢？不，我現在已經不一樣了。他們只需要跟我和葛里芬相處五分鐘就會知道，他們會看到我喜歡穿的這件尺寸過大的帽T，還有我跟葛里芬交換只屬於我們兩人的眼神。他們會懂的。

昨天晚上，老媽在電話上跟我說，如果我明年春季想回克普頓市就讀，也許值得試一試。可是我告訴她我不要，我真的想留在木穀倉，至少把整個學年讀完再說。我的朋友在這裡，我的生活也在這裡，況且我已經排好下學期的課表了，有幾堂課看起來很不賴，包括音樂理論課，教課的是個年輕新老師。

不過，也許高中最後一年我會考慮回家。木穀倉有時讓人覺得透不過氣，自從在這裡生活以來，我就很少去想世界的現況。

我想念深夜掛在網路上閒晃，也想念跟朋友瘋狂來回傳簡訊，甚至想念以前的那些朋友。我一直沒弄清楚漢娜跟萊恩分手的原因，我希望她還好，我很遺憾她的人生裡發生這件事時，我不在身邊陪她。我曾經嚴重的扭曲了一切，我不知道她對這點能不能釋懷，但要是不行我也不怪她。可是也許，我們可以想辦法恢復友好的關係，即使不當朋友也不要緊。

高中最後一年回克普頓市就讀應該不輕鬆。黛娜．薩波、丹尼．傑勒，還有其他人都還在，里夫當然不在了，他早就回英國了。我當著大家的面，為了一個自己並不瞭解的男孩失控崩潰，這件事沒人忘得了，我永遠也沒辦法對他們解釋。

可是，如果我真的回去了，有人走過來問我過去發生過的事，為了提早結束對話，我可能會心平氣和的說：「人都會改變。」

是的，我絕對會在木穀倉把這學年讀完，至於明年，看著辦吧。

笛婕今天下午就要飛回佛羅里達了。一天才過了一半，我們兩人卻呈大字型癱在床上，試圖打發時間。我的行李已經打包好，拉鍊也拉上了，就等爸媽的車子開到宿舍外頭。我就像小狗一樣，豎起耳朵傾聽雪地上是否傳來車輪的嘎吱聲。

「所以放假期間你要幹嘛？」笛婕問。

「首先，要好好賴床。」我說。

「噢，我也是。」她說。

「去買不是法蘭絨質料的衣服，」我追加，「以及跟我小弟一起鬼混。」李歐，異世界的旅伴。「打電話跟葛里芬、席耶拉聊天，還有吃披薩之類的。」

「聽起來不錯，」笛婕說，「說到披薩，我快餓死了。」

「那是不是你專用的暗號，表示『我就要進入狂吃的緊急狀態』？」

「不是，那只是表示『我快餓死了』的暗號，我早餐幾乎沒吃什麼。」她說。

「我也是。」

「我有點焦慮，」笛婕告訴我，「我跟蕾貝卡說再見的時候情緒很激動。我知道她一回家，她爸媽就會想辦法替她洗腦。他們會跟她說，當酷兒只是人生裡的一個階段，長大就沒了。我希望她能堅強下去，當個堅強的酷兒。」

「她會的。」

「總之，我的胃在早餐期間揪成一團，所以我幾乎沒吃。」

「你不是在什麼地方藏了脆餅嗎，笛婕？」我問。

「對啊。」

「去拿啊。」

她從書桌底下撈出一盒脆餅，我走到自己的五斗櫃前尋找，抽出那罐緹樹牌小紅草莓果醬，我原本打算永遠都不打開它。

我細看上頭的標籤，撫摸涼爽平滑的玻璃瓶身。

「這個東西應該滿好吃的。」我說，然後故作隨性的模樣，抓住果醬的蓋子一轉。它發出一個出奇尖銳的響聲，彷彿釋放出來的不只是空氣，還有長久以來極度渴望逃離的什麼東西。

然後我盤腿坐在床上，倚在學習死黨上頭，跟笛婕面對面，用從餐廳偷來、微微變形的餐刀，抹了些暗紅色果醬在幾片脆餅上，一片給她，一片給我自己。我把自己那塊脆餅塞進嘴裡時，那種香甜的滋味嚇了我一跳。我任由這個滋味在口中流連。

少年天下系列 —— 034

# 瓶中迷境

作　　者｜梅格・沃里茲（Meg Wolitzer）
譯　　者｜謝靜雯

責任編輯｜李幼婷
封面設計｜蔡南昇
行銷企劃｜葉怡伶

發行人｜殷允芃
創辦人兼執行長｜何琦瑜
副總經理｜林彥傑
總監｜林欣靜
版權專員｜何晨瑋、黃微真

出版者｜親子天下股份有限公司
地址｜台北市104建國北路一段96號4樓
電話｜（02）2509-2800　傳真｜（02）2509-2462
網址｜www.parenting.com.tw
讀者服務專線｜（02）2662-0332　週一～週五：09:00~17:30
讀者服務傳真｜（02）2662-6048
客服信箱｜bill@cw.com.tw
法律顧問｜台英國際商務法律事務所・羅明通律師
製版印刷｜中原造像股份有限公司
總經銷｜大和圖書有限公司 電話：（02）8990-2588

出版日期｜2016年11月第一版第一次印行
　　　　　2021年 4 月第一版第五次印行
定　　價｜350元
書　　號｜BKKNF034P
I S B N｜978-986-93719-3-3

訂購服務 ——
親子天下 Shopping｜shopping.parenting.com.tw
海外・大量訂購｜parenting@cw.com.tw
書香花園｜台北市建國北路二段6巷11號　電話（02）2506-1635
劃撥帳號｜50331356　親子天下股份有限公司

立即購買 >

有聲故事書

國家圖書館出版品預行編目資料

瓶中迷境／梅格・沃里茲（Meg Wolitzer）作
；謝靜雯譯. -- 第一版. -- 臺北市：親子天下,
2016.11
320面；14.8X21公分. --（少年天下系列；34）
譯自：Belzhar
ISBN 978-986-93719-3-3（平裝）
874.57　　105019323